Chères lectrices,

En choisissant vos romans du mois de mars, j'ai réalisé que non seulement toutes ces histoires imaginaires étaient pour nous une source inépuisable de plaisir, mais que certaines d'entre elles, en outre, représentaient une véritable leçon de vie. Car si l'amour, bien sûr, est présent dans vos livres, les personnages sont animés d'autres sentiments, d'autres émotions. Souvent tentés de se laisser aller impulsivement, ils doivent puiser au plus profond d'eux-mêmes pour trouver ces qualités qui sont en chacun de nous, comme la tolérance ou le sens du partage.

Pourtant, ce n'est pas l'envie qui manque parfois aux héroïnes de se conduire de façon impulsive et irraisonnée. Soyons sincère, à la place de Natalie Lawson (*Un cœur en otage,* Amours d'Aujourd'hui N° 862), aucune d'entre nous n'aurait hésité à user des pires stratagèmes pour récupérer son petit garçon. Quitte à briser le cœur de Hank Ballantyne, « voleur d'enfant » malgré lui !

Mais être dans son « bon droit » ne suffit pas toujours, et pour bien comprendre les choses, il suffit parfois de se mettre à la place de l'autre. Et d'avoir envie de le comprendre… Tout simplement.

Bonne lecture à toutes,

La responsable de collection

Le piège du mensonge

TARA TAYLOR QUINN

Le piège du mensonge

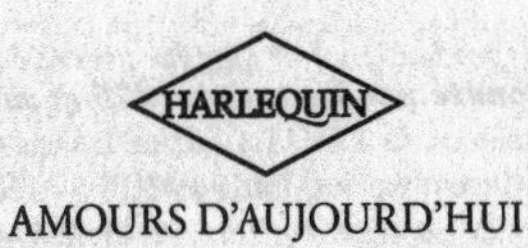

AMOURS D'AUJOURD'HUI

Cet ouvrage a été publié en langue anglaise sous le titre :
MY SISTER, MYSELF

Traduction française de
MARIE-CLAUDE CORTIAL

HARLEQUIN®

est une marque déposée du Groupe Harlequin
et Amours d'Aujourd'hui®
est une marque déposée d'Harlequin S.A.

Photo de couverture
© STEVE PREZANT / CORBIS

83-85, boulevard Vincent-Auriol, 75013 PARIS — Tél. : 01 42 16 63 63
Service Lectrices — Tél. : 01 45 82 47 47
ISBN 2-280-07867-8 — ISSN 1264-0409

Prologue

Tory poussa un profond soupir.

Plus que quelques kilomètres, et elle serait enfin arrivée, saine et sauve !

L'angoisse qui ne l'avait pas quittée depuis son départ desserra un peu son étreinte.

Cela faisait deux jours qu'elle roulait. Comment était-ce possible ? Elle s'en était à peine rendu compte. A quoi avait-elle pensé pendant ce long exode ?

Sous ses yeux, les panneaux signalétiques se succédaient. Allait-elle prendre la sortie qui conduisait à Shelter Valley ou y renoncer ? Tout était allé si vite. Rien ne l'avait préparée à prendre une décision aussi importante.

Mais elle n'avait pas le choix, elle devait aller jusqu'au bout : il fallait que Christine se présente à l'université. Sinon, elle perdrait son poste.

Christine… Pour la énième fois pendant ce voyage, Tory sentit les larmes lui brûler les paupières. Elle n'essaya pas de les retenir. Christine. Si belle… si forte. Qu'allait-elle devenir sans elle ? Comment continuer ?

Secouée par un sanglot, la jeune femme se mordit la lèvre inférieure, refoulant l'envie de crier sa révolte. Pourquoi sa propre vie avait-elle été épargnée ? C'était absurde. Et injuste.

— Que veux-tu que je fasse ? demanda-t-elle tout haut. Bruce pense que tu es en vie. C'est moi qu'il croit avoir tuée !

A travers ses larmes, elle aperçut un panneau annonçant une aire de repos. Mieux valait quitter l'autoroute quelques instants. Essayer de se détendre. De réfléchir. Après tout, elle pouvait encore faire demi-tour.

Une fois sa nouvelle Ford Mustang garée, Tory se laissa aller à sa douleur.

Christine, sa sœur aînée, qu'elle adorait, était morte la semaine précédente.

Maintenant, elle se retrouvait seule au monde. Complètement seule pour la première fois de son existence infernale. Cela faisait deux ans qu'elle fuyait Bruce, son ex-mari. Quelques jours auparavant, elle croyait encore que la vie ne pouvait rien lui réserver de pire que ce qu'elle avait subi avec lui.

Tournant son visage brouillé de larmes vers le ciel, elle essaya d'y puiser un peu de réconfort. Christine était-elle quelque part là-haut, dans tout ce bleu ? En train de la protéger ? De la guider ?

C'est auprès d'elle que Christine aurait dû se trouver. Elles avaient prévu de venir s'installer ensemble à Shelter Valley.

Shelter Valley… La vallée protectrice…

A vingt-six ans, Tory cherchait encore désespérément un havre de paix, comme elle l'avait fait toute sa vie. Sans jamais le trouver. Serait-ce différent, cette fois-ci ?

Tant que Bruce la croirait morte, elle pourrait lui échapper.

Originaire d'une riche famille de la Nouvelle-Angleterre, Bruce Taylor jouissait d'une immense influence. Son organisation tentaculaire lui assurait des ramifications dans tout le pays. Il avait à sa disposition des hommes de main qui se lançaient à la poursuite de Tory chaque fois qu'elle se réfugiait quelque part en espérant qu'il perdrait sa trace. Malgré la chaleur, la jeune femme frissonna. Le problème de Bruce, c'était de n'avoir jamais été critiqué. Sa mère l'avait toujours trouvé parfait sous tous les rapports, refusant de lui imposer la moindre discipline quand il était petit. Et elle n'avait jamais voulu reconnaître que son fils, une fois adulte, était loin d'être exemplaire. Elle lui trouvait immanquablement une excuse pour tous ses actes répréhensibles. Quant à son père, un riche armateur, il avait cru pouvoir compenser ses absences en déposant à ses pieds tout ce que l'argent permettait d'acheter. Il était même allé jusqu'à corrompre un juge quand Tory avait porté plainte contre son mari pour violences physiques. La plainte s'était retournée contre elle. Avant même le début du procès, elle avait compris qu'elle n'avait aucune chance de gagner.

Tory soupira. Elle n'aurait jamais obtenu le divorce si elle avait suivi la procédure normale. En désespoir de cause, elle avait mis au point un plan très habile : elle avait réussi à convaincre Bruce de l'accompagner dans une escapade à Tijuana, sachant qu'il ne dessoûlerait pas pendant trois jours, et elle l'avait traîné au tribunal pour un divorce rapide. Le lendemain, furieux d'être tombé dans ce piège, il lui avait demandé de faire annuler le divorce. Elle avait refusé, mais il n'avait toujours pas accepté sa décision.

A trente ans, Bruce ne s'était jamais vu refuser quoi que ce soit. Il prenait ce qu'il voulait, considérant que tout lui était dû. Et il voulait récupérer son ex-épouse, qu'il considérait comme sa propriété. C'était une obsession. La seule façon de lui échapper était d'être morte. Et de le rester. Et de laisser Christine vivre.

Mais c'était de la folie. Il n'y avait aucune chance pour que cette supercherie réussisse.

1.

De plus en plus nerveux, Ben Sanders leva le pied de l'accélérateur. Shelter Valley n'était plus qu'à quelques tours de roues. Il se passa une main dans les cheveux en soupirant. C'était peut-être une grossière erreur de venir ici. Après tout, il y avait des centaines de villes où l'on pouvait faire des études, et repartir de zéro. Et si cette ville n'avait rien d'autre à lui offrir que quelques rues et quelques vieilles bâtisses ? S'il ne s'y sentait pas chez lui ?

Toute sa vie, il avait entendu dire qu'à Shelter Valley les gens s'intéressaient vraiment aux autres, et que la famille avait une réelle importance. Mais ce n'était peut-être qu'une légende…

Il prit une profonde inspiration. Cela ne servait à rien de tergiverser. Il était presque arrivé, mieux valait tenter l'expérience. Si cette décision s'avérait être une erreur, il pourrait toujours en envisager une autre à la fin de l'année universitaire.

Mettant son clignotant, il sortit de l'autoroute et prit la direction de Shelter Valley en jetant des coups d'œil avides autour de lui. Il avait le vague sentiment qu'il reconnaîtrait les lieux. Mais c'était absurde. Il n'avait jamais mis les pieds dans cette ville.

Les pieds, non, mais l'imagination… Il en rêvait, depuis longtemps.

Quand il avait entendu raconter l'histoire de sa grand-mère pour la première fois, il était à peine assez grand pour en comprendre la signification. Elle avait vécu à Shelter Valley jusqu'à l'âge de quatorze ans, avant d'être séparée de sa famille. Elle adorait son père, et c'était réciproque. Ben secoua la tête. Dommage que son propre père n'ait jamais voulu lui en dire plus sur sa famille.

Depuis ce jour, il avait toujours l'impression que Shelter Valley l'appelait. Peut-être à cause de son enfance nomade. Ou parce qu'il avait hérité des gênes de son arrière-grand-père. Et si c'était le vieux Samuel Montford qui l'invitait à s'installer dans la cité de ses ancêtres ?

Mais peut-être avait-il tout simplement échafaudé dans sa tête un scénario complètement romanesque pour compenser le fait qu'à vingt-six ans, il n'avait pas toujours pas réussi à créer un véritable foyer…

La vue qui s'offrit à ses yeux le tira brusquement de ses pensées. Shelter Valley venait de surgir devant lui, juste de l'autre côté de la colline. En plein désert… conforme à la description faite par son père. Entourée de sol desséché et de cactus, la ville de ses rêves, nuancée d'ocre brun, se dressait contre des montagnes majestueuses. Roulant maintenant au pas, Ben essaya de capter le plus d'impressions à la fois. Il aperçut une vieille femme qui taillait ses rosiers, des enfants qui jouaient au ballon sur le trottoir, une adolescente en rollers remontant la pente à côté de lui.

Il la laissa passer.

Cet instant était à lui seul. Il voulait le savourer lentement.

En face, quelques manoirs dispersés à flanc de montagne. Y avait-il quelqu'un du nom de Montford dans l'une de ces imposantes demeures ? Mais restait-il seulement un Montford dans cette ville ?

Il avait toujours pensé avoir de la famille ici.

C'était sans doute un fantasme, né des années plus tôt dans la tête d'un petit garçon souvent seul.

Ben secoua la tête. Il n'était plus un petit garçon. Le mariage l'avait guéri de l'enfance. Il avait élevé la fillette qu'il croyait être la sienne et, du jour au lendemain, il avait dû disparaître de sa vie. Cela avait fini de le désenchanter.

Stop ! Il s'était promis de chasser les souvenirs douloureux. Il ne voulait plus souffrir, plus jamais. Une vie nouvelle s'ouvrait devant lui. Ou plutôt, la vie qu'il avait interrompue à la fin de ses études secondaires allait recommencer. Il allait la vivre seul, en comptant sur la seule personne en laquelle il pouvait avoir confiance : lui-même. Il ne regarderait plus jamais en arrière.

Sa nouvelle adresse était écrite sur un morceau de papier posé sur le siège du passager. Un appartement situé dans une vieille maison, près du campus de l'université Montford. Les cours commençaient dans deux jours, mais il serait prêt avant. Le téléphone était déjà installé, et il avait une adresse électronique. Il ne lui restait plus qu'à acheter quelques livres, et à déballer ses maigres bagages.

Avec huit années de retard, il allait enfin entrer à l'université.

Le cœur battant, Ben atteignit le centre-ville — des magasins en enfilade de chaque côté de la rue principale, des places de parking le long des trottoirs. Il sourit. Le restaurant Valley Diner, avec son auvent vert sapin, le grand magasin Weber, le drugstore… tout était exactement comme il l'avait imaginé. On aurait dit que quelqu'un avait gravé ces images dans sa tête, quand il n'était encore qu'un gamin, afin qu'il les retrouve, bien des années plus tard.

En atteignant le carrefour Main-Montford, il remarqua la statue qui trônait sur la grande place. Entourée de pelouses verdoyantes savamment entretenues, la sculpture grandeur nature en pierre polie, rutilante sous le soleil couchant de l'Arizona, paraissait interpeller le visiteur.

Assailli par un sentiment incompréhensible, il gara sa camionnette sur la première place de parking qu'il trouva. Après avoir verrouillé les portières, il se précipita vers la sculpture et lut la brève biographie.

Toute sa vie, il avait attendu ce moment.

Incrédule, en proie à une émotion qu'il n'aurait pas imaginée, Ben regarda l'effigie de son arrière-grand-père. Ses traits fermes, représentés avec réalisme, donnaient l'impression que Samuel Montford allait revenir à la vie d'une minute à l'autre. En contemplant la statue de l'homme qui avait vécu tant d'années plus tôt, Ben fut frappé par sa ressemblance avec lui.

Un couple passa, la main dans la main, et lui adressa un léger sourire. Il leur sourit à son tour. Il avait envie de leur demander s'ils la voyaient, cette ressemblance. Elle devait sauter aux yeux.

Envoyant à son ancêtre un silencieux « A bientôt», le jeune homme retourna à grandes enjambées vers son véhicule. Brusquement, il avait hâte de gagner son nouvel appartement.

Il était rentré chez lui.

— Mon Dieu ! Christine, mais où es-tu passée ?

Phœbe Langford faisait les cent pas devant la porte-fenêtre de son salon sans quitter la route des yeux. Comme lorsqu'elle était petite, elle se prit à faire un pari : la voiture de Christine sera la cinquième après celle-ci... non, la dixième.

Apercevant son reflet dans la vitre, elle se rendit compte qu'elle était tendue à craquer. Son visage encadré d'une crinière flamboyante était crispé par l'inquiétude.

Que se passait-il donc avec Christine ? Pourquoi avait-elle tant de retard ?

Le crépuscule descendait lentement, et la voiture de son amie n'apparaissait toujours pas. Le petit mot griffonné qu'elle lui avait envoyé était pourtant affirmatif. Elle n'avait pas changé ses projets. Presque écrit en langage codé, il ne faisait aucune allusion à l'accident de voiture responsable de son retard, ni à l'étendue de ses blessures. Il l'informait seulement du fait qu'elle arriverait en début d'après-midi.

Et maintenant, l'après-midi s'achevait.

Poussée hors de chez elle par un mauvais pressentiment, Phœbe alla se planter sur le trottoir et scruta la route. Cela ne faisait aucun doute. Christine devait avoir un sérieux problème.

Le cœur serré, elle adressa à la nuit une petite prière silencieuse. Mon Dieu ! faites que Christine et Tory aillent bien ! Faites que leur calvaire soit enfin terminé !

Christine et Tory Evans venaient à Shelter Valley avec l'espoir de recommencer leur vie, fuyant les abus de toutes sortes dont elles étaient victimes. Ici, le mal serait loin, très loin derrière elles. Le temps de la guérison était venu. Christine et sa petite sœur pourraient enfin vivre l'une pour l'autre, en paix.

Titulaire d'un doctorat de psychologie, Phœbe savait quelles étapes les deux jeunes femmes devraient traverser pour se libérer de leur passé. Mais c'était en tant qu'amie qu'elle comptait les soutenir, les accompagner tout au long de ce difficile voyage.

Phœbe ne quittait pas la petite route des yeux. Mais aucune voiture n'apparaissait. Accablée, elle rentra chez elle et donna encore un coup d'œil à la chambre que Christine et Tory allaient partager. Pimpante, avec ses lits jumeaux couverts d'un dessus-de-lit aux couleurs ensoleillées, sa grande armoire et sa nouvelle commode de bois blond, elle n'attendait qu'une chose : que les deux jeunes femmes s'y installent.

Les cours commençaient le lundi suivant à l'université Montford, où Phœbe venait de reprendre le poste de professeur de psychologie. Elle était prête depuis plusieurs semaines. Contrairement à elle, Christine, qui allait enseigner la littérature, aurait peu de temps pour se préparer. Ses livres étaient déjà arrivés, mais elle n'aurait pas l'occasion de s'acclimater doucement à son nouvel environnement, au cœur de l'Arizona — si éloigné de la Nouvelle-Angleterre, qu'elle quittait définitivement — et au campus, à la petite ville et à ses habitants.

Sans parler du climat… se dit Phœbe en troquant sa chemise à manches courtes en coton contre un chemisier plus léger. Même avec l'air conditionné, elle ne cessait de transpirer. Elle s'épongea le front. Dès que Christine serait installée, elle lui demanderait des conseils pour perdre un peu de poids. Quand elles étaient voisines de palier à Boston, elle se punissait encore d'avoir laissé partir son mari. Puisqu'il avait préféré le corps d'une autre femme, elle n'avait qu'à garder ses rondeurs. C'était tout ce qu'elle méritait.

Et puis…

Phœbe soupira. Christine et Tory n'étaient pas les seules à vouloir réinventer leur vie. Elle aussi, elle avait commencé à changer, depuis qu'elle était arrivée à Shelter Valley quelques semaines plus tôt. Elle s'était déjà fait quelques amis :

Becca et Will Parsons, qui venaient d'avoir Bethany, une adorable petite fille ; Sari, la sœur de Becca ; Martha Moore et John Strickland, Linda Morgan, l'adjointe du recteur de Montford. Sans oublier Randi, la sœur cadette de Will, qui avait une énergie débordante. Phœbe sourit. Ces amis-là, elle les aurait encore dans trente ans.

Grâce à leur générosité et à leur capacité à considérer un étranger comme un des leurs, elle commençait à recouvrer un peu d'estime pour elle-même.

Ce serait pareil pour Christine… si elle devait jamais trouver la sérénité sur cette terre, ce serait à Shelter Valley.

Pendant tout l'après-midi, Phœbe avait espéré entendre la sonnette retentir. Quand cela se produisit enfin, elle fit un bond. Le cœur battant, elle se précipita pour ouvrir la porte et serra la jeune femme sur son cœur.

— Je suis si heureuse que vous soyez enfin arrivées ! s'exclama-t-elle en pleurant de joie.

Tory était en larmes. Phœbe la fit entrer et regarda à l'extérieur.

— Où est Christine ?

La Mustang garée dans l'allée était vide.

La peur au ventre, Phœbe se retourna lentement vers Tory. Allons, se dit-elle, il n'y a aucune raison de redouter le pire. Quand elles vivaient toutes les trois à Boston, elle avait des raisons de s'inquiéter pour elles, mais maintenant, tout irait bien.

Comme Tory sanglotait sans répondre, elle demanda de nouveau :

— Où est Christine ?

— Elle est…

Tory suffoquait.

— Il… Bruce..

Phœbe prit les mains tremblantes de la jeune femme dans les siennes et l'entraîna vers le canapé. Oubliant sa propre émotion, elle regarda Tory en se préparant psychologiquement. Les nouvelles ne pouvaient pas être bonnes.

— Bruce… reprit Tory.

Ses sanglots redoublèrent. Incapable de lutter plus longtemps, Phœbe laissa couler ses larmes. Elle savait ce qui s'était passé. Tory n'avait pas besoin de continuer.

— Il vous a retrouvées, dit-elle en essayant de maîtriser la panique qui commençait à l'envahir.

C'était à cause de l'ex-mari de Tory que Christine avait accepté ce poste à Montford. Elle avait voulu emmener sa sœur le plus loin possible de cet homme tyrannique et brutal.

Tory secoua la tête.

— Il… il l'a tuée… dit-elle dans un souffle.

Pétrifiée, sans voix, Phœbe se laissa tomber sur le canapé.

Christine était morte !

Elle avait bien senti qu'il s'était passé quelque chose de terrible. Elle le savait.

— Comment est-ce arrivé ?

Elle posait cette question plus pour Tory que pour elle-même. La seule partie de son cerveau qui travaillait encore, celle qui était capable d'analyser, lui dictait que Tory devait parler pour extérioriser toute l'horreur qu'elle venait de vivre.

La vie de Christine s'était éteinte. Sa lutte était terminée. Phœbe ne pouvait pas le croire.

Tory réussit à prendre sur elle et à raconter d'une voix brisée :

— Bruce a su que nous partions en direction de Shelter Valley…

Son beau visage était ravagé par l'angoisse. Phœbe l'écoutait sans la quitter des yeux. Comme Tory ressemblait à sa sœur ! Elle l'avait déjà constaté le premier jour où elle l'avait vue, au début de l'été.

Quelques mois plus tôt, à Boston, Christine s'était écroulée sur ce même canapé, le dos courbé sous le poids de la défaite, ses grands yeux bleus — la réplique exacte de ceux de Tory — assombris par les terribles souvenirs d'enfance qu'elle lui avait racontés.

Comme ce jour-là, Phœbe prêta une oreille attentive aux paroles de Tory, essayant de repousser sa propre douleur au second plan.

— Il nous a rattrapées à la frontière du Nouveau Mexique. Il voulait nous obliger à nous arrêter, mais Christine refusait.

Elle fit une pause.

— Je lui ai dit d'obéir. C'était moi qu'il voulait rattraper, pas elle.

Voyant Tory prête à se charger de toute la responsabilité de ce drame, Phœbe murmura :

— Il devait être furieux contre Christine parce qu'elle t'emmenait loin de lui.

Tory secoua vigoureusement la tête, faisant danser ses cheveux blonds coupés court.

— C'est moi qu'il veut, et moi seule, dit-elle d'un ton amer. Les autres ne comptent pas assez pour qu'il se mette en colère.

Elle laissa errer devant elle un regard vide.

— Il considère que personne ne peut être plus fort que lui. A ses yeux, les gens ne sont que des fourmis, qu'il est obligé d'écraser de temps en temps, quand elles le gênent.

En tant que psychologue, Phœbe était accoutumée à ce genre de propos, mais les paroles de Tory étaient bouleversantes. Ce type avait dû lui faire vivre un véritable enfer.

— Que s'est-il passé quand Christine a arrêté la voiture ? demanda-t-elle.

Tory secoua encore la tête. Ses mains tremblaient.

— Elle ne s'est pas arrêtée, répondit-elle, les yeux agrandis par l'horreur. Elle m'a dit que j'étais la seule personne qui lui donnait envie de vivre, et qu'elle ne cèderait pas à Bruce.

— On dirait que cela t'étonne.

— Sans moi, Christine aurait eu une vie parfaite après avoir quitté la maison. Je l'ai déçue si souvent. Je n'ai pas fait d'études. J'ai épousé Bruce. J'ai passé mon temps à fuir.

Phœbe secoua la tête et prit la main de Tory dans les siennes. Se rappelant qu'elle savait des choses que Tory ignorait, elle choisit ses mots avec précaution.

— C'est Christine qui a choisi Bruce pour toi.

— Comment ? Ce n'est pas possible, je l'ai rencontré à une soirée !

— Peut-être, mais quand tu le lui as présenté, elle a tout fait pour vous jeter dans les bras l'un de l'autre. Elle savait qu'il venait d'une famille riche.

Elle soupira. Elle voyait encore le visage de Christine le jour où elle lui avait fait cette révélation, quelques mois plus tôt.

— Elle pensait qu'il était fait pour toi, ajouta-t-elle.

Visiblement choquée, Tory écoutait en silence, le regard perdu.

— C'est la vérité, n'est-ce pas ? demanda Phœbe.

— Je l'ignore, dit Tory, les sourcils froncés. Je suppose que oui. Elle était toujours près de moi, elle m'encourageait, m'aidait à choisir mes vêtements, à me préparer quand j'avais rendez-vous avec lui. Mais Christine était ma sœur aînée. Elle croyait agir au mieux.

Sentant la confusion, la douleur de la jeune femme, Phœbe lui caressa le front. Ses doigts s'arrêtèrent sur une boursouflure, juste sous la frange. Elle écarta les cheveux de Tory, dévoilant une horrible cicatrice rouge.

— Qu'est-ce que c'est ? s'écria-t-elle.

Mal à l'aise, Tory remit sa frange en place et poursuivit :

— Quand il a vu que Christine ne s'arrêtait pas, Bruce est devenu fou. Il est venu rouler à côté de nous et il s'est mis à cogner notre voiture avec la sienne.

La tête baissée, Tory croisait et décroisait nerveusement ses doigts.

— Je ne me souviens pas de la suite.

Des larmes tombèrent sur ses mains.

— Quand je suis revenue à moi, j'étais à l'hôpital. L'infirmière m'a dit que j'avais eu un accident. Apparemment, Christine avait perdu le contrôle de la voiture dans un virage et nous étions tombées d'une falaise. Elle a ajouté que ma sœur était morte.

Phœbe l'attira doucement contre elle et la serra dans ses bras.

— Oh ! Tory, ma chérie, c'est tellement horrible...

Christine... Chère, chère Christine. Si douce, si courageuse. As-tu enfin trouvé la paix ? s'interrogea-t-elle en laissant libre cours à ses larmes.

Le lendemain matin, Tory se réveilla dans un lit confortable. Se sentant fraîche et dispose, elle jeta un regard paresseux autour d'elle. Les bagages que Phœbe l'avait aidée à transporter, la veille, n'étaient pas encore défaits.

Une commode toute neuve… Un lit jumeau près du sien. Celui de Christine. Vide.

La réalité s'imposant brutalement à son esprit, elle eut un coup au cœur. Tout lui revint à la mémoire. Et en même temps, la peur, la terreur. Le désespoir qui l'avait anéantie.

Elle entendit un petit coup frappé à la porte, puis la voix de Phœbe.

— Tu es réveillée ?

— Oui. Entre !

Tory étala rapidement sa frange sur son front. Après des années passées à cacher ses ecchymoses, ce geste était devenu un réflexe.

— Bonjour, Tory !

Phœbe entra en souriant, une tasse de café à la main. Elle la posa sur la petite table de chevet et s'assit sur son lit. Elles passèrent quelques minutes à parler de la chaleur de l'Arizona, de sa maison qu'elle avait trouvée au mois d'août quand elle avait précédé Christine à Shelter Valley, et des gens avec qui elle avait fait connaissance, et que Tory allait bientôt rencontrer.

Tory faisait des efforts surhumains pour l'écouter, mais elle était surtout attentive à son sourire, au rythme régulier de sa voix, à la force tranquille qui émanait d'elle. Malgré ses nerfs à fleur de peau, elle réussit à rester tranquille, physiquement et mentalement, et à maîtriser le désarroi qui montait du plus profond d'elle.

Phœbe était si incroyablement gentille ! Excepté Christine, elle n'avait jamais connu personne d'aussi adorable. Mais pourquoi cette gentillesse ? Elle n'y était pas habituée et ne comprenait pas.

Après quelques instants de silence, pendant lesquels les deux amies restèrent plongées dans leurs pensées, Phœbe déclara :

— Il va falloir appeler Will Parsons pour lui dire que Christine ne viendra pas.

Tory prit une profonde inspiration. Le moment tant redouté était venu…

Elle avait répété son petit discours une centaine de fois pendant son voyage à travers l'étendue désertique du Nouveau Mexique et du nord de l'Arizona.

Encore une inspiration et elle ouvrit la bouche.

Mais aucun son n'en sortit. Elle ne pouvait pas faire cela…

— Elle avait une assurance-vie, dit Phœbe, son regard triste rivé sur Tory. Elle en a souscrit une en même temps que moi. Nous pouvons donner une copie de son certificat de décès à Will Parsons. Tu n'auras pas de soucis financiers.

Tory la fixait d'un air hagard.

Lui laissant tout son temps pour reprendre ses esprits, Phœbe poursuivit :

— Je compte sur toi pour rester chez moi, comme prévu. Du moins jusqu'à ce que tu aies décidé de ce que tu veux faire. Je me sens très seule dans cette grande maison après avoir vécu si longtemps dans un appartement. Je crois que j'ai besoin d'entendre un peu de vie de l'autre côté du mur de ma chambre.

Tory, qui était devenue blanche comme un linge, dit d'une voix éteinte :

— Il n'y en a pas…

Phœbe fronça les sourcils.

— Il n'y a pas de quoi ?

— De certificat de décès.

— Mais…

— Enfin… il n'y en a pas pour Christine.

— Je ne comprends pas. On t'a dit que ta sœur était morte, à l'hôpital, et personne n'a signé de certificat de décès ?

Brusquement, son visage s'éclaira.

— Mais alors… s'ils n'ont pas trouvé son corps, elle est peut-être encore en vie !

Puis, elle se rembrunit.

— Ou Bruce l'a rattrapée…

Voyant se succéder une foule d'expressions sur son visage, Tory secoua la tête.

— Non, Christine a été transportée à l'hôpital.

Elle fit une pause et avala péniblement sa salive. Elle avait la bouche sèche, la gorge en feu. Entourant ses genoux de ses bras, elle regarda fixement le lit.

— Je l'ai fait incinérer. Elle m'a toujours dit que c'était ce qu'elle désirait.

Il n'était probablement pas courant que deux sœurs discutent, si jeunes encore, de la façon dont elles voulaient être enterrées. Mais pour Christine et elle, avec la vie qu'elles avaient eue, la maison dans laquelle elles avaient grandi, la mort avait toujours fait partie des choses possibles.

— Mais tu n'as pas pu le faire sans certificat de décès !

— J'en ai un, admit Tory.

Elle se tordit les mains et ajouta dans un souffle :

— Mais ce n'est pas celui de Christine.

Elle se frotta les tempes du bout des doigts. Le sang cognait dans sa tête. Son cœur battait si fort qu'il allait certainement lâcher. Quand cesserait-elle de se sentir aspirée par cette spirale de terreur ?

— Christine et moi, nous nous ressemblions tant…

Tory posa les coudes sur ses genoux et continua de fixer le lit sans le voir. Malgré les larmes qui ruisselaient sur ses joues, elle parlait maintenant d'une voix calme.

— Mon permis de conduire était neuf. Celui de Christine avait six ans… Nous étions blessées toutes les deux..

— Tory…

— Avant l'accident, elle avait eu froid. Je lui avait passé un T-shirt portant mes initiales brodées. Elle l'avait mis sur ses épaules.

— Mon Dieu !

— Quand on a annoncé que la femme qui venait de mourir dans l'accident de voiture était Tory Evans, Bruce, qui semblait avoir perdu la tête, a envoyé un membre de sa famille pour m'identifier. Pour l'identifier.

— Et c'est ce que qu'il a fait ?

Hochant la tête, Tory leva les yeux et rencontra le regard incrédule de Phœbe.

— Christine est passée à travers le pare-brise, ajouta Tory en repoussant le souvenir de sa sœur à la morgue. Son visage était à peine reconnaissable, même pour moi. Elle s'était fait couper les cheveux, comme moi. Elle m'avait dit qu'elle partait pour une vie nouvelle et qu'elle voulait changer de tête.

Elle fit une pause.

— Quand j'ai repris connaissance, il paraît que j'ai dit que je m'appelais Christine.

Tory leva les yeux. Phœbe était médusée.

— Je n'arrive pas à me rappeler cela, mais me connaissant comme je me connais, et sachant comment je réagis quand je souffre, je suppose que j'ai dû appeler Christine.

Tory s'interrompit pour sortir un mouchoir de son sac. Sa sœur, qui avait cinq ans de plus qu'elle, avait été son seul réconfort, aussi loin qu'elle pouvait s'en souvenir. Christine avait toujours été là pour la soutenir, depuis ce jour où leur beau-père l'avait jetée contre un mur et où elle avait vu trente-six chandelles. Elle avait trois ans.

— C'est incroyable, dit Phœbe.

Elle prit Tory par les épaules et la fit doucement pivoter vers elle.

— On croit que c'est toi qui es morte, que tu as été incinérée !

Epuisée, Tory hocha la tête.

— Le certificat de décès que j'ai est le mien, dit-elle avant de se remettre à sangloter.

2.

Le même jour, Ben s'activa jusqu'au milieu de la matinée dans son nouvel appartement meublé. Il rangea dans le placard de la cuisine les quelques assiettes et casseroles qu'il avait apportées, suspendit ses vêtements dans la penderie, et installa ses livres — qui constituaient le plus gros de son déménagement — sur les étagères.

Cela lui prit peu de temps. Il regarda l'heure et soupira. Il n'était que 10 heures du matin, une longue journée s'étirait devant lui. Il se dirigea vers le téléphone et se ravisa. Non, il n'allait pas rappeler Alex. Il lui avait téléphoné la veille, et, Dieu merci, elle avait répondu elle-même. La semaine précédente, il avait dû faire croire trois fois de suite qu'il s'était trompé de numéro avant que ce soit sa fille elle-même qui décroche le téléphone. Ben secoua la tête. Sa fille... non, malheureusement, Alex n'était pas sa fille, il devait se rendre à l'évidence. Mais il l'avait élevée et aimée comme si c'était la sienne. Maintenant qu'il avait un téléphone personnel, ce serait plus pratique. Après lui avoir communiqué le numéro, il lui avait expliqué comment le composer, et il lui avait demandé de recommencer plusieurs fois, pour être sûr qu'elle avait bien compris. Il lui avait donné son adresse, aussi, mais il était peu probable qu'elle puisse s'en servir. A sept ans, la fillette était assez intelligente pour lui écrire une lettre et pour libeller l'enveloppe, mais elle serait bien obligée de demander un timbre à sa mère, et Mary le lui refuserait certainement. Le cœur serré, Ben se mit à arpenter la cuisine avec nervosité. Non seulement Mary avait trahi sa confiance en lui faisant croire pendant toutes ces années qu'il était le père d'Alex, mais elle voulait qu'il se fasse oublier de sa petite fille adorée.

Heureusement, le tribunal en avait décidé autrement, affirmant qu'il devrait rester en contact avec la fillette, bien qu'il soit divorcé et n'ait aucun lien biologique avec elle.

Tournant comme un ours en cage, partagé entre la colère qu'il éprouvait contre son ex-femme et son inquiétude constante pour Alex, Ben décida de sortir. Il irait faire quelques courses au supermarché.

Il se retrouva bientôt en train de remplir méthodiquement son chariot de tous les articles dont il pourrait avoir besoin un jour ou l'autre : produits nettoyants, seau et serpillière, lots d'éponges et de torchons, cirage, lacets, bandes de gaze et antiseptiques. Plus quelques médicaments de base : aspirine, sirop contre la toux. Sans oublier le papier hygiénique, les serviettes en papier et autre papier absorbant. Il ajouta encore un petit kit de couture et se dirigea vers les rayons d'alimentation.

Un quart d'heure après, il arriva à la caisse. La caissière le regarda avec un sourire appréciateur.

— Vous venez d'arriver ?

Ben acquiesça tout en sortant de sa poche son carnet de chèques.

— Vous avez l'intention de rester longtemps, apparemment !

— Oui, répondit-il laconiquement.

Il signa son chèque et attendit l'addition.

La jeune fille fit encore quelques tentatives pour engager la conversation, mais elle abandonna vite devant son indifférence.

Soulagé, Ben sortit du supermarché, les bras chargés de sacs. Cette fille était charmante, sympathique. Elle devait avoir une vingtaine d'années. S'il l'avait rencontrée dans une autre vie, il aurait sans doute parlé avec elle.

Mais pas dans cette vie-ci. Du moins, pas avant d'avoir réussi ses examens et entrepris une carrière digne de ce nom. Il avait déjà perdu trop de temps. Huit ans, pour être précis.

Après un bref détour par la statue de son arrière-grand-père, Ben se retrouva chez lui. Il rangea ses achats avec une lenteur méticuleuse. La trousse de premiers soins allait dans la petite armoire à pharmacie de la salle de bains, tout le monde savait cela. Les torchons, dans un tiroir près de l'évier. Ben en enroula un autour de la poignée du four, pour éviter de se brûler. Il avait vu cela, une fois, à la télévision.

Mais où ranger le kit de couture ? Il le fourra finalement dans un tiroir du meuble de la salle de bains. Il y avait de fortes chances pour qu'il en ait besoin en s'habillant. C'était toujours à ce moment-là qu'on constatait l'absence d'un bouton… A part cela, il s'en servirait probablement peu. Coudre un bouton était à peu près tout ce qu'il était capable de faire avec une aiguille et du fil.

Il jeta un coup d'œil à sa montre. Midi à peine. Il avait encore un jour et demi à tuer avant le début des cours. Il changea la disposition de certains éléments dans la cuisine. Finalement, après un coup d'œil circulaire, il décida de les remettre à leur place initiale.

La radio diffusait en sourdine *Automne*, la pièce pour piano de George Winston. Ben fit encore une fois le tour de son appartement pour voir s'il pouvait apporter quelque amélioration. Non, tout était parfait. Et si calme… bien trop calme. Cette absence de vie commençait à être insupportable.

Aucun rire d'enfant, aucun bruit de jeux de cubes s'écroulant sur le carrelage. Même les lamentations de sa femme commençaient à lui manquer.

En soupirant, Ben reprit ses clés et retourna vers sa camionnette. Il fallait voir les choses de façon positive : maintenant, il avait un appartement à lui. Et le plus important, c'est que ce serait lui, désormais, qui mènerait le jeu.

Et depuis le temps qu'il avait envie d'adopter un chien… C'était le moment ou jamais.

— Pourquoi n'as-tu pas dit qu'il y avait erreur sur la personne ? Que c'était Christine qui était morte dans l'accident ?

Leur conversation matinale avait été interrompue par un coup de téléphone pour Phœbe. Tory en profita pour prendre une douche. Quand elle était sortie de la salle de bains, Phœbe avait posé ses valises sur le lit et l'avait aidée à déballer ses affaires.

Maintenant, elles étaient assises dans la cuisine, devant les restes d'un déjeuner tardif auquel elles avaient à peine touché.

Pourquoi ne l'avait-elle pas dit aux responsables de l'hôpital ? Tory savait que cette question allait venir.

N'ayant pas tenu compte des avertissements de Phœbe sur la chaleur qui sévissait en Arizona, elle avait revêtu un jean épais et un T-shirt, et transpirait abondamment malgré l'air conditionné. Mais ce n'étaient pas ses vêtements qui la gênaient le plus. C'était la tâche qui l'attendait.

Elle secoua légèrement la tête et répondit à voix basse :

— J'en avais l'intention…

Tout cela était de la folie pure. Cette tentative pour gagner sa liberté était vouée à l'échec.

— J'avais vraiment l'intention de le leur dire, mais quand j'ai ouvert la bouche, je n'ai pas pu prononcer un seul mot. D'abord, les gens qui m'entouraient ont cru que le traumatisme m'empêchait de parler. Ensuite, chaque fois que j'essayais de leur dire la vérité, ils me conseillaient de me reposer, ou bien ils me tapotaient le bras en me disant d'un air compatissant qu'ils comprenaient.

Sans rien dire, Phœbe prit doucement sa main dans la sienne.

— Ensuite, j'ai réalisé que dès qu'ils sauraient qui j'étais, Bruce recommencerait à me poursuivre. Je voulais juste avoir quelques jours de repos, le temps de réfléchir, de m'organiser. C'est pour cela que je les ai laissés croire que j'étais Christine. Mais au fur et à mesure que le temps passait, j'avais de plus en plus de mal à redevenir Tory… et à me débarrasser de cette terreur qui me paralysait.

— Maintenant… que comptes-tu faire ?

— Je suis hors de danger tant que tout le monde me prend pour Christine.

— Mais Christine devait travailler à l'université… Les cours commencent lundi prochain.

— Je sais, dit Tory, la bouche sèche.

— Christine m'a dit que tu n'avais pas terminé tes études universitaires.

— Je ne suis jamais allée à l'université. Bruce ne voulait pas que je voie d'autres garçons sur le campus.

Les deux femmes restèrent quelques instants silencieuses, laissant en suspens les questions qu'elles n'osaient pas poser. Comment imaginer un seul instant que Tory puisse se faire passer pour Christine ? Christine était professeur d'université…

— Tu pourrais… donner ta démission. En tant que Christine…

— Pour aller où ? Pour faire quoi ? Sur mon curriculum vitæ, je suis professeur.

Toutes les possibilités lui étaient déjà venues à l'esprit. Elle savait pourtant que c'était fou, qu'elle n'avait aucune chance de se faire passer pour sa sœur. Et, surtout, qu'elle ne pourrait jamais se convaincre elle-même du bien-fondé de cette supercherie. Mais elle se sentait trop anéantie pour envisager autre chose.

Elle secoua la tête.

— Bruce va probablement rester sur les traces de Christine pendant quelque temps. S'il la croit vivante, il faut qu'elle enseigne. Sinon, il trouvera cela suspect.

— Ce salaud devrait être en prison, grinça Phœbe, les yeux étincelants de fureur.

Tory hocha la tête. Bien sûr, Phœbe avait raison. Mais elle, elle ne pouvait pas se permettre de penser à Bruce. Sinon, la peur et la souffrance allaient la détruire.

Elle but une gorgée de thé.

— J'ai le choix entre deux solutions, dit-elle en posant sa tasse. Soit je dis la vérité et je passe le restant de mes jours à fuir Bruce et à risquer de me faire tuer chaque fois qu'il me rattrapera, soit je me présente à l'université Montford lundi matin pour donner des cours de littérature.

Elle avait toujours pensé qu'il y avait une différence entre le bien et le mal et que, dans chaque situation, il y avait un bon choix à faire. Un choix honnête. Quand son mariage était devenu un enfer, encore pire que la vie qu'elle avait menée jusque-là, elle s'était promis de toujours opter pour l'honnêteté. Elle avait pensé que cela finirait par la délivrer.

Mais elle n'y croyait plus.

Phœbe rompit le lourd silence qui s'était installé.

— J'ai mis les bagages que Christine avait envoyés dans le placard de la chambre d'amis.

Elle se leva et alla vider les reliefs de leur déjeuner dans la poubelle.

— Ses préparations de cours sont ici, dit-elle sans laisser sa voix trahir son émotion. Elles sont claires, concises et très détaillées. Il te reste trente-six heures pour les étudier avant le début du semestre.

Tory demanda d'une voix tremblante :

— Tu penses sérieusement que je peux essayer ?

Phœbe la regarda dans les yeux avec une expression grave.

— Je ne vois pas d'autre solution.

Tory soutint son regard aussi longtemps qu'elle le put, puis elle baissa les yeux.

— Qu'en penserait Christine ? murmura-t-elle.

Elle éprouvait un sentiment de culpabilité écrasant. C'était elle qui aurait dû mourir, pas Christine. Elle aurait donné sa vie avec joie pour sauver sa sœur.

— Christine te protège, Tory. Ne le sens-tu pas ? Je suis sûre qu'elle approuverait ta décision.

Phœbe parlait d'une voix très douce, mais toujours aussi persuasive.

Les yeux pleins de larmes, Tory secoua la tête. Elle avait tellement besoin de croire que Christine était encore là. Le simple fait d'envisager le reste de sa vie sans elle l'anéantissait. Mais Phœbe avait-elle raison ? Sa sœur, où qu'elle se trouve désormais, voulait-elle vraiment qu'elle prenne sa place ?

— Un jour, il n'y a pas très longtemps, Christine m'a dit que tu étais sa seule raison de vivre, déclara Phœbe.

— Elle me l'a dit aussi, mais c'était par gentillesse. Christine avait un tas de raisons de vivre. C'était une femme extraordinaire, elle aurait pu avoir le monde entier à ses pieds.

— Ce n'est pas ainsi qu'elle voyait les choses.

Intriguée, Tory releva la tête.

— Je suis sûre qu'elle insisterait pour que tu prennes sa place, dit fermement Phœbe. Elle voudrait aussi que je fasse l'impossible pour t'aider.

— Will Parsons, le président de l'université Montford, n'a rencontré Christine qu'une seule fois, il y a trois mois. Il n'y verra que du feu, vous vous ressemblez tellement ! Il croira qu'elle s'est fait couper les cheveux et qu'elle a minci.

Assises par terre dans la chambre, les deux femmes étaient entourées d'un désordre impressionnant. Elles avaient commencé à vider les valises de Tory. En même temps, Phœbe donnait le cours d'enseignement le plus rapide de toute l'histoire de l'université.

— Ce que les gens remarquent le plus, ce sont les yeux, dit Tory en essayant d'entrer dans l'esprit de leur projet.

— Les tiens sont très beaux, dit doucement Phœbe. Si grands, et d'un bleu étonnant. Mais ils sont surtout très expressifs. Quand j'ai rencontré Christine, c'est la première chose que j'ai remarquée.

Tory éprouva une terrible sensation de vide, comme chaque fois qu'elle pensait à sa sœur.

— Je suis désespérée, Phœbe, dit-elle en posant sur le lit le programme de la troisième semaine de cours. Mais toi aussi, tu as perdu un être cher. A la façon dont Christine parlait de toi, je pense que vous deviez être très proches l'une de l'autre.

Les yeux scintillants de larmes, Phœbe eut un sourire nostalgique.

— C'est vrai, nous étions très proches. Ta sœur était vraiment quelqu'un, tu sais.

Tory hocha la tête.

— Toi aussi, tu es quelqu'un, Phœbe. Sais-tu que tu étais la première véritable amie de Christine ?

Les yeux de Phœbe s'agrandirent de surprise.

— Non ! Je sais qu'elle était assez solitaire, mais elle avait d'autres amis. Je n'étais pas la seule à avoir franchi les remparts que Christine avait érigés autour d'elle.

Tory tressaillit. Phœbe avait raison. Depuis toujours, Christine et elle s'étaient entourées de murailles invisibles. Mais ce que disait Phœbe était inquiétant. La relative sécurité qu'elles éprouvaient venait du fait qu'elles croyaient ces protections infranchissables.

— Toutes nos collègues de l'université allaient vers elle, reprit Phœbe en rassemblant des cours pour la quatrième semaine du semestre. Je suppose que tu n'as jamais rencontré ses amis parce qu'elle avait cinq ans de plus que toi.

Tory secoua la tête.

— Elle n'a jamais eu d'amie avant toi.

Leurs chances de nouer des relations amicales avec d'autres filles de leur âge s'étaient évanouies le jour où Christine avait essayé de parler des violences que leur beau-père leur infligeait. Personne ne l'avait crue. Ronald était bien connu dans le quartier pour ses activités à la paroisse. Il s'était montré profondément blessé par les allégations de la fillette, qui avait alors douze ans, et il avait protesté de son innocence. On avait envoyé une assistante sociale, mais naturellement, elle n'avait trouvé aucune preuve. Ronald s'était tout simplement abstenu de boire pendant l'enquête, qui avait duré plusieurs semaines.

Et ce qui avait rendu la situation encore plus confuse, c'est que Ronald changeait complètement quand il était sobre, se conduisant étonnamment bien avec les fillettes.

En constatant les réactions de leur entourage, elles avaient été si honteuses d'avoir porté plainte qu'elles avaient fini par se croire responsables de ces violences… et elles avaient perdu toute confiance dans le système censé les protéger.

— Elle vivait à la maison quand elle était étudiante. Je suppose que c'était pour me protéger de notre beau-père, déclara lentement Tory. Elle ne sortait jamais. Elle n'avait jamais de rendez-vous, pas de petit ami…

Tory se tut et resta plongée dans ses souvenirs douloureux. Elle non plus n'avait pas de petit ami, à cette époque. Ni Christine ni elle n'avaient eu le courage d'amener quelqu'un à la maison. Elles auraient été trop humiliées.

Supporter la violence en silence était déjà assez dur. Mais la faire connaître aux autres aurait été insupportable. Au moins, comme personne n'était au courant, elles laissaient tous ces abus derrière elles dès qu'elles sortaient de la maison. Pendant qu'elles se trouvaient en sécurité à l'école, elles étaient libres. Le monde extérieur leur offrait une échappatoire. Elles n'auraient jamais couru le risque de la mettre en péril.

— Bien, résumons-nous ! En entrant dans une salle de cours, tu dois avoir une seule chose en tête : la personne qui détient l'autorité, c'est toi, et toi seule.

Epuisée mais soutenue par une excitation nerveuse, Tory prenait fébrilement des notes, assise en tailleur sur son lit.

Phœbe continua son cours à grande vitesse bien après minuit. Elles avaient enfilé leur pyjama depuis plusieurs heures, mais elles n'avaient pas encore songé à aller se coucher.

— Tu dois établir ton autorité dès le début, et tout ira bien. Ta plus sûre alliée sera ta confiance en toi.

— Les étudiants risquent d'en savoir plus que moi sur le sujet que je suis censée leur enseigner, commenta Tory d'une voix pleine d'appréhension.

Il en fallait plus que cela pour que Phœbe se laisse abattre. Une énergie positive émanait de tout son être.

— Nous allons nous occuper de cette question. Heureusement, tu vas enseigner cinq fois le même cours pendant le premier semestre. Il nous reste encore deux jours pour étudier les livres de textes et les notes de Christine. Pour la semaine prochaine, il suffit que tu connaisses Emerson et Thoreau, et tu en sais déjà beaucoup sur leur œuvre.

Assise en face de Tory, ses cheveux roux encadrant son joli visage, Phœbe la regardait d'un air chaleureux et confiant.

— Christine m'a toujours dit que tu étais très intelligente, et que lorsqu'elle était à l'université, tu l'aidais à préparer ses examens en lui posant des questions sur des textes littéraires. D'après elle, tu connaissais souvent les réponses aussi bien qu'elle.

— Cela m'arrivait de temps en temps…

— Tu dois avoir une mémoire formidable, et une grande capacité d'analyse, insista Phœbe en souriant. Christine m'a souvent dit que vous aviez des discussions passionnantes. Tu es une intellectuelle-née.

Tory secoua tristement la tête, mais ce compliment lui faisait chaud au cœur.

Phœbe fit tourner la bague en opale qu'elle portait à son annulaire droit.

— As-tu déjà passé des tests d'intelligence ? interrogea-t-elle.

— Non !

Et elle n'avait aucune intention de le faire.

— Je détesterais constater que je ne suis pas aussi intelligente que je crois l'être.

— Et si tu découvres que tu l'es encore plus ?

Tory resta un instant silencieuse. Il y avait peu de chances pour que cela arrive. Son esprit engourdi aurait du mal à digérer tout ce qu'il devrait absorber en vingt-quatre heures.

— Je crois que je détesterais cela aussi, admit-elle. Parce que dans ce cas, je me rendrais compte de tout le temps que j'ai perdu.

— Mais ce n'est pas trop tard ! s'écria Phœbe en se penchant vers elle.

Elle lui pressa doucement la main.

— Tu as toute la vie devant toi, ma chérie. Et des choses extraordinaires à accomplir !

Tory sourit, mais la peur familière ne la quittait pas. Oui, elle avait toute une nouvelle vie devant elle…

Sauf que… il y avait un problème majeur : cette vie-là n'était pas la sienne.

Lundi matin, planté au milieu de la cuisine avec du papier absorbant à la main, Ben déclara d'un air mécontent :

— O.K., Buddy. Nous avons beaucoup de choses à mettre au point, mon vieux !

Abandonnant la flaque jaunâtre au milieu de la pièce, il cala le chiot sous son bras et se dirigea vers la chambre pour arrêter l'alarme de son réveil qui venait de se déclencher.

— Qu'est-ce que c'est que ce travail ? C'est moi le patron, ici, et il faut m'obéir, tu as compris ?

Il essaya d'ignorer les grands yeux noirs qui fixaient sur lui un regard implorant. Il avait capitulé trop souvent depuis deux jours...

— Quand je dis qu'il est l'heure de dormir, ça veut dire que tu arrêtes ton cirque, vu ?

Il continua sa leçon tout en retournant vers le capharnaüm qui l'attendait dans la cuisine.

— Cela veut dire que je me couche dans le lit, que tu te couches sur ton tissu, et que nous dormons tous les deux. En un mot, cela signifie que tu dois cesser d'aboyer et de gigoter.

Il enjamba le petit portillon qu'il avait installé à l'entrée de la cuisine.

— Et que tu ne passes pas ton temps à geindre. Et si — je dis bien Si, avec un grand S —, je daigne te laisser dormir dans ma chambre, cela veut dire que tu ne me mordilles pas les oreilles...

Gardant Buddy sous le bras, Ben épongea la flaque et jeta le papier dans la poubelle. Puis il versa une dose généreuse de désinfectant et l'essuya.

Ce n'est qu'à ce moment-là qu'il posa le chiot par terre. Un chapelet d'empreintes de pattes mouillées sur le carrelage lui avait suffi. Il comprenait vite.

Buddy détala dans la cuisine, dérapa en tournant comme une tornade et s'arrêta brusquement à côté d'un pied de la table. Il se mit à le flairer et leva la patte.

— Non ! hurla Ben en l'attrapant avant que le chiot ne commette de nouveaux dégâts.

Il le sortit dans la cour, où Buddy termina ce qu'il avait à faire. Ben eut un sourire triomphal. Cette fois-ci, le chiot semblait avoir compris. Son éducation avançait à grands pas…

Il l'enferma dans la salle de bains avec lui pendant qu'il prenait sa douche. Buddy se mit à gémir dès qu'il le vit disparaître derrière le rideau.

— Ecoute, mon vieux, je vais à la fac ce matin. Alors il vaut mieux que tu t'habitues à ne pas me voir de temps à autre !

Quand il sortit de la douche, Buddy, qui semblait monté sur ressorts, faillit s'assommer en se cognant sous le lavabo. Devant ses sauts enthousiastes, Ben se mit à rire, tout en enfilant un peignoir de bain. Il se planta devant la glace pour se raser.

Buddy se mit à lui mordiller les orteils.

Puis il s'attaqua au tapis que Ben avait acheté la veille pour remplacer celui que Buddy avait déchiqueté quand il l'avait enfermé dans la salle de bains avec l'espoir de dormir quelques minutes.

— Ecoute, mon vieux, nous avons déjà parlé de ça !

Il enleva le tapis et le jeta sur le bord de la baignoire.

— Interdiction de me mordiller. Idem pour mes affaires. Tu n'as le droit de grignoter que ce que je te donne, tu as compris ?

La boule de fourrure âgée de huit semaines leva les yeux vers lui, attendant visiblement que son maître entame un nouveau jeu.

— N'oublie pas ce que Zack m'a dit, mon vieux Bud : je peux te ramener au chenil si je trouve que tu es trop difficile à garder, menaça Ben du ton le plus convaincu possible.

Zack Foster était l'un des deux vétérinaires de Shelter Valley. Ben avait aussitôt sympathisé avec lui. Pendant une demi-heure, ils avaient parlé de la ville, de ce qu'il y avait à faire dans la région et des résultats du dernier match de base-ball. En partant, Ben avait joyeusement emporté le dernier chiot d'une portée récente, que Zack n'arrivait pas à caser. Le vétérinaire avait déjà donné les trois autres, mais celui-ci n'avait pas trouvé preneur… deux jours après, Ben commençait à comprendre pourquoi. Mais il avait affirmé à Zack que ce n'était pas une petite touffe de poils de trois kilos, dont les pattes antérieures n'étaient pas d'accord avec celles de derrière, qui allait le mener par le bout du nez.

Après ce discours héroïque, impossible de rapporter le chiot à Zack. Mais Buddy n'avait pas besoin de le savoir. Ben se mit à rire doucement. On allait voir ce qu'on allait voir. Il trouverait bien une tactique pour affirmer son autorité dans cette maison, une bonne fois pour toutes.

Malgré ces lourdes responsabilités domestiques, Ben fut prêt à temps pour partir à l'université. C'est à ce moment précis qu'il commit une erreur : il regarda les grands yeux noirs du chiot.

Laissant tomber son sac à dos par terre, Ben se rua dans sa chambre, attrapa la seule couverture qui restait dans l'armoire, revint en courant vers la cuisine et arrangea à la hâte un lit contre le placard. Il déplaça l'assiette et le bol d'eau de Buddy, puis il mit la radio en sourdine sur une station classique et gratta une dernière fois le chiot derrière les oreilles.

— Souhaite-moi bonne chance !

Jetant son sac à dos sur une épaule, il ferma la porte à clé et grimpa dans sa voiture.

Il attendait ce jour depuis des années.

Et ce jour était enfin arrivé.

3.

Le campus était magnifique. Bien que l'herbe fût rare dans cette ville en plein désert, les pelouses de Montford étaient si verdoyantes et moelleuses que Tory eut une envie folle de s'y étendre et d'oublier la journée effrayante qui l'attendait.

C'est ce qu'elle aurait fait si Phœbe n'avait pas ouvert la marche en affirmant :

— Tu seras parfaite, j'en suis sûre !

Tory n'avait pas exprimé sa terreur, ce matin, mais Phœbe comprenait ce qu'elle éprouvait.

— Es-tu sûre de m'avoir testée sur tous les aspects des années Emerson ? demanda-t-elle pour la dixième fois depuis qu'elle s'était levée.

— Tu sais tout, ma chérie, la rassura Phœbe. Tu savais déjà beaucoup de choses avant que nous commencions à revoir ce cours.

Tory haussa les épaules. Elle se sentait raide dans le tailleur de sa sœur et ses chaussures plates. Elle était habituée à des vêtements moins stricts et à des talons hauts.

— Je n'aurais jamais cru que j'avais emmagasiné tant de connaissances en aidant Christine à préparer ses examens.

— Je suppose que cela te distrayait de tout ce qui se passait chez vous.

Tory tressaillit. Elle n'était pas encore familiarisée avec la façon dont Phœbe parlait ouvertement de son enfance douloureuse et de celle de sa sœur. Comment Christine avait-elle réagi par rapport à cela ? Elle se sentit brusquement submergée de chagrin. Pourquoi Christine n'était-elle plus là, à côté d'elle ? Tout était trop effrayant. Elle allait faire demi-tour, aller n'importe où.

Elles arrivaient à un croisement d'allées. Phœbe prit sur la gauche. Soucieuse de ramener Tory au moment présent, elle déclara :

— Comme je m'y attendais, Will Parsons ne s'est douté de rien quand tu l'as rencontré, et c'était surtout lui que nous avions à craindre. Les autres n'ont vu Christine que quelques minutes, au mois d'avril. Ils penseront qu'elle s'est fait couper les cheveux, et qu'elle a un peu maigri pendant l'été, à cause de son accident de voiture...

Tory hocha la tête.

— Will Parsons a été très gentil, murmura-t-elle.

En se rappelant son rendez-vous matinal avec le président de l'université Montford, elle se détendit un peu. Il lui avait témoigné beaucoup de sympathie au sujet de la mort de sa sœur, et il avait accepté de n'en parler à personne, puisque personne ne la connaissait ni ne savait qu'elle devait venir s'installer avec elle. Il avait compris son besoin de faire son deuil dans l'intimité.

— J'ai eu l'impression qu'il avait une réelle affection pour Christine. Mais il a eu l'air surpris qu'elle se soit fait couper les cheveux.

— Que *tu* te sois fait couper les cheveux, corrigea Phœbe.

Elle s'arrêta devant la porte d'un vieux bâtiment de brique.

— Tu ne peux pas continuer à penser à Christine comme à quelqu'un d'autre que toi si tu veux t'en sortir.

Tory leva les yeux sur l'édifice imposant, craignant que ce soit leur destination finale. Etait-ce là que se trouvaient les nouveaux collègues de sa sœur ?

— Tu dis cela comme si nous étions des criminelles, dit-elle en repoussant la panique qui la gagnait.

— Je ne connais pas bien le droit pénal, dit Phœbe, mais je ne serais pas étonnée d'apprendre que nous enfreignons quelque peu la loi…

Tory tressaillit. Elle n'avait pas accordé une seule pensée à l'aspect légal de sa situation.

— Tu sais, j'ai passé des années à ignorer les lois qui étaient censées m'aider. En ce qui me concerne, elles n'ont jamais été efficaces. Alors, rien d'étonnant à ce que je ne n'aie même pas pensé à celles que je suis en train d'enfreindre.

Elle regarda son amie — un ange que le ciel lui avait envoyé, si cela existait. Et elle fit demi-tour.

— Où vas-tu ? s'écria Phœbe.

— Je ne peux pas. Je veux bien risquer ma vie, ma liberté, parce que je n'ai pas d'autre choix, mais je ne veux pas te faire courir ces risques.

La saisissant fermement par le bras, Phœbe l'entraîna vers la porte.

— Si je ne respecte pas la loi, c'est mon problème. Tu penses peut-être que je suis la seule amie que Christine avait, mais moi je sais qu'elle était la seule véritable amie que j'ai jamais eue, et je ne vais pas la laisser tomber. Ni toi. Maintenant, allons-y !

Comme hypnotisée,Tory la suivit, le cœur battant. Faisait-elle preuve de lâcheté ou de faiblesse en suivant Phœbe, elle n'aurait su le dire.

Deux heures plus tard, elle entrait pour la première fois dans une salle d'université — la première des cinq salles dans lesquelles elle allait enseigner cette semaine-là. En voyant les étudiants, elle faillit faire demi-tour. La fuite, c'était un vieux réflexe, la seule solution qu'elle avait connue pour échapper aux persécutions de Bruce. Elle prit une profonde inspiration. Aujourd'hui, tout était différent. Cette fois, la fuite risquait de causer sa perte. Il fallait qu'elle s'accroche, coûte que coûte. Bien décidée à dominer la situation, elle se redressa. Elle était Christine Evans. L'un des meilleurs professeurs d'université des Etats-Unis.

Quelques secondes plus tard, elle entra d'un pas résolu dans la salle de cours et passa devant les étudiants pour rejoindre son bureau.

Assis au milieu de la salle — pas trop loin pour pouvoir participer, mais pas trop près pour ne pas rater ce qui se passerait derrière lui — Ben observait les jeunes gens et les jeunes filles qui s'installaient. Apparemment, il était le plus âgé.

Mais cela ne le décourageait pas le moins du monde. Il attendait ce moment depuis trop longtemps. C'était le cours de littérature américaine qu'il avait choisi de suivre. C'était son université. C'était le jour J.

Sortant de son sac à dos un cahier à spirale et un stylo flambant neufs, il s'enfonça sur son siège et attendit que le professeur arrive. C. Evans...

Etait-ce un homme ou une femme ?

Une jeune femme très bien habillée entra dans la salle. Brusquement moins décontracté, Ben la regarda attentivement. Elle n'avait pas du tout le même style que les autres étudiantes, bien qu'elle parût aussi jeune qu'elles. Il s'agita nerveusement sur sa chaise quand elle passa près de lui. Cela faisait un bon quart d'heure qu'il observait les étudiantes, et aucune ne lui avait fait un effet pareil.

Les yeux rivés sur son cahier, il refusa de regarder où elle allait s'asseoir. Il n'était pas là pour s'intéresser à une femme, quelle qu'elle soit. Quand il aurait passé tous ses examens, il aurait peut-être de nouveau envie de s'aventurer sur cette voie. Mais pour l'instant, il avait une certitude : cela n'arriverait pas avant longtemps. Il n'allait pas recommencer à travailler jusqu'à l'épuisement, à faire des petits boulots qui lui permettraient juste de payer son loyer.

— Bonjour à tous. Commençons, voulez-vous ?

Ben n'avait pas vu entrer le professeur. Il releva la tête.

Bon sang ! Cette jeune fille n'était pas une étudiante. C'était son professeur de littérature. C. Evans en personne !

Plus mal à l'aise que jamais, Ben se força à contrôler sa respiration. Mlle — ou Mme ? — Evans plongea ses yeux dans les siens, comme si elle avait pu lire dans ses pensées. Ils étaient extraordinairement bleus. Déstabilisé, Ben soutint son regard. Cette femme semblait lui parler silencieusement. Et il aurait juré que ce qu'elle avait à lui dire n'avait rien à voir avec la littérature. C'était quelque chose de beaucoup plus intense. Pendant quelques secondes, il eut l'impression qu'ils étaient seuls dans la salle.

Elle finit par détourner les yeux et jeta un coup d'œil circulaire sur les étudiants.

— Je m'appelle Christine Evans, annonça-t-elle d'un ton ferme.

Elle le regarda de nouveau droit dans les yeux.

Ce n'était pas un regard sensuel, ni provocant. Christine Evans donnait plutôt l'impression de chercher un ami. Et de l'avoir choisi, lui, Ben Sanders.

Il ne pouvait pas accepter cet honneur...

Détournant les yeux à son tour, il observa les autres étudiants. Avaient-ils remarqué cette communication étrange ? Y en avait-il d'autres qui avaient eu cette expérience quand Christine Evans les avait regardés ? Tous ceux qu'il avait dans sa ligne de vision étaient jeunes, inexpérimentés. Mais l'étaient-ils au point de ne pas avoir senti ce courant qui passait ? A moins que le courant n'ait pas été envoyé dans leur direction.

— Ce programme couvre le semestre entier, et nous allons le suivre jusqu'au bout. Christine Evans parcourait les rangs en distribuant des feuilles polycopiées.

Arrivée près du bureau de Ben, elle parut hésiter une fraction de seconde, puis elle déposa les feuilles sur son cahier et s'éloigna.

— Comme je viens d'arriver dans cette ville, je ne connais aucun de vous, mais je retiens très facilement les noms. J'espère les connaître tous dans deux ou trois jours. En attendant, je vous prie d'être patients.

Ben n'en croyait pas ses oreilles. Elle venait d'arriver en ville... comme lui.

— Nous allons prendre quelques minutes pour examiner le programme. Je vais aussi vous dire ce que j'attends de vous et vous parler des essais que vous devrez rédiger chaque semaine. Ensuite, nous aborderons le sujet de cette semaine : les années Emerson.

Retrouvant la volonté qui l'avait aidé pendant huit ans à faire des petits boulots qu'il détestait afin de pouvoir nourrir sa petite fille, Ben se força à se concentrer sur les paroles de son professeur. Rien ne l'empêcherait de suivre ses études universitaires.

Rien.

— Ben ? Puis-je vous parler une minute ?

Le cours de littérature était terminé, les étudiants sortaient de la salle.

— Bien sûr.

Son sac à dos négligemment jeté sur une épaule, il s'approcha du bureau de son professeur. Il se sentait mal à l'aise dans son short, son T-shirt et ses sandales. C'était stupide, mais il n'y pouvait rien. Christine Evans portait encore un tailleur ; elle ne semblait pas avoir remarqué qu'il faisait plus de quarante degrés dehors.

Non pas qu'il se fût permis de s'intéresser à sa façon de s'habiller. Du moins, dans la mesure du possible.

Elle rassembla ses livres en attendant que tous les étudiants soient sortis. Ben se sentait de plus en plus nerveux... il avait beaucoup trop pensé à elle pendant le week-end.

Et il n'avait pas pu s'empêcher de se poser des questions à son sujet. Quels secrets cachait-elle derrière ces grands yeux bleus ? D'où venaient ces ombres qui se glissaient parfois sur son visage ?

Et quel âge pouvait-elle avoir ? Etait-elle mariée ? Si elle connaissait son histoire, le trouverait-elle ridicule d'avoir gâché sa vie ?

En dépit de ses bonnes résolutions de ne pas laisser ses sentiments lui compliquer l'existence, Ben devinait le chagrin de la jeune femme. Sans doute parce qu'il lui renvoyait le reflet de sa propre tristesse...

— Je voulais vous parler de votre essai sur Thoreau, dit Christine quand le dernier étudiant eut disparu dans le couloir. Le portrait que vous en faites le montre comme un homme seul, très profond, et pas comme le charlatan que beaucoup de gens ont vu en lui. C'est très émouvant.

— Merci.

Elle lui posa quelques questions sur ses recherches. Quand elle lui rendit son essai, il vit sa main trembler légèrement.

— Il existe un bulletin littéraire trimestriel pour les étudiants qui veulent publier leurs travaux. J'aimerais que vous proposiez votre essai à l'éditeur, dit-elle en le fixant dans les yeux.

Ben détourna le regard.

— Vous croyez que cela en vaut la peine ?

— Tout à fait. J'ai un formulaire et l'adresse de la maison d'édition dans mon bureau. Si vous voulez venir avec moi.

Non. Il avait un autre cours de l'autre côté du campus. A vrai dire, ce cours ne commençait que dans une heure mais... il y avait un problème : il ne pouvait pas se permettre d'avoir des entretiens privés avec Christine Evans. Il devait s'en tenir strictement à ses trois heures de cours hebdomadaires.

Mais au lieu de refuser, il s'entendit répondre :

— Ce serait formidable, si cela ne vous dérange pas.

Les ordres qu'il se donnait à lui-même ne semblaient pas avoir plus d'effet que ceux qu'il donnait à Buddy...

*
* *

Tory était furieuse contre elle-même. C'était ridicule ! A quoi diable pensait-elle en invitant Ben Sanders à venir dans son bureau ? Elle n'y était déjà pas à sa place. Ce bureau n'était pas le sien. Il était destiné à Christine… Et elle venait à peine de s'y installer.

D'autre part, les professeurs ne devaient pas faire de favoritisme. Encore moins envers les étudiants qui avaient une certaine maturité, ceux sur lesquels on pouvait compter… Ce qui semblait être le cas de Ben Sanders.

— Il est évident que vous lisez tous les livres qui sont au programme, dit-elle tandis qu'ils traversaient le campus.

L'air chaud caressait sa peau. Contrairement à Phœbe, qui avait du mal à s'adapter au climat de l'Arizona, elle le trouvait délectable. Mais peut-être le climat n'était-il pas le seul responsable de cette soudaine sensation de bien-être ? Pendant un bref instant, elle avait oublié leur position respective de professeur et d'étudiant.

— Je croyais que c'était obligatoire, fit remarquer Ben.

Il ralentit le pas pour rester à sa hauteur. Tory s'écarta automatiquement, laissant un large espace entre eux.

— C'est vrai, mais je suis prête à parier que certains étudiants ne les ont même pas ouverts une seule fois.

— Alors, ils sont idiots de gâcher cette opportunité.

Tory lui jeta un coup d'œil. Pensait-il vraiment ce qu'il venait de dire ?

— Les années Emerson vous intéressent-elles, Ben ?

Il avait lancé plusieurs idées originales pendant le cours, faisant preuve chaque fois d'une grande capacité d'analyse. Tory avait apprécié ces discussions. Dans la sécurité de la salle de cours…

— Pas particulièrement, répondit-il en secouant légèrement la tête.

— Vraiment ?

La rougeur lui montant aux joues, elle sentit une fois de plus ses lacunes.

— Eh bien... reprit-elle.

— Ne vous méprenez pas, interrompit Ben en s'arrêtant pour la regarder. Votre cours est très intéressant. Mais ce n'est pas la période qui me motive le plus.

Il haussa les épaules.

— Je la trouve même plutôt ennuyeuse.

— Quels sont vos auteurs préférés ?

Ils croisèrent un petit groupe d'étudiantes. Tory leur adressa un sourire. Elle avait l'impression d'être l'une d'elles, en compagnie d'un garçon qui devait toutes les faire rêver...

A la différence près qu'il ne la faisait pas rêver, pas elle. Ce genre de chose ne risquait plus de lui arriver, elle était définitivement guérie...

Ben haussa encore les épaules.

— Mes écrivains préférés... Nathaniel Hawthorne. James Fenimore Cooper, répondit-il.

— Je vois... vous avez un faible pour les sorcières et les batailles ?

Elle s'écarta encore de lui, laissant plus de distance entre eux.

— Ce que j'admire le plus dans *Le Dernier des Mohicans*, ce ne sont pas les batailles, répliqua Ben.

— Non ? Quoi, alors ?

— C'est le personnage de Hawkeye.

— Naturellement. Le héros qui arrive à conquérir tout ce qu'il veut, y compris une femme, commenta Tory d'un ton acerbe.

Elle avait vraiment un problème avec ce roman. Elle aurait aimé croire que les hommes héroïques comme

Hawkeye existaient dans la réalité. Elle s'était accrochée à cet espoir pendant toutes ses études secondaires, malgré les dégâts que son beau-père avait déjà provoqués en elle. Elle y avait cru jusqu'au moment où elle s'était mariée avec Bruce et où elle avait constaté que tous les hommes étaient identiques, quel que fût leur statut.

— Non. Hawkeye est un homme qui a un tel sens de l'honneur et une telle pudeur qu'il risque tout ce qu'il a, et tout ce qu'il est, pour faire triompher la justice.

Tory s'arrêta, le cœur battant à tout rompre. Elle prit une profonde inspiration et se remit à marcher, les sourcils froncés. Elle aurait aimé lui dire qu'il se trompait, que son point de vue était dangereux parce qu'il berçait d'illusions les gens comme elle. Et que dans la réalité, les choses étaient bien différentes. Non, les héros des livres n'avaient pas leur équivalent dans la vraie vie. Mais ce n'était pas la peine d'en discuter avec lui. Elle ne pourrait pas se permettre d'étayer son argumentation avec des faits. Des faits qu'elle connaissait trop bien, qu'elle avait vécus.

Ils arrivèrent devant le bâtiment où se trouvait son bureau. Ben, étonné par l'expression rembrunie de son professeur, interrompit le lourd silence qui s'était installé entre eux.

— Et vous ? Quel auteur américain du XIXe siècle préférez-vous ?

— Louisa May Alcott.

— Ah bon ? Je croyais que c'était un auteur mineur ?

— Oui, je suppose.

Il lui tint la porte ouverte.

— Mais cela ne m'empêche pas de l'apprécier beaucoup.

— Pourquoi ? interrogea-t-il sans cacher sa surprise.

Il tenait toujours la porte, le visage tourné vers Tory. Elle sentit le regard de ses yeux noisette pénétrer au plus profond d'elle.

Décidément, cet homme avait quelque chose de spécial. Quelque chose d'irrésistible, et d'effrayant.

— Parce qu'à l'époque où ces auteurs — Hawthorne, Melville, Emerson et d'autres —, écrivaient sur les sorcières, les guerres et les questions importantes, Alcott s'intéressait à la vie quotidienne. Sa propre vie et celle de ses sœurs. Elle était pragmatique, comme les femmes le sont souvent quand la vie les y oblige. Elle savait s'emparer de la réalité et la rendre palpable. Son écriture m'a marquée quand j'étais enfant, et ensuite, une fois adulte...

— Je préfère les livres qui transcendent la réalité, dit Ben en laissant la porte se refermer derrière eux.

— Comme tous les bons écrivains, elle faisait les deux. Ses livres sont basés sur des aspects de sa propre vie, mais ils ne sont pas autobiographiques.

Elle sourit imperceptiblement.

— Je suis allée visiter la maison de son enfance.

Elle fit une pause, en proie à ses souvenirs. Christine l'avait emmenée, comme dans d'autres lieux importants de la littérature américaine. A la Nouvelle-Angleterre, elles étaient bien placées pour ce genre de visites.

— C'était si... touchant de voir ce dont elle parle dans ses livres. Dans *Little Women*, une des sœurs de l'héroïne passe son temps à dessiner. Dans la petite chambre sous les toits de la maison de Louisa Alcott, il y a ces incroyables dessins au crayon sur le mur. C'est la sœur de Louisa qui les a faits.

Tory avait gardé le souvenir de cette visite comme un trésor. Et de toutes les autres. A ces moments-là, la vie s'était mêlée à l'imaginaire.

— Vous aimez vraiment ce genre de choses, dit Ben.

L'air pensif, Tory sortit sa clé et ouvrit la porte de son bureau. Elle hocha la tête. C'était étrange. D'habitude, elle ne supportait pas la proximité d'un homme, mais là…

Ben était juste derrière elle, et elle n'éprouvait pas le besoin de s'enfuir.

C'était probablement parce qu'elle jouait le rôle de Christine.

— Oui, répondit-elle lentement. J'aime beaucoup cela.

Le lendemain soir, en descendant Main Street, Ben aperçut Christine. Elle sortait du grand magasin Weber. Il ne put s'empêcher de la suivre des yeux. Elle monta dans une Ford Mustang blanche flambant neuve. Il esquissa un sourire d'approbation. Cette voiture lui allait mieux que les vêtements qu'elle portait. Elle n'avait jamais l'air très à son aise dans ces tailleurs. Mais de toute façon, elle ne donnait jamais l'impression d'être à l'aise.

Ben était au volant de sa camionnette, avec Zack Foster. Ils transportaient les meubles de salon que le vétérinaire venait d'acheter.

— Tu la connais ? demanda Zack en suivant son regard.

— Pas vraiment.

Ben détourna les yeux. Que lui importait de savoir quelle direction Christine Evans allait prendre ?

— C'est mon professeur de littérature.

Zack haussa les sourcils.

— Je ne l'ai jamais vue.

— Elle vient d'arriver à Shelter Valley.

— Elle est très belle, dit Zack d'un ton appréciateur. Non pas que cela m'intéresse, s'empressa-t-il d'ajouter.

— Depuis quand ta femme est-elle partie ? interrogea Ben, sautant sur l'occasion pour changer de sujet de conversation.

— Depuis six mois, répondit Zack.

— Tu as rencontré quelqu'un ?

Lui-même n'avait pas du tout l'intention de se compliquer de nouveau la vie, mais Zack semblait être le genre d'homme qui aimait les femmes. Grand, blond, athlétique, il devait avoir beaucoup de succès auprès d'elles.

— Non. Je suis trop occupé à la clinique. Avec Cassie, mon associée, nous avons mis au point un programme national de thérapie par les animaux dans toutes les universités du pays. Je voyage beaucoup. Mais pas autant qu'elle.

— De toute façon, je suppose qu'il n'y a pas beaucoup d'occasions de rencontrer quelqu'un dans une ville de cette taille, dit Ben soulagé.

— Non. Mais je ne cherche pas vraiment.

— Hum... Je comprends.

— Tu as déjà été marié ? s'enquit Zack, étonné, en tournant la tête vers lui.

— Ouais...

— Longtemps ?

— Huit ans.

— Moi, six.

Zack lui envoya un regard de pure commisération.

— Huit ans ! répéta-t-il. Tu t'es marié très jeune ?

— J'avais dix-huit ans. Je venais de finir mes études secondaires. Au lieu d'aller à l'université, je me suis mis à faire des petits boulots qui m'ont permis d'entretenir ma femme.

Zack siffla en faisant signe à Ben de tourner à droite.

— C'est la dernière maison, tout au bout. Dis donc, elle devait être rudement jolie pour t'avoir accroché de cette façon.

— Oui...

Mary était très belle, en effet, mais ce n'était pas elle qui l'avait fait mordre à l'hameçon.

C'était Alex.

4.

— Aaaah !

Alex ne put retenir un cri de douleur quand la ceinture s'abattit pour la troisième fois sur son dos. Les larmes jaillirent de ses yeux mais elle les retint courageusement en se mordant la lèvre inférieure. Elle ne pleurerait pas. Elle était une grande fille, maintenant. C'était son papa qui le lui avait dit la dernière fois qu'elle l'avait appelé. Quand elle s'était servie du téléphone de cet homme qui était si méchant avec elle.

Apparemment, il avait fini de la frapper. Alex se réfugia dans un coin de la salle à manger. Sa lèvre saignait à force d'être mordue. Et son dos lui faisait tellement mal... il était certainement cassé.

Son papa habitait Shelter Valley, maintenant. Est-ce que c'était très loin de la Californie ? Quelles rues devrait-elle prendre pour y aller ? Parce qu'il faudrait bien qu'elle y aille.

— Ne me dis plus jamais de mensonge, plus jamais ! Tu as compris ? hurla l'homme.

— Oui, murmura-t-elle dans un souffle en étouffant un sanglot.

Elle ferait de son mieux. Mais comment pouvait-elle cesser de faire une chose qu'elle n'avait jamais faite ?

Comment pouvait-elle promettre de ne plus mentir alors qu'elle n'avait jamais menti ?

Le numéro de téléphone se trouvait dans la poche de la robe de sa poupée. Il fallait qu'elle se débrouille pour rappeler son papa. Lui, il connaîtrait la réponse à toutes ces questions qui la tracassaient sans arrêt. C'était son vrai papa, et il savait tout.

Alors que cet homme qui la battait... maintenant, c'était lui que sa maman lui ordonnait d'appeler «papa». Mais elle ne le ferait jamais. Même s'il devait la battre encore.

Tory était assise dans le bureau de Christine. C'était vendredi, elle venait de donner son dernier cours de la semaine. Elle vérifia qu'elle n'avait rien oublié d'important et soupira de soulagement. C'était la deuxième semaine qu'elle enseignait, et il n'y avait pas eu de soulèvement parmi les élèves.

Elle devait encore téléphoner à un étudiant qui manquait depuis trois jours, et à Phœbe.

Oui, tout s'était bien passé. Et cependant, elle avait en permanence un nœud au creux de l'estomac.

Mais en se remémorant ces deux semaines, elle ne put s'empêcher de sourire. Elle s'était rudement bien débrouillée. Et chaque fois qu'elle avait oublié qui elle était, elle avait pris un réel plaisir à enseigner. Elle avait toujours aimé la littérature, mais elle n'avait jamais soupçonné à quel point l'enseignement pouvait lui plaire.

Un coup frappé à la porte la ramena au moment présent.

— Entrez !

Son sang ne fit qu'un tour. C'était Ben Sanders. Décidément, la nature l'avait gâté... Un mètre quatre-vingts, des cheveux noirs bouclés et de grands yeux noisette… il avait dû faire perdre la tête à plus d'une femme. Tory se redressa. En tout cas, ce n'était pas elle qui tomberait dans le piège. Rien à craindre de ce côté-là.

Il posa son sac à dos par terre.

— Asseyez-vous, dit Christine d'une voix hésitante.

Il s'assit sur la chaise qui était juste en face d'elle.

— Je voulais vous informer que j'ai envoyé mon essai ce matin à l'éditeur.

— Oh ! C'est très bien.

Elle lui adressa un pâle sourire. Il aurait aussi bien pu lui annoncer cette nouvelle avant ou après le cours. Pourquoi était-il venu le faire dans son bureau ? Que voulait-il ? Que savait-il ?

— Je voulais aussi vous remercier de m'avoir suggéré de le faire.

— Je ne vous garantis pas que votre essai sera publié.

Elle était obligée de l'avertir.

— Ne vous inquiétez pas ! dit-il avec un large sourire. Il y a longtemps que je ne compte plus sur aucune garantie.

— Je suis impressionnée, vous savez !

Tory s'efforçait de penser, de parler comme un professeur. Mais ses paroles avaient une résonance si bizarre. Elle n'était pas professeur. Elle était Tory Evans, une jeune femme ratée, qui se faisait passer pour une autre.

— Qu'est-ce qui vous impressionne ? demanda-t-il en regardant par la fenêtre.

— Non seulement vous lisez tout le programme de lecture, mais vous prenez le temps d'y réfléchir.

— Je suis là pour apprendre.

— Je n'ose pas imaginer le temps que vous devez passer à travailler chez vous si vous en faites autant pour les autres cours.

Ben se pencha en avant, les coudes posés sur les genoux.

— J'ai tout mon temps, dit-il en plongeant ses yeux dans les siens.

C'était un regard sincère, chaleureux. La jeune femme sentit la tension de son dos s'apaiser un peu.

— Vous ne travaillez pas ?

Ben secoua la tête et lui adressa un petit sourire gêné.

— J'ai fait un emprunt, au moins pour ce premier semestre. Je voulais me concentrer à fond sur mes études.

— Vous êtes plus âgé que la plupart des étudiants de première année.

Elle fit une pause. Les mots s'étaient échappés de sa bouche à son insu. A quoi pensait-elle ? Cette conversation empruntait une voie dangereuse. Il n'y avait pas de place dans sa vie pour une discussion personnelle avec un homme. Quel qu'il soit.

Et pourtant... pour une raison qu'elle préférait ne pas connaître, Ben occupait souvent sa pensée. Bien trop souvent.

— J'ai travaillé pendant plusieurs années après mes études secondaires, dit-il.

— Dans quel secteur ?

Elle sentit ses joues rougir et baissa les yeux sur son bureau. Décidément, sa langue ne lui obéissait plus.

Il haussa les épaules. Tory remarqua une fois de plus sa carrure athlétique. Dans son imagination, ce genre d'épaules solides étaient protectrices, elles auraient dû lui donner un sentiment de sécurité. Mais dans le monde réel, elle savait bien que cette force et cette virilité étaient dangereuses. Elles lui faisaient peur.

— J'acceptais n'importe quel boulot qui me permettait de payer mon loyer, répondit Ben. Pendant toutes ces années, j'ai travaillé pour une société de déménagement à Flagstaff le jour, et j'avais un autre job le soir. Mécanicien, débardeur sur les quais, caissier dans un supermarché... J'ai même fait de la maçonnerie certains week-ends.

Tory laissa son regard errer sur ses papiers. Dans son monde à elle, les héros étaient des travailleurs acharnés. Ils n'étaient pas toujours riches, mais toujours courageux. L'argent ne l'impressionnait pas. Il ne pouvait pas permettre d'acheter tout ce qui était important.

— Dans ces conditions, je suis étonnée que vous n'ayez pas eu assez d'argent pour payer l'université.

Elle rougit de nouveau, encore plus étonnée par sa propre curiosité. Cependant, Ben ne paraissait pas s'en formaliser ; au contraire, il semblait l'inviter à lui poser des questions.

— Ma femme adorait dépenser l'argent avant que je l'aie gagné, ajouta-t-il.

Tory réprima une exclamation de surprise. Elle jeta un bref coup d'œil à la main gauche de Ben.

— Vous êtes marié ?

— Plus maintenant.

— Oh !

Le front rembruni, il se redressa sur sa chaise.

— Avant que vous vous fassiez des idées, laissez-moi vous dire que c'est ma femme qui m'a quitté, et pas le contraire.

— Votre vie privée ne me regarde pas ! Je ne me faisais aucune idée...

Tory se mit à feuilleter fébrilement un dossier. Ce qu'elle venait de dire... ce n'était peut-être pas tout à fait la vérité. Les hommes quittaient tout le temps les femmes. Pourquoi celui-ci aurait-il été différent ?

Ben finit par se lever. Il attrapa son sac. Pendant une seconde, Tory eut le souffle coupé en voyant rouler ses muscles sous son T-shirt moulant.

— Je vais vous laisser… vous avez du travail, dit-il.

— Merci d'être venu.

Réalisant à quel point elle était sincère, elle s'empressa d'ajouter :

— D'être venu me dire que vous avez proposé votre essai. Je vais croiser les doigts pour qu'il soit publié.

— Merci.

Il se tourna vers la porte et sortit du bureau, non sans lui avoir au préalable adressé un de ses sourires indéfinissables qui la plongeaient dans la plus totale confusion.

Tout cela était si déroutant.

Il lui avait souri de la même façon le premier jour. Presque comme s'il voulait la rassurer, lui offrir une gentillesse qu'elle osait à peine admettre.

Non, elle délirait. Tout cela était absurde. Il fallait en finir, et le plus vite possible.

— Je suis sûre que Will Parsons et sa femme ont autre chose à faire que de me recevoir, objecta Tory.

Elle était assise à côté de Phœbe, qui l'emmenait en voiture vers la belle maison du président de l'université, tout en haut de la colline.

— L'invitation à dîner était pour toi, ajouta-t-elle.

— Elle était pour nous deux !

— Je ne vois pas pourquoi ils voudraient passer avec moi une de leurs rares soirées libres !

— Et pourquoi ne voudraient-ils pas, Tory ? demanda Phœbe d'un ton grave. Tu es très agréable, tu es intelligente, attentionnée. Tu as de l'humour, quand tu veux bien te détendre, et beaucoup de choses pertinentes à dire.

Tory sourit malgré elle.

— Tu te débrouilles bien pour voir en moi un tas de qualités que je n'ai jamais eues.

Elle soupira. L'imagination, c'était très bien, mais à la longue, ça finissait par faire du mal.

— Non, je suis objective, dit Phœbe.

Elle ralentit avant de prendre un virage en épingle à cheveux. Tory observait les cactus qui se dressaient fièrement à quelques mètres de la route. Les vieillards du désert... c'était le nom qu'on leur donnait, lui avait dit son amie. Mais elle préférait les voir en vieilles femmes. En grand-mères, braves et stoïques.

Elle poussa un profond soupir.

— O.K. Pour gagner du temps, admettons que la façon dont tu me décris recèle un peu de vérité. Mais Will Parsons et sa femme attendent quelqu'un d'autre... ils attendent Christine. Une femme sûre d'elle. Pas quelqu'un comme moi !

Elle frissonna.

— L'idée qu'ils veuillent me voir me rend nerveuse. Tu ne crois pas qu'ils se doutent de quelque chose ?

— Pas du tout !

Phœbe ôta sa main du volant pour presser celle de Tory.

— Christine a beaucoup plu à Will, dit-elle. Bien qu'il ne l'ait rencontrée qu'une fois et qu'il ne lui ait pas parlé plus de trois ou quatre fois au téléphone, il y avait quelque chose en elle qui semblait le toucher. Je suis sûre qu'il a envie de mieux la connaître... de mieux te connaître.

— Merci, dit Tory.

— De quoi ?

— Je ne sais pas. De garder Christine en vie, je suppose.

— C'est toi qui la gardes en vie, ma chérie. Elle fait vraiment partie de toi, elle est en toi. C'est au point où le seul fait d'être en ta compagnie m'apporte un véritable réconfort.

La demeure imposante des Parsons se dressait maintenant devant elles. Tory s'inquiéta silencieusement. Avait-elle bien fait de s'habiller de façon aussi décontractée ? Phœbe lui avait affirmé qu'elle était parfaite ainsi. Si elle s'était trouvée avec Bruce, elle aurait été gênée d'être en short et en chemisier de coton. Comment Will et Becca Parsons allaient-ils réagir en la voyant ? Elle secoua la tête. Il valait mieux penser à autre chose si elle ne voulait pas être à cran en arrivant chez eux.

— Je vais me mettre à la recherche d'un appartement, annonça-elle.

Toute la semaine, elle avait eu l'intention d'en parler à Phœbe, mais elle n'avait jamais trouvé le moment opportun.

— Pourquoi ?

L'accent de détresse qu'elle décela dans la voix de son amie lui fit monter les larmes aux yeux.

— Parce que c'est ta maison et que j'abuse de ton hospitalité.

Phœbe gara sa voiture sur le parking, en face de la maison des Parsons, et coupa le contact. Laissant les clés sur le tableau de bord, elle se tourna vers Tory.

— Je sais qu'un jour, tu seras prête à déménager, à prendre un appartement et à vivre ta vie, dit-elle d'un ton ferme. Quand ce moment sera arrivé, je t'aiderai à trouver exactement ce que tu désireras. Mais jusque-là, ne pense pas à partir, je t'en prie. Je suis heureuse que tu sois chez moi, Tory. Après Boston, cette ville est trop calme… c'est bien que tu habites dans ma maison.

Tory lui adressa un sourire incertain.

— Tu en es sûre ?

— Absolument !

Appréciant sa chance à sa juste valeur, elle suivit Phœbe vers la porte d'entrée, armée d'une dose de courage supplémentaire.

Elle savait parfaitement pourquoi Phœbe l'avait accueillie chez elle. Et grâce à cela aussi, elle se sentait un peu mieux.

Une fois de plus, Christine avait triomphé pour elle.

Tory était assise sur le canapé élégant et confortable des Parsons. Becca lui tendit son bébé.

— Vous voulez la porter ?

Tory croisa ses mains en secouant la tête.

— Je n'ai jamais… j'ai peur de…

Cette petite fille la terrifiait. Les bébés étaient bien trop fragiles pour pouvoir faire partie de sa vie.

Phœbe enleva la petite Bethany des bras de Becca.

— Allons, prends-la, dit-elle d'une voix cajoleuse. Elle est absolument adorable. Et je sais de quoi je parle. Avant ton arrivée, je la gardais tous les jours.

Tory semblait frappée de stupeur.

— Je suis désolée, murmura-t-elle.

Son regard affolé allait de Becca à Phœbe. Les deux femmes étaient devenues de grandes amies au cours des deux derniers mois, cela lui paraissait de plus en plus évident.

— Je ne veux pas que vous changiez votre programme pour moi, ajouta-t-elle avec un petit rire nerveux.

— Maintenant, il n'y a aucun problème, répondit Becca en souriant. Mais le mois d'août a été plutôt difficile.

Elle fit une pause, et adressa un sourire discret, empreint de tristesse, à son mari, qui venait juste d'entrer dans la pièce en portant un plateau chargé de boissons. Will posa un regard protecteur sur sa fille, puis sur sa femme. Tory remua sur son canapé. Elle se sentait bien plus à l'aise quand elle n'était qu'avec les quatre femmes — en comptant celle qui n'avait qu'un mois.

— J'avais besoin de quelqu'un pour la garder, expliqua Becca. Phœbe a eu la gentillesse de m'offrir son aide. Il y a tant de gens qui m'entourent ! Je ne pourrai jamais les embaucher tous ! dit-elle en riant.

— Tu récoltes ce que tu as semé, mon amour, dit Will en posant les verres remplis de thé glacé sur la table basse du salon.

Tory les regardait, partagée entre l'admiration et l'incrédulité. C'était si étrange d'être chez eux. Will avait l'air décontracté. Il avait troqué son costume de travail contre un jean et un polo de coton beige. Becca était en short blanc et chemisier de soie vert émeraude. Ils formaient un couple superbe. Tory poussa un petit soupir silencieux. L'amour qu'ils dégageaient était-il réel ?

Laissant sa fille sur le divan avec Phœbe, Becca se rapprocha de son mari.

— Becca est celle vers qui la ville se tourne, expliqua Phœbe. Elle fait partie de toutes les associations qui présentent un intérêt, et avec ça, elle trouve encore le moyen de s'occuper de ses amis.

— Je ne suis pas si terrible que ça ! dit Becca avec un sourire espiègle.

— Mais si ! intervint Will en jetant un regard en biais à sa femme.

Il s'agissait clairement d'un mode de communication qui leur était particulier.

— Et maintenant qu'elle est maman, poursuivit-il, elle envisage d'organiser des réunions entre les femmes qui viennent d'avoir un bébé, pour qu'elles puissent échanger des histoires de couches sales…

Tout le monde se mit à rire.

Phœbe se tourna vers Tory.

— Si un jour tu as besoin de quelque chose dans cette ville, c'est vraiment à Becca qu'il faudra t'adresser. Peu importe qu'elle ait Bethany, maintenant. Elle se débrouille toujours pour créer un événement. Et elle continue à aller aux réunions du conseil municipal. Cet été, elle a fait ériger la statue de Samuel Montford, le fondateur de la ville. Et après avoir organisé le programme de son association « Sauvons la Jeunesse », elle et ses sœurs ont mené à bien un tas de recherches sur lui. Elles ont écrit une pièce qui parle de la vie de Samuel. Ce sont les enfants qui l'ont jouée.

— C'était si intéressant que je suis resté éveillé jusqu'au bout, plaisanta Will.

Tory commençait à se détendre. En dépit de la gêne qu'elle éprouvait généralement en compagnie des hommes, elle avait tout de suite apprécié Will lors du bref entretien qu'il lui avait accordé avant le début des cours. Plus elle le connaissait, plus elle le trouvait sympathique.

— Arrêtez, vous deux ! dit Becca en regardant Bethany qui dormait dans les bras de Phœbe. Vous allez faire croire à Christine que je suis une enquiquineuse !

Christine.

Tory tressaillit imperceptiblement. Pendant un court instant, elle avait oublié qui elle était aux yeux de ses hôtes.

*
* *

— Christine est charmante ! déclara Becca.

Allongée près de Will dans leur lit, elle berçait tendrement Bethany dans ses bras.

— Je te l'avais dit !

— C'est vrai.

Mais c'était au printemps, à un moment de leur vie où ils s'adressaient rarement la parole. Leur mariage avait été à deux doigts de se disloquer, et Becca avait cru devenir folle sous l'emprise de la peur et de l'inquiétude. Et de l'amour qu'elle éprouvait pour Will, en dépit de la crise étrange qui les avait assaillis sans crier gare, en plein milieu de leur vie.

Elle lui jeta un regard plein d'amour. Will luttait contre le sommeil. Elle savait qu'il allait résister tant qu'il n'aurait pas pris sa fille dans ses bras avant de la coucher dans son petit berceau, à côté du lit. C'était un moment qu'il attendait avec trop d'impatience pour le manquer en s'endormant.

— Tu avais raison au sujet de Christine. Son regard semble cacher une foule de secrets, reprit-elle d'un air songeur.

— Elle n'a pas tout à fait la même apparence qu'au printemps, avec ses cheveux courts qui lui encadrent le visage. La première fois que je l'ai vue, ils lui arrivaient presque à la taille. Et elle a dû perdre plus de cinq kilos. Mais avec les yeux qu'elle a, je l'ai immédiatement reconnue.

— Qu'est-ce qui la rend si triste, à ton avis ?

Will hésita, n'ayant pas l'habitude de cacher quoi que ce soit à Becca. Mais il avait promis à Christine de ne parler à personne du décès de sa sœur.

— Je n'en ai aucune idée… marmonna-t-il.

Becca le regarda d'un air sceptique. Il paraissait préoccupé. Deux mois plus tôt, elle se serait sentie menacée par ce nouveau professeur de littérature. Mais ce soir, tout ce qu'elle éprouvait était de la compassion pour la femme dont elle avait soupçonné son mari de tomber amoureux.

En fait, il désirait vraiment aider Christine Evans, et il ne savait même pas si elle avait besoin d'aide.

Becca écarta doucement son bébé somnolent de son sein et posa un baiser sur sa tête duveteuse.

Elle se promit de faire tout ce qui était en son pouvoir pour que Christine Evans soit heureuse dans sa nouvelle vie. Du moins, aussi heureuse que possible.

— Puis-je vous aider à les transporter ?

En reconnaissant la voix de Ben, Christine sursauta et laissa glisser les lourds volumes d'anthologie qu'elle transportait.

— Je suis désolé de vous avoir fait peur ! dit-il en se baissant pour l'aider à les ramasser.

Il essuya la poussière sur une grosse anthologie de poésie américaine.

— Maintenant qu'ils sont sales, et puisqu'ils sont toujours aussi lourds, puis-je les porter pour vous ?

Elle lui tendit les livres avec des mouvements saccadés.

— Bien sûr... merci beaucoup !

— Vous allez à votre bureau ?

— Oui.

Bien qu'il fût tard, et que l'automne fût arrivé, la température approchait les quarante degrés. Ben ajusta son pas sur celui de Christine.

— Vous avez passé un bon week-end ?

Malgré ses bonnes résolutions, il avait pensé à elle, ne pouvant s'empêcher d'imaginer son histoire personnelle.

Finalement, à force de se raisonner, il avait réussi à repousser ces pensées inopportunes et à se plonger dans ses études.

— Oui, répondit-elle en faisant un petit signe de tête à deux étudiants qui lui disaient bonjour.

Elle avait le visage détendu.

— C'était calme, mais j'aime passer les week-ends ainsi, ajouta-t-elle.

— Pas de rendez-vous ?

Ben s'entendit poser la question avant de réaliser qu'elle venait de lui. Christine allait penser qu'il manquait vraiment de tact. Que lui arrivait-il ?

— Je n'ai jamais de rendez-vous.

— Jamais ? Ou pas encore, parce que vous êtes nouvelle dans cette ville et que vous n'avez rencontré personne ?

Elle lui envoya un regard qui le remit fermement à sa place.

— Vous ne trouvez pas que c'est une question un peu personnelle que vous posez à votre professeur, Ben ?

— Probablement.

— Et vous ? Avez-vous eu un rendez-vous ce week-end ? demanda-t-elle malgré elle.

Ben ravala un sourire.

— Non. Je n'en ai jamais, moi non plus.

Christine hocha la tête et ils marchèrent en silence pendant quelques instants. C'était l'expérience la plus bizarre que Ben se rappelait avoir jamais eue. Il ne poursuivait pas Christine de ses assiduités. Il n'attendait rien d'elle. A l'évidence, elle était mal à l'aise avec lui.

Et pourtant, il ne pouvait pas rester loin d'elle.

A en juger par le nombre de fois où elle avait jeté un coup d'œil de son côté pendant son cours, il y avait fort à parier qu'elle n'y voyait pas d'objection.

5.

Le lendemain soir, Ben eut le plus grand mal à se concentrer sur ses révisions pour l'examen d'économie qu'il devait passer deux jours plus tard. Découragé, il posa son stylo en poussant un soupir sonore.

Comme d'habitude, Buddy attendait impatiemment qu'il se décide à jouer. Il se mit à tirer sur ses lacets. Voyant que cela ne produisait aucun effet, il lui mordilla les chevilles.

— Aïe ! Tu me fais mal !

Déconcerté par ce ton sévère, Buddy laissa retomber ses oreilles et prit un air penaud. Ben sentit aussitôt sa colère fondre. Il attrapa une balle de tennis et s'assit par terre.

— Attrape, mon vieux !

Il n'y avait qu'une semaine que Buddy s'était mis à ce jeu, mais il en avait déjà compris la règle. Il se jeta sur la balle et la lui rapporta.

— Bravo, tu apprends vite !

Buddy vint s'asseoir près de lui et posa sa tête dans ses mains pour qu'il le gratte derrière les oreilles. Ben se mit à rire.

— Tu veux lire le bouquin d'économie pour moi ?

La sonnerie du téléphone le fit bondir. A cette heure-ci, l'appel ne pouvait provenir que d'une personne.

Il décrocha le combiné à la seconde sonnerie.

— Alex ! C'est toi, mon trésor ?

Une opératrice l'informa qu'il avait un appel de mademoiselle Alex Sanders. Acceptait-il de payer la communication ?

Ravalant un juron, il s'exhorta au calme. Bien sûr qu'il allait la payer ! Pendant qu'elle rétablissait le contact, il sourit en se détendant un peu. Alex avait donné son nom, pas celui de ce salaud de Pete. Pourtant, Mary avait déjà fait faire le changement sur les papiers…

— Papa, c'est moi. Est-ce que tu m'entends ?

Sa voix lui fit monter les larmes aux yeux. Alex lui manquait cruellement. Essayant de maîtriser son émotion, il répondit :

— Je t'entends très bien, ma chérie. Comment vas-tu ?

— Bien… Je t'appelle en secret. Maman ne voulait pas.

— Est-ce qu'il y a un problème, mon ange ?

— N…non, mais je voudrais que tu viennes vivre avec moi, papa. Tu devrais demander à maman si tu peux avoir une chambre pour toi dans la maison. Il y en a une qui est vide.

— Nous avons déjà parlé de ça, Alex… dit doucement Ben en cherchant désespérément à prendre un ton joyeux. Ta maman veut que tu donnes une chance à ton nouveau papa, et quand je suis près de toi, c'est trop difficile pour toi, tu n'y arrives pas.

— Toi aussi, tu veux que je donne une chance à Pete, papa ?

Si cela pouvait la rendre heureuse…

— Oui, moi aussi.

Les mots eurent du mal à franchir ses lèvres. Ce salaud de Pete avait intérêt à aimer Alex comme il l'aimait lui-même. A l'évidence, Mary ne s'occupait pas assez de sa fille.

Le silence s'installa sur la ligne. Ben prit une profonde inspiration. Il ne voulait pas perdre une seconde du temps précieux pendant lequel il pouvait parler à Alex.

— Tu feras de ton mieux, ma chérie ? Pour me faire plaisir ?

— D'accord, mais...

— Qu'y a-t-il, mon cœur ?

— Papa, comment on fait pour ne plus mentir quand on n'a jamais menti ?

— Quoi ?

— C'est très important, papa. C'est vraiment important.

L'estomac de Ben chavira. Que se passait-il ? Alex avait l'air si bizarre. Il ne l'avait jamais entendue parler sur ce ton. Il n'avait pas la moindre idée de ce qu'elle voulait dire. Il la connaissait bien, pourtant. Il savait quand elle pleurait de fatigue, ou de douleur... Il savait quand elle riait de bon cœur et quand elle faisait semblant. Mais là, pour la première fois, il ne comprenait pas ce qu'elle essayait de lui dire.

— Est-ce que tu le sais, papa ?

Ben se creusa la cervelle, essayant furieusement de traduire ces paroles en une question qui ait un sens.

— Si tu n'as jamais menti, tu n'as aucun souci à te faire. Tu ne peux pas recommencer à mentir !

— Tu en es sûr, papa ?

Ben faisait les cent pas dans la cuisine, son téléphone mobile collé à l'oreille.

— Oui, mon ange, j'en suis sûr.

— Sûr, sûr ?

— Oui.

Elle se tut de nouveau. Ben sentait son cœur battre à grands coups. Qu'est-ce que c'était que cette histoire ? Et comment Alex s'y était-elle prise pour lui téléphoner en douce ?

— Où est ta maman ?

— Elle est de l'autre côté de la route avec Pete.

Son sang ne fit qu'un tour. Quoi ! Mary laissait Alex toute seule ? En pleine nuit ?

— Qu'est-ce qu'ils font ? demanda-t-il.

— Je ne sais pas. Ils sont chez des amis. Ils croient que je suis en train de dormir.

Glacé, malade d'angoisse, Ben lui fit promettre d'aller tout de suite se mettre au lit et de dormir — si elle dormait, elle n'aurait pas peur et elle ne se sentirait pas seule. Il lui souhaita tendrement de faire de beaux rêves et raccrocha.

Mary allait entendre parler de lui, que cela lui plaise ou non !

Le mardi suivant, en rentrant chez lui au volant de sa camionnette, Ben fit un détour pour aller saluer la statue de son arrière-grand-père. Une question le hantait : à quel moment valait-il mieux qu'il appelle son ex-épouse s'il voulait qu'il n'y ait pas son nouveau mari près d'elle ? Les nuages s'amoncelaient dans le ciel, ce qui était plutôt rare en Arizona. Il avait hâte d'être dehors, de respirer l'air à pleins poumons pour se calmer avant ce coup de téléphone.

Il fit un effort pour penser à autre chose. Il avait d'excellentes nouvelles à annoncer à son ancêtre depuis longtemps disparu : son tout premier examen à l'université s'était très bien passé. Il n'avait pas encore les résultats, mais il était certain d'avoir rendu une bonne copie. De plus, cette expérience avait été beaucoup moins impressionnante qu'il n'avait craint. Garant son véhicule le long du trottoir, il remarqua une Mustang blanche à quelques mètres. C'était curieux…

chaque fois qu'il en voyait une, son cœur battait un peu plus vite. Christine avait la même... Depuis qu'il le savait, il pensait à elle chaque fois qu'il en voyait une.

Il jeta un regard alentour, au cas où la Mustang serait la sienne. Non pas qu'il irait lui parler s'il la voyait. Il n'avait rien à lui dire en dehors des cours...

Mais enfin, cela ne faisait de mal à personne s'il jetait un coup d'œil. Surtout s'il restait sur ses gardes...

La voiture blanche était vide, et le périmètre qui l'entourait l'était aussi. Déçu, Ben secoua la tête. C'était idiot, il se comportait comme un adolescent. Il marcha résolument vers la statue de son aïeul. Il allait bavarder, monologuer plutôt cinq minutes avec lui avant de rentrer à la maison. Et s'il le fallait, il passerait toute la nuit à composer le numéro de téléphone de Mary. Que son Pete aille au diable...

En pensant à lui, Ben sentit sa fureur revenir au triple galop. Il avait subvenu aux besoins d'Alex jusqu'à ce qu'elle ait six ans, pendant que ce salaud purgeait une peine de prison pour vol de voitures. Ben soupira, un rictus amer au coin de la bouche. Non seulement il avait travaillé comme un forçat pour nourrir sa petite fille, mais il l'avait élevée. Il lui avait appris à distinguer le bien du mal, à être attentive aux besoins des autres. Il l'avait aimée de tout son cœur.

Et il l'aimait encore.

Il s'arrêta net en voyant le spectacle qui s'offrait à lui : Christine Evans était assise sur un banc, en face de la statue. Elle lisait.

Ben hésita. Il valait peut-être mieux qu'il prenne les devants s'il ne voulait pas qu'elle l'accuse de l'avoir suivie.

— Bonjour, Christine, quelle surprise !

Ouf ! elle n'avait pas sursauté, ni laissé tomber son livre.

— Bonjour, Ben.

— Vous permettez que je reste deux minutes ? A moins que vous n'attendiez quelqu'un...

Christine secoua la tête.

— J'attends une amie qui est chez le coiffeur... Vous la connaissez peut-être... Phœbe Langford, le nouveau professeur de psychologie.

— Non.

Christine paraissait différente. Plus jeune.

Il ne lui fallut pas longtemps pour en comprendre la raison. Elle portait un short, un chemisier sans manches et des sandales à talons hauts.

Des vêtements beaucoup plus décontractés que ceux qu'elle portait à l'université. Ils lui allaient à merveille. Mais, comme d'habitude, elle paraissait nerveuse, tendue.

— Nous partageons une maison dans Elm Street, reprit-elle. En fait, c'est la sienne. Je vais rester chez elle jusqu'à ce que je trouve un logement qui me convienne.

— Vous vous connaissez depuis longtemps ?

Ben fronça les sourcils, se reprochant sa curiosité. Il allait faire un effort pour tenir sa langue. Les bras croisés, son livre fermé posé sur ses genoux, Christine hocha la tête, sans paraître se formaliser de ses questions.

— Nous nous sommes rencontrées au collège de Boston.

— Quand vous étiez étudiantes ?

Elle fit un signe négatif.

— Non, nous étions déjà professeurs.

L'air gêné, elle se mit à feuilleter son livre. Ben baissa la tête. Il la mettait encore mal à l'aise. Et bien qu'il fît un sérieux effort, il n'arrivait pas à comprendre pourquoi. Les filles s'étaient toujours précipitées vers lui pour chercher sécurité et conseils, pour qu'il les aide à se tirer de mauvais pas. Jusqu'à présent, elles ne l'avaient jamais fui, bien au contraire. Evidemment, Christine ne le fuyait pas. Mais il avait l'impression que ce n'était pas l'envie qui lui manquait.

La question qui lui brûlait les lèvres jaillit avant qu'il n'ait conscience de la poser :

— Etes-vous toujours aussi tendue, ou est-ce moi qui en suis la cause ?

— Je ne suis pas tendue.

Elle fit un geste de la main pour renforcer sa dénégation, et envoya son sac par terre.

Ben se précipita pour le ramasser. Quand elle le prit, ses doigts effleurèrent les siens. Elle avait une peau très douce… et elle tremblait.

— Je ne mords pas, murmura-t-il.

— Ah bon ?

Elle eut un rire forcé.

Ben s'assit à l'autre extrémité du banc. Christine se poussa pour laisser encore plus de place entre eux, malgré les cinquante centimètres qu'il y avait déjà. Si elle continuait, elle allait tomber.

— Je n'ai jamais fait de mal à une femme, dit-il.

— Je n'ai jamais pensé le contraire.

Ben resta silencieux. Pourquoi la réaction de Christine le dérangeait-elle tant ? Il ne pouvait pas la laisser continuer comme cela.

— Est-ce que je vous rends nerveuse pour une raison ou une autre ?

— Non !

Ben suivit son regard. Elle avait les yeux fixés sur la statue de son arrière-grand-père.

— Euh… peut-être. Oui, peut-être.

Ben fronça les sourcils.

— Vous êtes un de mes étudiants, dit-elle d'une voix un peu plus détendue. Je suis sûre que ce n'est pas réglementaire que nous soyons…

— Amis ?

Elle lui jeta un rapide coup d'œil.

— Oui, c'est ça, que nous soyons amis.

— Vous croyez que c'est ce qui est en train d'arriver ? Sommes-nous en train de devenir amis ?

Il se sentait brusquement aussi tendu qu'elle.

— Je vous connais à peine.

— Aimeriez-vous me connaître ? demanda-t-il de sa voix la plus neutre possible.

Pourquoi sa réponse était-elle si importante ?

Les mains crispées sur son livre, Christine avait toujours les yeux braqués sur la statue de Samuel Montford.

— Oui, naturellement. Enfin, je ne sais pas… Probablement pas, murmura-t-elle d'une voix à peine audible.

— Parce que je suis dans votre cours ?

— Le code d'éthique de l'université Montford est très strict, et je me rappelle avoir lu quelque chose à propos d'un comportement incorrect entre des étudiants et des professeurs.

— Il n'y a rien d'incorrect dans notre amitié.

Il voulait se tourner vers Christine pour observer ses expressions, mais il n'osait pas bouger. Cette conversation était trop importante pour courir le risque qu'elle prenne peur et qu'elle s'en aille.

— Je n'ai pas l'âge d'un étudiant qui entre à l'université, lui rappela-t-il. Je suis certainement aussi âgé que vous.

Christine resta silencieuse.

— J'ai vingt-six ans, précisa-t-il. Et vous ?

— Trente.

— Vous voyez ! Il n'y a pratiquement aucune différence !

Il la regarda brièvement avant de poser de nouveau les yeux sur son ancêtre.

Il la croyait un peu plus jeune, mais il n'avait jamais été très doué pour deviner l'âge des gens. Surtout celui des femmes. Pourtant, quand il croisait son regard pendant les cours, il lui trouvait souvent une expression qui la faisait paraître plus âgée. Oui, elle pouvait bien avoir trente ans.

Elle restait silencieuse, mais elle n'avait pas l'air de vouloir partir. Cela devait bien avoir une signification.

Regardant fixement l'effigie de son arrière-grand-père, Ben soupira sans bruit. Les yeux de pierre semblaient le contempler avec sollicitude, comme si son aïeul entendait et comprenait cette étrange conversation.

Ben se passa lentement une main dans les cheveux. Lui, en tout cas, il ne comprenait pas grand-chose. Que faisait-il là, assis sur ce banc au lieu de travailler ses cours ? Il n'en avait pas la moindre idée.

— Etes-vous déjà venue ici ? finit-il par demander en montrant la statue.

Christine hocha la tête en tapotant son livre du bout des doigts.

— Phœbe m'a amenée ici dimanche. Vendredi soir, nous sommes allées dîner chez les Parsons. C'est Becca Parsons qui a commandé cette sculpture, au printemps dernier.

Ben haussa les sourcils. Becca Parsons… Qui était cette femme ? Qu'avait-elle à voir avec Samuel Montford ?

— Cette statue représente le fondateur de Shelter Valley, dit-il.

— Je le sais. Becca Parsons et sa famille ont fait des recherches sur sa vie pendant tout l'hiver. Une de leurs amies, Martha Moore, a écrit une pièce de théâtre qui a été jouée par les jeunes de Shelter Valley le 4-Juillet, le jour où la sculpture a été inaugurée. Je suppose qu'il y a eu aussi un grand article dans le journal.

Ben hocha la tête. S'il y avait eu un article dans le journal, il pourrait s'en procurer une copie à la bibliothèque. Il avait prévu de mener ses propres recherches une fois qu'il aurait pris son rythme d'étudiant, quand il aurait un peu de temps libre. Il connaissait les premières années de la vie de son arrière-grand-père, mais ses connaissances s'arrêtaient abruptement au jour où sa grand-mère avait quitté la maison de ses parents.

C'était en partie pour cela qu'il était venu s'installer à Shelter Valley : il voulait découvrir qui était sa famille. Et qui il était lui-même.

Les mains toujours posées sur son livre, Christine hocha la tête.

— Je ne sais pas si vous avez déjà vécu dans une ville comme celle-ci, continua Ben, mais moi, jamais. Ici, tout le monde se connaît, mais ce qui est très surprenant, et sympathique, c'est que chacun est vigilant et bienveillant pour les autres.

— Oui… moi non plus, je n'avais jamais connu cela.

— Je trouve que c'est vraiment incroyable.

— Moi aussi.

Elle parlait de nouveau d'une voix si basse qu'il l'entendait à peine.

— J'ai un peu l'impression d'être arrivé sur une autre planète, ajouta le jeune homme.

Elle tourna la tête vers lui.

— Je sais ce que vous voulez dire. Tout le monde ou presque sait qui je suis, mais moi, j'ai du mal à mettre un nom sur le visage des jeunes qui suivent mes cours, sans parler des gens que je croise dans la rue.

Ben hocha la tête. Pendant un bref instant, il sentit une connexion avec elle, comme la première fois qu'ils s'étaient vus, à l'université.

Bon sang, qu'est-ce que cela pouvait bien lui faire ?

Il détourna son regard qu'il posa sur Samuel Montford.

— C'est mon arrière-grand-père.

— Vraiment ?

Elle le regarda d'un air étonné.

— Vous êtes apparenté à Samuel Montford ?

Comme tactique de diversion, cette révélation avait bien fonctionné. Mais maintenant, Christine savait quelque chose qu'il avait eu l'intention de garder pour lui. Du moins pour l'instant, jusqu'à ce qu'il se soit complètement imprégné de l'atmosphère de Shelter Valley, et qu'il ait fait son trou dans cette ville.

Il acquiesça d'un petit signe de tête.

— Ma grand-mère était sa fille.

— Mais… vous en êtes sûr ? L'autre soir, Becca nous a dit qu'il n'y avait que deux Montford encore vivants : un arrière-petit-fils qui s'appelle Sam — Samuel — comme son ancêtre, et qui a quitté Shelter Valley il y a dix ans, et son père. Les parents de Sam ont une maison ici, mais ils vivent en Europe depuis plus d'un an.

Ben releva un sourcil. Il avait un cousin ? Un oncle, une tante ? Il sentit son cœur battre plus vite. Ainsi, il avait une famille. Une famille légitime, bien à lui !

— Où est allé Sam ?

— Apparemment, personne ne le sait. Rebecca Parsons a essayé de le localiser, pour lui demander de rentrer à l'occasion de la célébration de la statue de son aïeul, mais il était introuvable. Je suppose qu'il ne devait pas être en odeur de sainteté quand il est parti. J'ai entendu parler d'un mariage brisé. Sa femme est toujours en ville. Becca a dit son nom, mais je ne l'ai pas mémorisé. Sam bouge beaucoup, semble-t-il.

Ben hocha lentement la tête. Il avait un cousin... peut-être du même âge que lui ou presque.

Christine le regarda.

— Mais si vous êtes un Montford, comment se fait-il que personne ne vous connaisse ?

Brusquement, elle semblait plus à l'aise qu'il ne l'avait jamais vue.

— Ma grand-mère a quitté Shelter Valley à quatorze ans.

— La fille du vieux Samuel ! Elle avait disparu dans le désert. Sa famille croyait qu'elle s'était perdue et qu'elle avait été tuée par un animal sauvage.

— C'est vraiment ce que sa famille croyait ?

Christine hocha la tête.

— Becca nous en a parlé, le soir où nous avons dîné chez elle. Il paraît que le shérif et ses hommes l'ont cherchée partout et qu'ils ont fini par conclure qu'elle devait être morte. Ils ont organisé une cérémonie funèbre et érigé une pierre tombale, qui est toujours visible au cimetière. Mais apparemment, Samuel Montford a toujours cru que sa fille était vivante.

Elle fit une pause, le regard rivé sur la statue. Ben ne la quittait plus des yeux.

— C'est difficile à croire qu'un homme puisse aimer sa fille à ce point, murmura-t-elle.

Incrédule, Ben secoua la tête. Rien n'était plus facile que d'aimer son enfant. Il regarda Christine d'un air songeur. Quelle vie avait-elle eue pour penser que l'amour paternel était rare ?

— Cependant, il était le seul à la croire vivante, continua Christine. D'après Becca, sa femme était convaincue que leur fille avait trouvé une mort horrible dans le désert. Samuel a passé le restant de ses jours à attendre son retour.

Ben éprouva brusquement l'impression la plus bizarre de sa vie. C'était comme si deux parties de lui-même venaient juste de se rencontrer pour la première fois. Deux moitiés séparées formant un tout. Il avait toujours entendu parler de ces dernières années du point de vue de son père et de sa grand-mère. Et maintenant…

— Ma grand-mère a toujours dit que son père lui avait manqué toute sa vie, reprit-il.

— Dans ce cas, pourquoi ne l'a-t-elle jamais contacté ? Où est-elle allée ? Pourquoi n'est-elle pas revenue ?

Ben étendit un bras sur le dossier du banc. Christine tressaillit et se déplaça légèrement. Faisant semblant de ne rien remarquer, Ben répondit :

— Elle est tombée amoureuse d'un Indien Hopi qu'elle avait rencontré en chevauchant dans le désert. Ils se voyaient en secret, dans une grotte qu'ils avaient découverte dans la montagne.

— Becca nous a raconté que Samuel Montford, votre arrière-grand-père, avait vécu avec des Indiens, quand il est arrivé dans l'Ouest, après avoir quitté Boston.

— En effet, c'est aussi ce que ma grand-mère a dit à mon père quand il était petit.

— Je ne comprends pas. Pourquoi n'a-t-elle pas dit à son père qu'elle était tombée amoureuse d'un Indien ? Pourquoi s'est-elle cachée ? Il était bien placé pour la comprendre.

Christine était méconnaissable. Détendue, vive. Comme il ne l'avait encore jamais vue.

Avide de poursuivre cette conversation, Ben se pencha vers elle en demandant :

— Becca Parsons vous a-t-elle parlé du premier mariage de Samuel ? Vous a-t-elle dit comment s'est terminé son mariage ?

Christine hocha la tête.

— Il a épousé une femme noire, c'est bien cela ?

— C'est cela.

— Les gens de sa famille, et des amis aussi, ont réagi d'une façon horrible.

— L'esclavage était encore légal, à cette époque. Ils avaient beau vivre dans le nord, cela ne signifiait pas que les mariages inter-ethniques y étaient acceptés, dit Ben.

— Ils avaient eu un bébé, et un jour, pendant que sa femme le promenait, ils ont été agressés. Et tués, tous les deux.

Christine frissonna. Ben mourait d'envie de passer un bras autour de ses épaules. S'il s'était agi de n'importe quelle autre femme, il lui aurait caressé le visage pour la rassurer, la ramener au présent, et pour qu'elle se souvienne que cette histoire avait eu lieu à une époque révolue.

— Vous comprenez pourquoi sa fille n'a pas osé lui dire qu'elle voulait épouser un Indien, dit-il doucement.

— Elle aurait pu…

— Elle a essayé une fois, dit Ben,

C'était si bon de pouvoir partager l'histoire qu'on lui avait racontée. Quand il était petit, il avait visité la réserve dans laquelle son père était né et avait été élevé. A cette époque-là, il y avait quelques personnes qui se souvenaient encore de sa grand-mère.

— Elle lui a seulement dit qu'ils étaient amis, poursuivit-il. Elle n'a pas pu aller plus loin. Samuel lui a immédiatement interdit de le revoir et il a passé des heures à lui faire la morale sur la conduite qu'une jeune fille blanche devait adopter, sur les personnes qu'elle devait voir et celles qu'elle devait éviter si elle voulait faire un bon mariage.

— Et il a cru que ce sermon suffirait à la convaincre ? Qu'elle ne reverrait jamais son Indien ?

Ben hocha la tête.

— Elle a même essayé de faire ce qu'il lui avait ordonné. Pendant un temps. Mais elle était trop amoureuse et elle a recommencé à chevaucher jusqu'à leur grotte en espérant le retrouver.

— Et il y était...

— Oui...

Est-ce que cela avait été une bonne chose ? Ben n'en avait jamais été convaincu.

— Elle et son... ami ont fini par devenir amants, et elle s'est retrouvée enceinte. Elle savait que son père en mourrait s'il l'apprenait, et que même si cela n'arrivait pas tout de suite, il serait rongé par l'inquiétude à son sujet et au sujet du bébé. Son amoureux Hopi...

Christine plongea les yeux dans les siens.

— Votre grand-père...

Voyant la vérité se faire jour dans les yeux de Christine, il hocha la tête.

— Il a insisté pour qu'elle vienne dans sa tribu, qu'elle devienne sa femme et qu'elle élève leur enfant comme les femmes de son peuple. Elle était jeune et amoureuse. Et elle était terrifiée.

— Elle est partie avec lui, murmura Christine.

— Oui.

— Les Indiens ont été cruels avec elle, n'est-ce pas ?

— Pas du tout !

Ben secoua vigoureusement la tête en regardant encore une fois la statue de Samuel Montford.

— Elle a été heureuse avec eux ?

— Sa propre famille lui manquait beaucoup, mais à part cela, elle a été très heureuse. Elle avait toujours eu l'intention de revenir, une fois qu'un temps assez long se serait écoulé pour que son père soit rassuré sur son sort, pour qu'il comprenne que ce qui était arrivé à sa première épouse et à leur bébé ne lui arriverait pas à elle.

— Alors, pourquoi ne l'a-t-elle pas fait ?

— Elle a attrapé une mauvaise fièvre. Elle est morte. Elle n'avait que vingt-quatre ans.

— Mon Dieu, quelle tristesse !

Oui. Et la suite de l'histoire n'était guère plus joyeuse. Car les inquiétudes de Samuel Montford ne s'étaient pas révélées aussi infondées que sa fille l'avait espéré. La tribu de son mari avait peut-être accepté que leur fils — le père de Ben — soit un sang-mêlé, mais le reste du monde — y compris des tribus voisines — ne s'était pas montré aussi large d'esprit. Leur fils avait passé toute sa vie à chercher son identité, et à fuir celui qu'il était, et celui qu'il n'était pas.

Il avait épousé une femme blanche, qui avait donné naissance à Ben, mais il avait été incapable de partager l'univers des Blancs, d'accepter les préjugés auxquels il était trop souvent en butte en étant à moitié Indien.

Et il n'avait pas mieux réussi à s'intégrer à la tribu de son père…

6.

— C'est pour cela que vous êtes venu à Shelter Valley, dit doucement Christine.

Son regard allait et venait de Ben à la statue qui se dressait fièrement en face d'eux.

— En partie…

Il se sentait mis à nu. Il avait dévoilé une plus grande part de lui qu'il n'en avait eu l'intention.

— L'université a aussi joué un grand rôle dans ma décision.

Il se reprocha aussitôt ces paroles malheureuses, qui rappelaient à Christine leur situation respective.

— Ne me rappelez pas encore que vous êtes mon professeur, plaisanta-t-il.

Elle se redressa en le regardant.

— Mais je suis votre professeur !

— Je ne conteste pas ce point, et je vous promets de ne pas faire pression sur vous pour que vous me donniez des bonnes notes…

Il lui adressa un sourire enjôleur. Un peu d'humour allait peut-être alléger l'atmosphère.

— A en juger par les quelques textes que vous m'avez déjà rendus, vous méritez vos bonnes notes.

Christine parlait sérieusement. Apparemment, elle ne s'était pas rendu compte qu'il plaisantait. Elle ne regardait plus la statue. Les yeux rivés au sol, elle jouait avec une pierre du bout de sa sandale.

— Eh bien, quel mal y a-t-il à ce que deux personnes qui ont quelque chose en commun — qui ne se sentent pas à leur place dans une ville où tout le monde se connaît — se tiennent compagnie de temps à autre ? questionna-t-il.

Elle ne bougeait pas, mais il sentit qu'elle prenait ses distances. Bon sang de bon sang, quel imbécile il faisait ! Pourquoi l'avait-il poussée dans ses retranchements ? Et pourquoi lui avait-il fait cette suggestion, alors qu'il n'avait aucune envie d'avoir une relation avec qui que ce soit ? Pendant longtemps encore…

— Je…

— Laissez-moi vous dire, coupa-t-il. Pourquoi ne laisserions-nous pas les choses là où elles en sont pour l'instant ?

Si la vie en avait décidé ainsi, ils se rencontreraient de temps en temps. Sinon…

— Si cela peut vous rassurer, je n'ai pas de place dans ma vie pour les complications, ajouta-t-il.

Elle fit un petit signe de tête. Inquiet, Ben attendit. Elle allait certainement trouver une excuse, se lever et partir. Mais elle n'en fit rien. Cette situation devenait terriblement embarrassante. Puisque Christine ne bougeait pas, il allait faire le premier pas et prendre congé…

Au lieu de quoi il demanda :

— Et vous, pourquoi avez-vous choisi Shelter Valley ?

Tripotant le bout de ses cheveux, qui lui arrivaient à la hauteur des épaules, Christine répondit d'une voix plus tendue que jamais :

— J'avais envie de changer d'air… et ce poste était plus intéressant que celui que j'avais à Boston. L'université Montford a une excellente réputation et offre de bonnes opportunités d'avancement.

— Et Phœbe Langford ?

— Oh ! pour elle, cela s'est décidé très vite ! Un jour où ma… euh, où je téléphonais à Will Parsons, il m'a demandé si je connaissais un professeur de psychologie. J'ai pensé aussitôt à Phœbe. Elle ne s'était pas remise de son divorce, et ce changement de décor était exactement ce qu'il lui fallait.

Elle parlait sans le regarder, mais elle leva la tête et fixa les yeux sur le parc.

— De plus, murmura-t-elle, c'était plutôt angoissant pour moi de venir ici toute seule. Mais avec une amie, cela prenait des airs d'aventure.

Ben hocha la tête. Il avait passé sa vie à lire ce que les gens ne *disaient pas*. Avec son père, cela l'avait aidé à éviter des conflits.

L'histoire de Christine était certainement bien plus complexe, il l'aurait parié. Il le sentait, il devinait toujours les failles.

Mais en quoi sa vie le regardait-elle ? Il secoua imperceptiblement la tête. Il y avait une chose qu'il ne devait pas oublier : ils n'étaient rien de plus l'un pour l'autre qu'un professeur et son élève qui se voyaient occasionnellement.

Sortant d'un silence prolongé, Christine indiqua d'un signe de tête la statue de Montford.

— Est-ce que cela vous ennuierait que je parle à Becca de votre lien de parenté avec lui ?

Ben sentit son estomac se nouer. Il avait appris depuis longtemps à garder ses histoires de famille pour lui. A l'exception de ses cheveux noirs, il n'avait rien gardé de son héritage indien. La vie lui avait appris à faire profil bas.

Voyant qu'il ne répondait pas, Christine ajouta en plantant un regard compréhensif dans le sien :

— Je ne vous en aurais pas parlé si elle ne s'intéressait pas tant à lui. Elle ne serait pas plus passionnée s'il s'agissait de son propre arrière-grand-père.

— Peut-être, mais…

— Vous n'avez aucun souci à vous faire, affirma-t-elle en voyant son hésitation. Becca a beaucoup de tact, elle n'est pas du genre à bavarder à droite et à gauche.

Mal à l'aise, Ben eut brusquement l'impression qu'il n'était pas le seul à entendre ce que les autres se gardaient bien de dire.

Mais Christine n'avait pas besoin de savoir qu'elle ne se trompait pas. Il se leva en haussant les épaules.

— Bien sûr, parlez-lui-en, dit-il sur un ton désinvolte. Cela ne me dérange pas.

Ce mensonge-là, Christine allait-elle y croire ?

Tory avait dit à Phœbe qu'elle passerait au drugstore acheter quelques bricoles et qu'elle viendrait la chercher dans le salon de coiffure tout de suite après. Mais quand Phœbe régla sa facture, elle n'était toujours pas revenue. Elle se précipita au-dehors. La voiture de Tory était encore là, au même endroit. Vide.

Elle regarda autour d'elle d'un air affolé. Son amie n'était nulle part en vue. Mon Dieu ! pourvu qu'elle aille bien ! pria-t-elle intérieurement.

Une question angoissante venait de s'insinuer dans son esprit : était-il possible que Bruce ait remis la main sur elle ? Son réseau était-il tentaculaire au point de venir la traquer jusqu'ici, à l'autre bout du pays ? Christine était convaincue que sa sœur serait en sécurité à Shelter Valley. Phœbe secoua la tête en soupirant. Elle savait bien ce que Tory pensait : ce n'était qu'une question de temps avant que Bruce ne réapparaisse.

Avec un violent effort pour dominer l'affreuse inquiétude qui s'emparait d'elle, Phœbe fit appel à sa raison. Allons, Bruce croyait que Tory était morte, il ne devait plus la chercher maintenant ! A moins qu'il ne soit parti sur les traces de Christine pour lui poser des questions ?

Phœbe courut du drugstore au magasin Weber, puis au restaurant Valley Dinner où Tory aurait pu l'attendre en sirotant un verre de thé glacé. Mais la jeune femme n'était nulle part.

Le cœur battant, Phœbe murmura : « Mon Dieu ! faites qu'il ne lui soit rien arrivé ! »

Elle arpenta la rue principale, tendant le cou dans l'espoir de l'apercevoir. Elle la connaissait moins bien que Christine, mais elle la considérait déjà comme la petite sœur qu'elle aurait tant aimé avoir.

Elle décida d'aller jeter un coup d'œil dans le jardin public. En tournant au coin d'une allée, elle s'arrêta net. Tory était là, assise sur un banc en face de la statue de Samuel Montford. En compagnie d'un homme…

Médusée, Phœbe réfléchit très vite. Cela ne ressemblait pas du tout à Tory. Elle était terriblement mal à l'aise avec la gent masculine, quelle qu'elle soit. Le soir où elles avaient dîné chez les Parsons, elle avait encore fait preuve d'une nervosité excessive. Will était pourtant l'homme le plus inoffensif du monde, et il l'avait accueillie avec la chaleur et la gentillesse qui le caractérisaient.

Phœbe restait plantée là, incrédule, ne pouvant repousser la question brûlante qui lui était venue à l'esprit : cet homme était-il Bruce ?

Si c'était lui, que devait-elle faire ? Se faire connaître ? Le prier de laisser Tory tranquille ?

Ou, au contraire, serait-elle plus utile à Tory si cet homme ignorait son existence ?

Non, c'était idiot de croire une chose pareille. Il était bien évident que si Bruce avait eu la possibilité de retrouver Tory à Shelter Valley, il devait déjà savoir qui elle était. Il devait déjà avoir un dossier complet sur elle.

Oui, il valait mieux intervenir.

Elle se dirigea droit sur eux.

— Je ne sais pas pour qui vous vous prenez, mais si vous touchez…

— Phœbe !

— Non, Christine, je ne le laisserai pas faire. Je…

— Phœbe !

Phœbe remarqua le ton affolé de Tory en même temps que l'étonnement et la profonde confusion de l'inconnu.

— Que se passe-t-il ? demanda-t-il, ahuri.

Faisant de son mieux pour garder son sang-froid, Tory intervint :

— Je crois qu'il y a un malentendu… j'ai dit à Phœbe qu'un homme m'avait harcelée toute la semaine pour que je sorte avec lui. Elle a dû croire que c'était vous…

Phœbe ne put s'empêcher d'être impressionnée par l'explication improvisée de son amie. Mais cela n'aurait pas dû la surprendre. Tory avait survécu quatre ans à la tyrannie de Bruce. Elle s'était retrouvée seule pour enterrer sa sœur dans une ville qu'elle ne connaissait pas, avant de traverser tout le pays pour la remplacer et commencer une vie d'une rare complexité.

Cette femme était une survivante. Intelligente, et loyale.

Phœbe soupira. Il valait mieux se calmer. Elle n'avait pas encore réalisé à quel point cette situation lui portait sur les nerfs. Avec sa réaction viscérale, elle venait de mettre en péril tout l'avenir de Tory.

— Phœbe Langford... Ben Sanders, dit Tory en se levant.

— Ravie de vous connaître, dit Phœbe avec un sourire un peu forcé. Je vous prie de m'excuser...

Qui était cet homme ? Etait-il possible que Tory s'intéresse à lui ?

— Je vous en prie.

Il lui donna une poignée de main ferme, chaleureuse.

— Ben suit mon cours de littérature américaine, celui de 9 heures, dit Tory.

Phœbe n'en revenait pas. Et Tory s'était assise sur ce banc à côté de lui, avait engagé la conversation avec lui !

Elle serra la main de l'homme un peu plus vigoureusement. Elle était ravie de faire sa connaissance, plus qu'il ne le saurait jamais. Tory lui parlait. C'était ahurissant. Magnifique. Pouvait-elle y voir un signe d'espoir ?

Sauf que... Phœbe refréna un peu son enthousiasme pendant que Tory disait au revoir à Ben. Même si son amie arrivait à guérir et à avoir une relation avec un homme, il restait un problème majeur : elle n'était pas libre. Elle vivait dans le mensonge.

C'était un aspect qu'elles n'avaient pas pris en considération quand elles avaient mis ce plan au point.

Comment les choses tourneraient-elles si Tory rencontrait l'homme de sa vie ?

*
**

Il était presque minuit. Depuis 7 heures du soir, Ben composait le numéro de son ex-épouse toutes les demi-heures, l'esprit occupé tour à tour par Christine et Alex pendant qu'il écoutait le téléphone sonner, à l'autre bout de la ligne.

— Mary, c'est Ben ! dit-il sans préambule quand elle se décida enfin à décrocher.

— Pourquoi m'appelles-tu ?

— Nous devons parler.

— Nous n'avons plus rien à nous dire. Le divorce a été prononcé, Ben. Tout est terminé.

— Ne raccroche pas ! dit vivement Ben. Je t'appelle au sujet d'Alex.

— Pete est son père, Ben. Elle n'a plus besoin de toi.

La flèche atteignit son but.

— Moi, je crois que si.

— Tu veux encore jouer les héros, hein ?

— J'ai appelé hier soir, mentit Ben pour protéger la fillette.

Dieu seul savait comment elle réagirait si elle apprenait qu'Alex l'avait appelé elle-même.

— Je t'ai déjà dit de ne plus lui téléphoner !

— Je sais. Mais là n'est pas la question. Il était tard, hier soir. Et Alex était toute seule à la maison.

— Et alors ?

— Et alors ? Mais elle n'a que sept ans !

— Pour l'amour du ciel, Ben, il n'y a pas de quoi en faire une histoire ! Nous étions juste de l'autre côté de la rue, et Alex était couchée !

— Elle n'avait pas l'air heureuse.

— Comment pourrait-elle l'être, avec toi qui sèmes la confusion dans sa tête ? Garde tes distances. Laisse-la apprendre à connaître Pete, à l'aimer comme elle doit aimer son père.

— Comme elle m'aime moi.

— Pete est son père.

Elle venait encore de faire mouche. Ben ravala la grosse boule qui lui obstruait la gorge.

— Je ne te demande qu'une chose : promets-moi de ne plus la laisser seule, surtout la nuit, insista-t-il, le souffle court.

Il n'avait pas supporté la voix d'Alex, la veille. Elle était malheureuse, elle avait peur, c'était criant. Il ne pouvait tout de même pas faire ce que Mary exigeait, et disparaître comme s'il n'avait jamais fait partie de la vie de la fillette !

Cela faisait sept ans qu'il s'occupait de cette gamine, qu'il l'aimait comme s'il était son véritable père.

— Je n'ai aucune promesse à te faire, dit Mary d'un ton irrité. Plus maintenant.

Ben prit une profonde inspiration.

— Je m'inquiète pour Alex.

— Pete va arriver d'une minute à l'autre. Je n'ai pas envie qu'il me trouve au téléphone avec toi.

— Je te promets de ne plus appeler si tu me promets de ne plus laisser Alex toute seule, répéta désespérément Ben.

Il l'entendit soupirer.

— Tu me le jures ?

— Oui.

Seulement parce qu'il savait qu'Alex l'appellerait si elle avait besoin de lui.

— Très bien.

Ben était loin d'être convaincu. Il n'avait pas la mémoire courte : Mary battait les records en ce qui concernait les promesses non tenues. Mais maintenant, elle savait qu'il resterait vigilant pour Alex, qu'il n'acceptait pas de partir et de se désintéresser d'elle. Il fallait espérer que cela l'obligerait à être un peu plus consciencieuse.

Pour le moment, étant pieds et poings liés par la loi californienne, c'était ce qu'il pouvait faire de mieux.

En se garant sur le parking de l'université, le second vendredi d'octobre, Tory jeta un coup d'œil dans le rétroviseur avant de couper le contact. Ne voyant personne, elle haussa les épaules. Jusqu'à quand allait-elle vérifier qu'on ne l'avait pas suivie ? C'était devenu une seconde nature. Elle avait trop souvent été traquée, sans aucun moyen de s'échapper quand quelqu'un surgissait dans son dos au moment où elle ouvrait sa portière.

Une voiture vint se garer à quelques mètres. Une berline, tout à fait le genre de véhicule affectionné par les professeurs. Mais celle-ci avait des vitres fumées. C'était plutôt rare, en Arizona... La main posée sur la boîte de vitesses, le cœur battant, Tory attendit, prête à repartir. Devant elle, la voie était libre, elle pouvait se lancer tout droit et...

« Arrête un peu ! » se dit-elle.

Il fallait qu'elle retrouve la raison. Personne ne l'avait suivie. Tory était censée être morte. Un dernier coup d'œil dans le rétroviseur, et elle se décida à arrêter le moteur. Si elle n'y prenait garde, elle serait bientôt bonne à enfermer.

Sans compter qu'elle allait être en retard à son cours.

Cependant...

Personne ne sortait de la voiture sombre. Un collègue de la faculté serait déjà parti en direction d'un des bâtiments du campus. Si c'était quelqu'un qui l'avait suivie... il devait attendre dans la voiture, l'observer.

Le cœur battant à tout rompre, elle scruta l'intérieur de la berline, à travers la rangée de véhicules qui les séparaient. Un accès de panique et de claustrophobie, sensation familière, s'empara d'elle. Ne venait-elle pas d'apercevoir deux silhouettes ? Les hommes de main de Bruce avaient l'habitude de voyager à deux…

Qu'attendaient-ils ?

S'ils étaient venus pour elle, pourquoi ne sortaient-ils pas ? Quelqu'un s'était peut-être glissé derrière sa Mustang, accroupi pour qu'elle ne le voie pas dans le rétroviseur ?

En proie à une panique décuplée, Tory regarda autour d'elle, espérant voir un visage connu, un vigile, un membre de la faculté, une secrétaire. N'importe qui.

Mais il n'y avait personne. Elle n'aurait jamais dû venir se garer dans ce coin, c'était le moins fréquenté. Mais c'était le plus proche de l'immeuble dans lequel elle enseignait, ce qui signifiait qu'elle avait un plus court chemin à faire à pied, exposée sur le campus.

Les mains tremblantes, elle réintroduisit la clé de contact. Il fallait qu'elle sorte de là. Vite.

Elle prit une profonde inspiration et baissa la tête.

« Arrête ! Laisse-moi vivre ! » supplia-t-elle.

Il fallait qu'elle se calme. Personne n'allait s'emparer d'elle, excepté les démons qui envahissaient son esprit ! Elle était censée être morte.

Essayant de secouer son angoisse, elle fouilla dans son sac en cuir, posa la main sur une bombe lacrymogène et sortit de sa voiture. Non sans jeter un regard rapide derrière elle. Elle ne pouvait être trop prudente…

Elle se précipita vers la salle où elle devait donner son cours à 9 heures. Il n'y avait personne autour d'elle. Tout allait bien. Inutile de courir… mais elle ne voulait pas être en retard. « Allons, à qui veux-tu faire croire cela ? » s'interrogea-t-elle. D'accord, elle avait horreur d'être en retard, mais elle n'avait jamais couru aussi vite… Comme si une horde de démons était à ses trousses.

Elle arriva devant la salle juste au moment où le cours précédent se terminait. Ralentissant l'allure, elle inspira profondément. Elle redressa les épaules et entra dans la salle.

C'était rassurant de retrouver la routine. Tout allait bien.

Si on pouvait admettre que c'était bien de se laisser propulser par la panique…

Tory sortit de sa sacoche les livres et documents dont elle avait besoin et les posa sur son bureau. Elle voulut faire mentalement une petite révision du cours qu'elle s'apprêtait à donner. Mais d'abord, il fallait retrouver un rythme respiratoire normal. Comment s'adresser aux étudiants avec un cœur qui battait à plus de cent ? Elle respira encore, les yeux rivés sur ses livres. Voyons, aujourd'hui, c'était Henry Wadsworth Longfellow au programme. Oui… Tout allait bien. Elle allait donner son cours. Bruce ne viendrait pas la chercher ici.

S'obligeant à se concentrer, elle arriva à se dominer et à retrouver une sérénité toute relative.

Cela faisait un mois jour pour jour qu'elle se trouvait à Shelter Valley. Pendant des années, elle n'avait passé que quelques semaines au même endroit. Il suffisait d'assimiler le fait que désormais, elle était en sécurité, qu'elle n'était plus perpétuellement en train de fuir…

— Vous allez bien ?

Ben Sanders se tenait près de son bureau, lui barrant la vue des autres étudiants. Elle sursauta.

— Euh… Très bien, merci.

— Vous en êtes sûre ? insista-t-il doucement.

Sans bouger et sans la toucher, il obligea Tory à le regarder. Elle lut dans ses yeux un mélange d'inquiétude et de… compréhension ? Mais que pouvait-il comprendre ? Il ne savait rien. C'était impossible, comment aurait-il su quoi que ce soit la concernant ?

— Oui, je vais bien, répéta-t-elle, étonnée que ce soit presque la vérité.

Ben pianota sur son bureau en lui lançant un dernier regard scrutateur et se dirigea vers sa place.

— Ben ?

Il se tourna vers elle.

— Oui ?

— J'aimerais vous dire un mot après le cours. J'en aurai pour une minute.

— Pas de problème.

Tory se sentit soudain plus légère. C'était si agréable qu'il n'hésite jamais à faire ce qu'elle lui demandait. C'était agréable, mais en même temps, cette complaisance ne risquait-elle pas d'être dangereuse ? Elle ne pouvait pas courir le risque qu'il lui demande quelque chose en retour.

— J'ai parlé à Becca Parsons, elle m'a donné un message pour vous, s'empressa-t-elle d'ajouter.

Inutile qu'il se fasse des idées.

Ben hocha la tête et alla s'asseoir, redevenant encore une fois un étudiant comme les autres.

Quelques semaines plus tôt, il lui avait demandé de lui accorder son amitié. Pendant un quart de seconde, elle avait été tentée d'accepter. Mais elle s'était vite rappelé qu'elle n'avait rien à lui offrir.

Sa vie n'était qu'un mensonge. Elle vivait une imposture.

Christine Evans était morte.

7.

— Dites-moi pourquoi vous aimez tant « L'heure des enfants ». Ce poème n'est pas considéré comme l'un des plus importants de Longfellow mais, apparemment, vous lui trouvez quelque chose de spécial, dit Ben.

Christine paraissait un peu plus détendue que d'habitude. Elle l'avait prié de l'accompagner à son bureau.

— Qu'est-ce qui vous fait penser cela ?

— C'est le regard que vous avez quand vous le lisez.

Elle lui jeta un coup d'œil en biais. Il devenait un peu trop sérieux, et il marchait trop près d'elle. Elle accéléra le pas. Brusquement, le parcours jusqu'à son bureau lui parut interminable.

— Je ressens l'amour que Longfellow éprouvait pour ses filles, expliqua-t-elle.

C'était la vérité pure et simple.

— Je suis allée dans sa maison. J'ai compris sa personnalité.

Elle cita quelques vers :

— « De mon bureau, je vois, à la lueur de la lampe/ Descendant le large escalier du hall/Alice la sérieuse, et Allegra la rieuse/ Et Edith aux cheveux d'or. » Je suis restée quelques instants dans la pièce où il a écrit ce poème. J'ai regardé l'escalier. Trois portraits sont accrochés au mur :

Alice a l'air grave, pensive, Allegra rit, et Edith arbore une magnifique chevelure dorée.

Tory fit une pause, cherchant à décrire le plus précisément possible cette expérience.

— Le fait de se trouver dans la maison d'un écrivain rend sa vie si réelle ! Il y a une espèce d'aura dans un lieu comme la maison de Longfellow, ou celle d'Alcott, ou de Hawthorne.

— Vous me donnez envie d'aller visiter tous ces lieux en Nouvelle-Angleterre, de voir tout cela prendre vie… et de m'en inspirer, dit Ben avec enthousiasme.

— N'est-ce pas ce qu'un professeur est censé faire ? Inspirer ses étudiants ?

Sauf qu'elle n'était pas professeur…

A moins que… L'était-elle un peu, malgré tout ?

— L'histoire prend vie quand vous êtes au cœur de son décor, que vous pouvez le toucher, murmura-t-elle. L'histoire et les personnages historiques.

— Oui, pour certaines personnes, dit-il en s'effaçant afin de laisser passer un jeune homme en skateboard. J'imagine qu'il y a un tas de gens qui viennent visiter ces demeures, qui voient les mêmes choses que vous, et à qui cela ne fait ni chaud ni froid.

Tory se détendit. La sensation de chaleur qu'elle éprouvait ne devait rien au soleil d'octobre.

— Peut-être, admit-elle.

— C'est comme ces chapeaux dont vous nous avez parlé, ceux qui sont suspendus aux patères chez Emerson. A la façon dont vous les décrivez, j'imagine les hommes qui les portaient. Je les vois, assis, en train de parler de l'état du monde. Cela a rendu les essais d'Emerson bien plus réels à mes yeux. Moins abstraits.

Christine soupira silencieusement. Comment Ben faisait-il pour la voir d'une façon aussi positive ? Et, ce qui était bien plus surprenant, pour qu'elle se voie elle-même d'une façon plus positive pendant les brèves minutes qu'elle passait à côté de lui ?

Secouant ces pensées peu opportunes, elle le regarda. Elle devait lui parler avant qu'ils n'arrivent à son bureau. Elle ne voulait pas lui procurer le moindre prétexte pour qu'il y entre avec elle.

— Phœbe et moi, nous avons déjeuné avec Becca Parsons samedi dernier, dit-elle en marchant plus lentement.

— La femme du président de Montford, celle qui a écrit la biographie de mon arrière-grand-père ?

— Oui.

Tory s'arrêta devant la porte du bâtiment.

— Comme je m'y attendais, elle souhaite vous rencontrer, Ben, pour entendre tout ce que vous voudrez bien lui dire au sujet de votre arrière-grand-mère et des générations suivantes de cette branche de la famille.

Ben se rembrunit.

— Je ne suis pas sûr de…

— Vous ne lui direz que ce que vous aurez envie de lui raconter, s'empressa-t-elle d'ajouter. Becca est très discrète. Elle ne pose pas de questions. Mais elle est toujours prête à écouter ceux qui désirent lui parler. Et elle est impatiente de partager avec vous ses connaissances sur les Montford.

Elle fit une pause. Dieu seul savait pourquoi, mais c'était devenu très important pour elle que Becca et Ben fassent connaissance. En général, elle ne se mêlait pas de la vie des autres. Et de toute façon, quand bien même l'aurait-elle voulu, elle n'était jamais restée assez longtemps au même endroit pour le faire.

Tory soupira. Elle avait bien peur de savoir pourquoi c'était si important… sans doute parce que ça l'était pour Ben. Il semblait être si avide d'avoir une famille, le jour où elle l'avait rencontré devant la statue de Montford. Si elle pouvait l'aider, c'était peu de chose pour le remercier de l'avoir plusieurs fois réconfortée sans le savoir, au cours de ces dernières semaines.

Ils arrivaient à son bureau. Ben finit par se décider :

— Je veux bien la rencontrer si vous venez aussi !

Stupéfaite, Tory faillit laisser tomber les clés qu'elle sortait de son sac.

— Je ne vois pas pourquoi.

— Pour la bonne raison que je vous connais, et que vous connaissez Becca Parsons.

Elle le regarda droit dans les yeux et frissonna. Elle n'avait pas à en douter, il ne viendrait que si elle acceptait de l'accompagner.

Horriblement gênée, elle hésita, et se mit à tripoter ses clés. Ben retenait son souffle.

— Très bien… finit-elle par dire. Je vais voir avec Becca quel moment lui conviendra le mieux. Vous avez une préférence ?

— N'importe quel soir après 5 heures.

— Je vous ferai savoir…

Elle se tourna pour lui dire au revoir avant qu'il n'ait le temps de la suivre. Elle avait besoin de se retrouver seule, pour essayer de reprendre ses esprits. Heureusement, il s'éloignait déjà dans le hall.

— A plus tard ! dit-il par-dessus son épaule.

— A plus tard !

Malgré elle, elle regarda Ben s'éloigner. Il avait une allure fantastique dans ce jean moulant…

Se ressaisissant, elle introduisit la clé dans la serrure, puis elle referma la porte de son bureau et se plongea dans ses dossiers.

Ben était d'une humeur massacrante. Buddy venait d'uriner sur ses tennis. C'était mercredi matin, il avait un cours de littérature. Et il allait être en retard.

— Pourquoi as-tu fait ça ? Il n'y a vraiment pas moyen de t'éduquer !

Le chien le regarda par en dessous d'un air lamentable en poussant des petits cris plaintifs.

Ben le cala sous son bras et entreprit de nettoyer le carrelage.

— La porte est par là, mon vieux ! A quoi ça sert d'aboyer, à ton avis, si ce n'est pas pour m'informer que tu as envie de sortir ?

Buddy n'essaya pas de se dégager. Il regardait Ben d'un air malheureux, en l'écoutant… ou en faisant semblant.

— Nous avons déjà parlé de tout ça…

Alex jeta ses tennis dans une bassine pleine d'eau savonneuse, et glissa ses pieds dans des chaussures de bateau en cuir beige qui ne s'accordaient pas du tout avec son jean. Puis il posa le chien par terre, attrapa son sac à dos et se rua vers la porte. Il fallait encore qu'il fasse le plein d'essence.

La première station-service ayant un problème d'électricité, les pompes ne fonctionnaient pas.

En ronchonnant, il se dirigea vers la seule autre station de la ville, à quelques rues de là, avec l'espoir qu'elle remplirait sa fonction.

Quand il arriva enfin à l'université, aucune place de parking n'était libre à l'endroit où il se garait d'habitude.

Il dut faire le tour trois fois avant d'en trouver enfin une. Et en sortant de sa voiture, il laissa tomber les clés et se cogna la tête en se baissant pour les ramasser.

Bon Dieu ! Cette journée s'annonçait fichtrement mal !

Christine avait déjà commencé son cours quand il arriva, essoufflé d'avoir grimpé les marches d'escalier quatre à quatre. Gêné, il forma un mot d'excuse avec ses lèvres et se dépêcha d'aller s'asseoir.

Elle parlait de James Fenimore Cooper, donnant une vue d'ensemble de sa vie, du contexte dans lequel il avait écrit.

— Penchons-nous sur *Le Dernier des Mohicans*, dit-elle.

Ben sortit sa copie, qu'il avait relue pendant le week-end.

— Au premier degré, nous avons une histoire héroïque… Nous pouvons dire que c'est ce qui en fait un classique, n'est-ce pas ?

Toute la classe hocha la tête.

Comme d'habitude, Christine était debout derrière son bureau. On aurait dit qu'une barrière la séparait de la salle de cours. Elle portait un de ses tailleurs pimpants — bleu clair aujourd'hui — et, bien que Ben ne pût voir ses pieds, il devinait quelles chaussures elle avait choisies.

Cette femme était d'une beauté renversante. Maintenant qu'il l'avait vue dans des vêtements plus décontractés, il réalisait qu'elle savait s'habiller et souligner sa superbe silhouette. Alors, pourquoi diable donnait-elle si souvent l'impression de vouloir se glisser dans un trou de souris ? Elle semblait connaître son sujet sur le bout des doigts, mais dès qu'elle parlait d'autre chose, c'était avec un manque d'assurance stupéfiant.

— *Le Dernier des Mohicans* est un roman populaire épique écrit par un homme pour les hommes.

Surpris par le ton véhément qu'elle venait d'adopter, Ben se concentra sur ce qu'elle disait.

— Mark Twain a écrit des choses très pertinentes sur l'œuvre de Cooper, mais je n'ai pas eu besoin de son aide pour comprendre que *Le Dernier des Mohicans* regorge de tactiques choc — ou du moins ce qui devait être considéré comme tel à son époque — ajoutées à une violence gratuite. Son héros n'est guère plus qu'un mâle chauvin, égocentrique, qui veut se faire passer pour un brave type.

— Je ne suis pas d'accord avec vous !

Ben n'avait eu aucune intention d'intervenir. Il réalisa qu'il venait de le faire quand Christine le cloua du regard à son siège. Tous les étudiants le dévisageaient.

— Ah oui ? dit-elle en relevant un sourcil.

— Hawkeye est un héros dans toute l'acception du terme. Il se bat pour faire triompher la justice et la vérité. Il se bat pour la femme qu'il aime et pour sa famille. Il se bat pour son pays.

— Il se bat par orgueil !

Ben secoua la tête. Christine avait eu raison pendant tout ce semestre, mais pas maintenant. Que lui arrivait-il ? Il ne la suivait plus du tout.

Se renversant sur son dossier, il allongea les jambes devant lui et interrogea sur un ton de défi :

— Vous voudriez qu'un homme n'ait pas d'orgueil ? C'est cela, un héros, pour vous ?

— Il ne s'agit pas de ce que je pense.

Elle croisa les bras sur sa poitrine, égarant l'attention de Ben pendant un bref instant.

— Nous parlons d'un homme qui a écrit des choses imaginaires pour d'autres hommes.

— Hawkeye risque sa vie à plusieurs reprises, dans une bataille qui n'est même pas la sienne, dit encore Ben.

Horripilé, il se renversa sur sa chaise. Que se passait-il aujourd'hui ? Il se moquait bien de cette histoire. Et Christine n'y était pour rien si sa journée avait mal commencé.

S'il avait pensé à elle pendant tout le week-end...

Et s'il avait commencé à imaginer son corps, sous les vêtements qu'elle portait, et la personne dissimulée sous cette apparence.

— ... c'est pourquoi je suis d'accord avec Ben.

L'intervenante était une jeune fille, assise à quelques rangées de lui. Ben n'entendit que les dernières paroles de son argumentation.

— Mais l'élément crucial de cette histoire, c'est *pourquoi* il a livré ces batailles, reprit Christine, qui n'avait pas perdu un pouce de terrain.

— Il se battait parce qu'il se souciait des autres, dit doucement Ben.

— Il se souciait de quoi au juste ?

Pleins de défi, elle plongea les yeux dans les siens. Jouant avec son stylo, Ben réfléchit à sa question. Hawkeye se souciait de sa femme, de sa sœur et de sa famille. Il luttait contre les injustices infligées aux Indiens, il était concerné par l'idée du bien et du mal.

Mais dans un sens, Christine n'avait pas tort. Il était orgueilleux, il voulait se prouver des choses à lui-même.

Ben se passa une main dans les cheveux. Il avait peut-être raison. Mais Christine aussi.

Il se décida à tenir sa langue.

— J'ai parlé à Becca Parsons, dit Christine à Ben. Elle nous invite à dîner vendredi prochain.

Dans une semaine... Ben hocha la tête. Il allait dîner avec Christine... C'était le plus important. Ils cheminaient ensemble, lui vers son prochain cours, elle vers son bureau.

— Est-ce que cela vous convient ? Je peux lui proposer un autre jour, si vous préférez.

La vie sociale de Ben étant réduite à sa plus simple expression, il hocha la tête.

— Vendredi prochain, c'est parfait.

— Vous n'avez pas d'autres projets, vous en êtes sûr ? insista Christine en prenant soin de garder la distance habituelle entre eux.

— Je joue au tennis de temps en temps avec Zack Foster, quand il peut se libérer un moment, ce qui est plutôt rare. Son associée, Cassie Tate, est souvent à droite et à gauche avec son projet de thérapie par les animaux. Et je promène mon chien tous les jours. Voilà pour ma vie sociale...

— Oh !

— Et vous ? Vous ne sortez pas le vendredi soir ?

Elle lui adressa un large sourire. Un peu comme si elle avait oublié qu'elle était son professeur.

— J'arrose les plantes de Phœbe, et je sors parfois avec elle et ses amis. Voilà pour ma vie sociale à moi.

Les mains dans les poches de son jean, Ben lui rendit son sourire. Le visage de Tory redevint sérieux, ses sourcils formant une ligne droite comme chaque fois qu'elle était préoccupée. Ben soupira silencieusement. Il connaissait bien cette expression, maintenant. Pourquoi apparaissait-elle si fréquemment sur le front de la jeune femme ?

— Becca et Will ont un bébé, dit-elle.

— On dirait que vous me mettez en garde contre un danger, remarqua Ben en riant.

Il se sentait détendu, savourant la douceur de cette fin de mois d'octobre.

Christine haussa les épaules.

— Il y a beaucoup de gens qui se sentent mal à l'aise avec les enfants.

— Je n'en fais pas partie. Je les adore. Quel âge a leur bébé ?

— A peine deux mois.

Avec un pincement au cœur, Ben revit Alex à cet âge-là. Elle le suivait déjà des yeux, elle fixait son regard sur lui et le reconnaissait. Elle souriait un peu, aussi. Mary avait beau affirmer que c'était une grimace qu'elle faisait quand elle avait des gaz, Ben savait que c'était bel et bien un sourire.

— Je me rappelle bien ces jours-là, murmura-t-il comme s'il se parlait à lui-même.

Il venait d'avoir dix-huit ans quand Alex était née, mais elle l'avait tellement subjugué que la paternité n'avait jamais été un poids pour lui. Le poids avait été de supporter Mary.

— ... Ces jours-là ?

La voix de Christine le fit revenir au moment présent. Ils n'étaient plus très loin de son bureau.

— Je vous ai dit que je me suis marié jeune, répondit Ben en tendant la main vers la poignée de la porte.

Hochant la tête, Christine s'arrêta.

— Parce que ma femme était enceinte, ajouta-t-il.

Elle le regarda bouche bée.

— Vous avez un enfant ?

— C'est si difficile à croire ?

Il lui ouvrit la porte et la suivit dans le hall.

— Oui ! Enfin...

Troublée, elle fit une pause avant d'ajouter :

— Non, je suppose que non, mais vous ne m'en aviez jamais parlé.

Il haussa les épaules.

— Qu'y avait-il à dire ? J'étais amoureux. J'ai perdu. Fin de l'histoire.

La porte du bureau était en face d'eux. Christine sortit ses clés de sa sacoche en cuir et l'ouvrit.

— Je ne vous imagine pas en père de famille.

Ben entra dans le bureau et laissa la porte entrouverte.

— J'étais un excellent père, dit-il d'une voix calme et claire.

Il n'était pas question qu'il y ait un malentendu à ce sujet. C'était la seule chose qu'il avait faite convenablement, au cours de ces sept dernières années : élever Alex. Et c'était bien cela qui donnait un sens à ces années passées.

Debout derrière son bureau, Christine ne cacha pas son étonnement. Mais la chaleur de son regard n'échappa pas à Ben.

— Vous étiez ? Vous ne l'êtes plus ? questionna-t-elle d'un ton qui dissimulait mal son angoisse.

— Non.

Il se mit à jouer avec la pierre qui servait de presse-papier à son professeur.

Christine se laissa tomber sur sa chaise.

— Mon Dieu ! Qu'est-il arrivé ? murmura-t-elle. Vous avez perdu votre enfant ?

Ben n'avait pas du tout envisagé cette conversation. Assis tout raide sur l'autre chaise, il répondit d'une voix triste :

— C'est une petite fille... Non, elle n'est pas morte. Elle vit en Californie avec sa mère et son nouveau père.

— Vous n'allez jamais la voir ? Même les pères qui ne vivent pas dans le même Etat que leurs enfants ont le droit de visite, un week-end par mois, ou pendant l'été et d'autres vacances.

— Je ne suis pas son père.

8.

— Pardon ?

Christine fronçait les sourcils, mais elle continuait à le regarder d'une façon qui lui réchauffait le cœur.

— Quand Mary, mon ex-épouse, a appris qu'elle était enceinte, elle m'a affirmé que l'enfant était de moi.

Il haussa les épaules et détourna les yeux.

— Nous avions été… ensemble quelques fois seulement. Mais je l'ai crue.

— Combien de temps avez-vous subvenu à ses besoins avant de découvrir que vous étiez indésirable ?

Ben la regarda. Son expression avait changé. Elle était redevenue la femme qui avait l'air de ne croire en rien — ni à l'amour paternel, ni à l'héroïsme, ni en quoi que ce soit. Cependant, le plus frappant était le fait qu'elle ne paraissait ni amère ni dure. Sa voix était aussi douce que depuis le début de cette folle conversation.

— Je ne serai jamais complètement indésirable, du moins pas pour Alex, affirma Ben.

— Vous subvenez toujours à ses besoins ?

Il secoua la tête.

Non, mais il le ferait si Mary ne l'empêchait pas par tous les moyens. Il était capable de faire n'importe quoi pour participer encore à la vie de la fillette.

— J'ai élevé Alex. Je l'aime toujours.

Christine hocha la tête, et le froncement de sourcils réapparut.

Maintenant qu'il avait commencé, Ben était incapable de s'arrêter.

— A partir du moment où elle est née, elle a été sous ma responsabilité.

— Sa mère ne voulait pas d'elle… ?

Ce n'était pas une question, plutôt l'énoncé d'une évidence. Une évidence qui paraissait bien trop ordinaire aux yeux de Christine. Frappé par sa réaction, Ben poursuivit :

— Non, mais je ne l'ai compris que lorsque nous avons été mariés.

Mary avait révélé sa vraie nature après avoir obtenu de lui ce qu'elle voulait. Les surprises s'étaient succédé au cours de leurs sept années de mariage. Jusqu'à la dernière bombe qu'elle avait envoyée

— Alex et moi, nous formions une fine équipe, dit Ben, souriant à ce souvenir. Quand je travaillais au garage, je l'emmenais avec moi. Elle me suivait partout quand c'était possible, et elle me posait toujours des tonnes de questions. Il y a un an environ, en rentrant de mon travail, j'ai trouvé ma femme avec un autre homme.

— Oh ! je suis désolée !

Ben leva des mains grandes ouvertes et les laissa retomber sur ses jambes, dans un geste fataliste.

— Ce sont des choses qui arrivent ! Mais ce n'était pas le pire. J'ai eu le coup de grâce quand elle a eu l'idée de me le présenter.

Christine se redressa, le visage très pâle.

— C'était le père d'Alex ?

L'expression de sollicitude intense qu'il lisait dans ses yeux lui donna le courage de continuer.

— Mary et lui ont commencé à être amants quand elle a eu quinze ans. Il avait été condamné à plusieurs années de prison pour vol de voitures, entre autres, juste avant qu'elle ne me rencontre. Quand elle a découvert qu'elle était enceinte, je suis tombé à point.

— La garce. Je n'arrive pas à croire qu'elle ait pu vous faire cela !

Haussant encore les épaules, Ben regarda Christine d'un air surpris. Sa réaction était inattendue. Elle n'avait pas paru choquée le moins du monde, malgré tout ce qu'il lui avait raconté, et brusquement…

— J'ai sorti Alex de là. En fait, Mary allait voir Pete en prison pendant que je travaillais comme un forçat pour l'entretenir.

Autant tout lui raconter, au point où il en était. Que Christine sache à quel point il s'était fait rouler… Ben l'imbécile. Celui qui nettoyait toujours les ordures des autres.

— Je suis vraiment désolée, répéta Christine.

Elle avait les yeux brillants de larmes.

— Oui… pour être honnête, cela ne me dérangeait pas outre mesure. Ce qui m'a vraiment démoli, c'est quand ils m'ont dit qu'ils n'avaient plus besoin de moi. Mary voulait divorcer. Pete venait d'être libéré, il avait du travail. Il allait s'installer à ma place et devenir du jour au lendemain le père d'une petite fille qu'il n'avait jamais vue.

— Et le tribunal a accepté parce que c'était son père génétique ?

Ben fit un signe de tête affirmatif.

— Cela ne servait à rien de refuser le divorce, mais je n'avais pas pensé que Mary allait obtenir la garde constante d'Alex.

— Vous n'avez rien pu faire ? Vous n'aviez aucun moyen de contester cette décision ?

Ben soupira. Bien sûr que si, il l'avait contestée. Et il avait perdu. En outre, les paroles de l'assistante sociale l'avaient frappé de plein fouet : « Si vous aimez Alex, n'avez-vous pas envie de lui donner sa chance ? »

Christine n'attendit pas sa réponse.

— Comment est-il avec elle ? demanda-t-elle en lui jetant un regard empreint de tristesse. Est-ce qu'il l'aime ?

Ben fit une petite grimace. Il n'en savait rien. Il ne pouvait pas supporter l'idée que Pete n'adorait pas forcément Alex.

— Pas autant que moi, finit-il par répondre à voix basse. Je pense qu'il l'aime... à sa manière. Après tout, il s'est battu pour ses droits paternels.

— Vous n'avez plus aucun contact avec la petite ?

Ben secoua la tête.

— Le tribunal a décrété que ce serait mieux pour elle si Mary et Pete nous permettaient de rester en contact. Mais Mary a décidé que ce ne serait pas juste pour Pete. Elle a dit que dans ces conditions, il n'aurait pas sa chance de se faire aimer d'Alex.

— Et vous, quelle est votre opinion ?

— Je ne demande pas mieux que de me plier à ce qui convient à Alex.

Il poussa encore un soupir. Qu'est-ce qui lui convenait le mieux, au juste ? Il ne le savait pas trop. Son instinct lui disait une chose, sa raison une autre. Or, son instinct lui soufflait qu'Alex avait besoin de lui. Et sa raison, qu'il y avait peut-être du vrai dans ce que Mary disait : l'amour et la fidélité d'Alex pour lui l'empêchaient peut-être d'aimer son véritable père.

Les deux coudes encore posés sur la table, Christine croisa ses mains devant elle.

— Et Alex, que désire-t-elle ?

— Elle veut que j'aille vivre chez eux, dans la chambre d'amis.

Elle ne lui avait pas demandé de l'emmener avec lui, loin de Pete. Non, juste de faire partie de la famille.

— Nous communiquons, sans que Mary le sache. Alex m'a téléphoné…

— Comment allait-elle ?

— C'est le problème. Je ne suis pas sûr qu'elle allait très bien.

Il lui rapporta les questions bizarres que la petite fille lui avait posées, et le ton qu'elle avait pris, comme s'il y avait une urgence. Il lui dit aussi qu'elle était souvent seule, le soir.

— S'ils se trouvaient de l'autre côté de la rue, ils pouvaient sans doute voir la maison, dit Christine pour le rassurer un peu.

— Auraient-ils pu voir Alex si elle avait été malade ? L'auraient-ils entendue pleurer si elle avait fait un cauchemar ?

Christine lui sourit avec compassion.

— Croyez-vous que cela arrive souvent ?

— Je ne sais pas, admit Ben. Mais ses parents devraient être là, au cas où un incident se produirait.

Lui, en tout cas, n'aurait jamais laissé Alex toute seule dans la maison. Jamais.

— Dans un monde parfait, peut-être… murmura Christine.

Oui. Dans un monde parfait. En voyant le regard de la jeune femme, il comprit qu'elle ne croyait pas une seule seconde qu'un monde parfait pouvait exister. Nulle part.

Mais lui, il y croyait encore.

Vendredi, en fin d'après-midi, Tory assista à une réunion de professeurs. Elle resta assise sans rien dire, se contentant de prendre des notes et de hocher la tête. Très férue de littérature américaine, elle passait la plus grande partie de son temps libre à accroître ses connaissances, mais elle ignorait presque tout de la pédagogie ou des problèmes administratifs. Et avec tout le temps qu'elle passait à préparer ses cours, elle ne pouvait pas lire de surcroît des papiers administratifs.

Pour l'instant, son silence pouvait encore s'expliquer. Elle était nouvelle à Montford, elle avait tout à apprendre sur les procédures de l'université. A cet égard, elle avait de la chance : la plupart des facultés avaient leur propre règlement. En arrivant, elle n'était pas censée le connaître.

Elle partit dès la fin de la réunion, pour ne pas se retrouver seule sur le parking. Intimidée par les collègues de Christine, elle prit congé d'eux et alla s'enfermer dans sa voiture. Enfin seule, et libre pour le week-end entier !

Elle gagna rapidement la rue commerçante. Toujours sur le qui-vive, elle remarqua dans le rétroviseur une voiture qui venait de surgir de nulle part. C'était encore une berline. Mais pas la même que l'autre jour. Tory poussa un soupir de soulagement. Celle-ci était plus claire. Naturellement, les hommes de Bruce pouvaient changer de voiture de location pour qu'elle ne se méfie pas... mais il valait mieux croire définitivement que personne ne la suivait, sinon elle allait devenir folle.

Elle bifurqua au coin d'une rue. La berline en fit autant.

Le cœur battant à tout rompre, Tory eut brusquement des sueurs froides. Son dernier espoir allait-il s'évanouir ? Affolée, elle hésita. Allait-elle sortir de la ville pour essayer de semer sur les routes du désert ceux qui la poursuivaient ? Non, c'était trop risqué.

Au carrefour de Main et de Montford Street, le feu passa au rouge. La berline se trouvait à deux voitures derrière elle. Tory avait une minute pour se décider. Allait-elle tourner à droite ou à gauche ? Sur Tucson ou sur Phœnix ? Ou allait-elle se diriger vers le nord, vers le Canada ?

Elle n'était jamais allée au Canada. Elle avait voyagé deux ou trois fois en Europe, avec Bruce, au début de leur mariage. Et à Hong-Kong, dans les îles grecques, à Mexico. Mais jamais au Canada.

Main Street grouillait de monde en ce début de week-end. C'était bientôt Halloween et les gamins allaient choisir leur déguisement chez Weber, d'autres dégustaient des glaces en bavardant au coin de la rue. Il y avait aussi beaucoup d'étudiants. Mais la plupart allaient repartir pour Phœnix.

Le feu de signalisation passa au vert. Tory se glissa sur une place de parking vide, de l'autre côté de l'avenue. Elle descendit de voiture et entra d'un pas nonchalant chez Weber, d'où elle aurait une vue d'ensemble. Et où elle serait le plus en sécurité. Ici, toute personne poussée par de mauvaises intentions aurait vraiment du mal à passer inaperçue.

Cette ville n'était pas la sienne et, cependant, elle se sentait déjà un peu chez elle. Les gens commençaient à la connaître, lui souriaient quand elle les rencontrait au restaurant avec Phœbe, ou dans les rues commerçantes.

Mais surtout, elle devait garder une chose à l'esprit : Shelter Valley protégeait ses habitants.

La berline passa devant chez Weber sans s'arrêter. Soulagée, Christine se concentra sur le choix de quelques sous-vêtements. Elle se sentait beaucoup mieux... Prenant une profonde inspiration, elle se dirigea vers la caisse. La vie lui paraissait légère tout à coup. Oui, mais... ne se berçait-elle pas d'illusions ? Le fait que cette voiture ait poursuivi son chemin, cette fois-ci, ne signifiait pas qu'elle ne l'avait pas suivie.

Elle régla ses achats et regagna sa voiture après avoir échangé quelques mots avec M. Weber. Voyant tout à coup les choses différemment, elle se sentit plus maîtresse d'elle-même. Au fond, il était tout à fait possible que cette voiture n'ait rien à voir avec Bruce et ses acolytes.

Avec ce qu'elle avait vécu au cours des années précédentes, il y avait de fortes chances pour qu'elle ait développé quelques phobies. Parmi lesquelles la peur injustifiée d'être perpétuellement l'objet d'une filature.

Après un week-end qui passa bien trop vite, une autre semaine de cours se déroula sans incidents. Le vendredi soir, seule chez Phœbe, Tory décida de faire du repassage en écoutant la radio. Elle ne voulait pas penser à la soirée qui l'attendait. Phœbe avait accepté de les accompagner, Ben et elle, chez les Parsons mais, au dernier moment, Martha lui avait demandé si elle pourrait la dépanner en s'occupant d'un de ses enfants. Toujours prête à aider, Phœbe avait accepté.

Tory suspendit une chemise de Christine sur un cintre. C'était une de celles qu'elle préférait. Elle ravala ses larmes, comme chaque fois qu'elle s'occupait des vêtements de sa sœur ; elle avait décidé de les garder et de les porter puisqu'elle se faisait passer pour elle. Cela l'aidait à se rappeler qui elle était. Et qui elle n'était pas…

Le repassage terminé, elle ouvrit un tiroir de la commode et commença à y ranger le linge. Elle le referma, en ouvrit un autre. La routine… c'était rassurant. Pas de stress.

C'était si bon d'être seule ! Et si rare d'avoir l'occasion d'être de nouveau elle-même, d'être simplement Tory Evans. Elle n'avait pas à craindre que ses problèmes ou son humeur n'affectent quelqu'un d'autre dans son entourage.

La radio diffusait maintenant une chanson de Bette Midler.

Tory tressaillit. La pile de linge qu'elle s'apprêtait à ranger lui glissa des mains.

Mon Dieu !

Submergée de chagrin, elle se laissa tomber sur le lit.

Elle aussi, comme dans cette chanson, elle avait tenté de fuir, mais c'était grâce à Christine, qui lui avait insufflé l'énergie nécessaire.

Elle frissonna, bien qu'elle fût en proie à une chaleur dévorante. Combien de fois l'avait-elle écoutée en pensant à sa sœur aînée ? Chaque parole aurait pu être écrite pour Christine et pour elle.

Les larmes gonflèrent ses paupières.

Christine avait-elle ressenti la même solitude en se sacrifiant pour la protéger et la soutenir ?

Secouée de sanglots, Tory se laissa tomber à plat ventre sur le lit. Ses souvenirs affluaient. Quand Christine restait à la maison et qu'elle travaillait et étudiait pour devenir quelqu'un, elle-même avait filé en Europe avec Bruce. Ils faisaient partie de la jet-set. Sa vie avait oscillé entre violence et frivolité. C'est sa sœur qui lui avait donné la force de se libérer.

— Christine, comment vais-je y arriver sans toi... ? D'ailleurs, pourquoi essayer ? murmura-t-elle.

La chanson était finie.

— Parce que tu es vivante !

Les mots flottèrent doucement à travers la pièce. Tory leva les yeux. Phœbe était devant elle, encore vêtue de la robe bleue qu'elle portait le matin pour aller à l'université. Elle la regardait d'un air triste et compréhensif.

Tory essuya ses larmes et dit d'une voix à peine audible :

— Je ne t'ai pas entendue entrer. Tu ne vas pas t'occuper du fils de Martha ?

Phœbe s'assit près d'elle sur le lit et entreprit de lui masser le dos pour la détendre.

— Si, j'y vais dans une demi-heure. La réunion a fini plus tôt que d'habitude. Et j'en suis heureuse... Mais dis-moi, c'est comme ça que tu t'occupes quand je ne suis pas là ?

Tory lui adressa un petit sourire encore mouillé de larmes:

— En général, non. C'est cette chanson... elle m'a toujours fait penser à Christine, mais je ne lui en ai jamais parlé.

— Je parie qu'elle l'avait deviné.

— Tu crois ?

— J'en suis sûre.

Tory voulait la croire, de toutes ses forces. Elle voulait croire que d'une façon ou d'une autre, sa sœur était un ange qui veillait sur elle.

— Ça va aller, ce soir ? demanda Phœbe, inquiète.

Tory secoua la tête pour chasser ses idées noires et se ressaisit. Ben allait passer la prendre dans moins d'une heure.

— Oui, il faut juste que je me change.

— Et que tu te remaquilles !

Elle se leva et alla se regarder dans le miroir. Son mascara avait coulé sur ses joues.

— Oui, ce ne sera pas du luxe, dit-elle avec un petit rire triste.

Elle se baissa pour ramasser les sous-vêtements qu'elle avait laissé tomber.

Phœbe prit le panier à linge vide.

— Tu es sûre que ça ne t'ennuie pas d'aller chez les Parsons avec Ben ?

— Oui, je t'assure.

Curieusement, c'était la vérité. Pour une fois, l'idée d'aller quelque part avec un homme ne lui posait pas de problèmes.

Le panier calé sur une hanche, Phœbe s'arrêta dans le hall d'entrée et se retourna.

— Tu devrais mettre ton pantalon noir en stretch. On dirait que tu as été moulée dedans, suggéra-t-elle d'un ton malicieux.

Elle fit une pause, puis elle ajouta en souriant :

— Et ton haut avec le petit ruban blanc.

Très près du corps aussi. Tory secoua la tête.

— Je ne sors pas pour draguer, Phœbe.

— Pourquoi pas ?

— Je ne sais pas. Peut-être parce que je vis dans le mensonge ?

— Peut-être… mais je ne crois pas que ce soit la seule chose qui te retienne. Tu as rencontré un type bien, auquel tu t'intéresses, et cela te fait une peur bleue.

— Comme je disais, c'est parce que je vis dans le mensonge.

Ce fut au tour de Phœbe de secouer la tête.

— Parce que tu n'oses pas croire qu'il existe des gens qui ne sont pas des brutes et qui se soucient des autres.

— Des autres peut-être, mais pas de moi.

— Et moi, alors, qu'est-ce que je fais ? interrogea Phœbe en prenant un air faussement vexé, le regard planté dans celui de Tory.

— Toi, tu es l'amie rêvée, celle que tout le monde voudrait avoir, murmura Tory. Christine a eu beaucoup de chance de te rencontrer.

Phœbe sourit avec tendresse.

— Toi aussi, tu m'as rencontrée, Tory. Et un jour, tu vas finir par y croire.

Tory ouvrit la bouche, mais Phœbe était déjà partie.

9.

Une heure plus tard, Tory était installée sur le siège du passager, à côté de Ben. Ils remontaient tranquillement la route sinueuse qui conduisait à la maison des Parsons, située à mi-pente de la colline qui dominait Shelter Valley.

— J'aime beaucoup votre camionnette.

— Merci.

— J'ai toujours rêvé d'en avoir une.

— Alors, pourquoi avez-vous acheté une Mustang ?

— C'est plus facile à manœuvrer, et plus rapide.

Tory se mordit la lèvre. Elle parlait comme une gamine. Ben ne pouvait pas savoir qu'elle devait avoir un véhicule capable de se glisser n'importe où en une fraction de seconde.

Il lui jeta un rapide coup d'œil et reporta son attention sur la route.

— Vous êtes très en beauté.

Elle s'était décidée à mettre le pantalon noir que Phœbe lui avait recommandé de porter. Juste pour lui montrer qu'elle n'avait pas peur. Elle se frotta nerveusement les mains. Il fallait bien en convenir : Phœbe avait raison, elle avait peur, terriblement peur.

— Merci, répondit-elle à voix basse.

Lui aussi, il avait de l'allure dans son pantalon marron assorti à une chemise de velours beige, qui plissait aux épaules chaque fois qu'il tournait le volant. Ses cheveux noirs bouclés, tombant juste au bord de son col, avaient un aspect soyeux, invitant aux caresses…

Tory se redressa. A quoi pensait-elle ? Ces rêves-là, n'importe quelle femme libre pouvait les faire. Mais ils n'étaient pas pour elle. Ils ne le seraient jamais.

Au bout de la table de la salle à manger, Will se renversa sur le dossier de sa chaise. Il était repu. La cassolette de légumes au jambon et aux abricots préparée par Becca était un pur délice. Et leurs invités étaient charmants. De plus, dans une demi-heure, Bethany allait se réveiller pour son repas de 20 heures. La vie le comblait.

— Avez-vous grandi dans la réserve ? demanda Becca, les coudes appuyés sur la table.

Elle avait littéralement bombardé Ben de questions depuis l'instant où il s'était assis pour partager le dîner avec eux.

Le jeune homme sourit. Christine ne lui avait-elle pas dit que Becca ne posait pas de questions ? Mais, contrairement à ce qu'il craignait, cette curiosité ne le dérangeait pas du tout.

— Notre ami a peut-être envie de reprendre son souffle, Bec, dit Will d'un ton amusé.

Il adorait cette lueur d'enthousiasme dans le regard de sa femme.

Elle hocha la tête.

— Je suis désolée, Ben. Arrêtez-moi si je suis indiscrète.

— Non, rassurez-vous. Au contraire, j'apprécie votre intérêt pour ma famille. Il y a si longtemps que j'espère la rencontrer.

Ce fut Christine qui posa de nouveau la question :

— Vous avez grandi dans la réserve ?

Elle était restée silencieuse pendant la plus grande partie de la soirée, ce qui n'avait pas surpris Will. Après tout, elle ne s'était pas montrée très loquace lors de leur premier entretien, au printemps. Elle lui avait fait l'effet d'une femme discrète. Pourtant, elle était un peu différente depuis qu'elle avait pris son poste à l'université. Elle semblait avoir encore moins d'assurance. Son attitude lui rappelait Sari, la sœur de Becca, quand elle avait perdu sa fille dans un accident de voiture quelques années plus tôt. Elle était en proie à un tel désespoir que Becca et lui avaient craint qu'elle ne puisse jamais reprendre une vie normale. Sans doute Christine vivait-elle les mêmes affres. La mort de sa sœur était encore récente, et aussi inattendue que celle de Tanya, la fille de Sari.

Son apparence était un peu différente, aussi. Christine avait maigri pendant l'été, et ses cheveux étaient plus courts.

La réponse de Ben tira Will de ses réflexions.

— Non, je n'ai pas grandi dans la réserve.

Ben, quant à lui, paraissait d'une très grande maturité. Il donnait l'impression d'avoir déjà vécu une vie entière, et d'en avoir tiré des leçons.

— Mon père est né dans la réserve, et il y a vécu jusqu'à l'âge de seize ans. Alors qu'il était encore petit, son père a été victime d'un accident de chasse et sa mère, la fille de Samuel Montford, est morte. Il avait environ six ans. Insensiblement, la famille de mon grand-père a été de moins en moins tolérante avec ce gamin au sang-mêlé, qui préférait porter les cheveux courts et qui n'était pas particulièrement intéressé par le mode de vie des Indiens. Ils avaient beaucoup aimé ma grand-mère, qu'ils avaient acceptée comme une des leurs. Et par respect pour elle, je suppose, ils avaient aussi accepté son fils, mais après sa mort…

La voix de Ben s'éteignit. Il haussa les épaules et sirota une gorgée de café, que Becca venait de lui servir.

— C'est exactement ce que Samuel Montford redoutait, dit Christine.

Will la regarda d'un air agréablement surpris. D'habitude si effacée, Christine paraissait maintenant littéralement passionnée par l'histoire de Ben.

— Il y a encore des gens qui ont du mal à accepter les unions inter-ethniques, ajouta-t-elle.

— Surtout s'il y a des enfants, renchérit Becca.

Fronçant les sourcils, Ben passa un doigt sur le rebord de sa tasse.

— Je suppose. Mon père a eu du mal, aussi, à trouver sa place dans le monde des Blancs.

— C'était un homme sans peuple, dit Will d'un air songeur.

Il soupira. Il avait beaucoup de chance, et il en avait conscience. Il savait qui il était, à quel peuple il appartenait, hier, et aujourd'hui.

— Il a changé de nom et épousé ma mère, une femme blanche. Et je suis né. Mais je ne l'ai pas connu longtemps… pas plus de dix ans, en fait. J'ignore si vous le savez, mais physiologiquement, beaucoup d'Indiens ne supportent pas l'alcool. Je crois que nous avons un enzyme qu'ils n'ont pas.

— Ce qui explique pourquoi les boissons alcoolisées sont interdites dans la plupart des réserves, intervint Becca.

— Vraiment ? s'étonna Christine.

Will hocha la tête.

— A Phœnix, il existe certains établissements, y compris des casinos, qui ne peuvent pas obtenir une licence d'alcool parce qu'ils sont construits sur des terres louées à des Indiens.

— Mon père a hérité de mon grand-père cette intolérance à l'alcool, reprit Ben.

Devinant la suite, Will lui jeta un coup d'œil compatissant. Au même instant, Becca fit écho à ses pensées, comme cela arrivait souvent :

— Je suppose qu'il s'est mis à boire quand il est sorti de la réserve ?

Ben hocha la tête.

— Il ne pouvait pas garder un travail, ni rester enfermé entre quatre murs. Chaque fois que nous devions déménager, il en rejetait la faute sur la ville dans laquelle nous vivions, et sur les gens auxquels nous avions affaire. D'après lui, tout le monde avait des préjugés contre lui parce qu'il était métis.

— Je suis sûr qu'il n'avait pas tout à fait tort, dit Will.

Becca lui sourit.

— Will se bat pour un certain nombre d'étudiants indiens, depuis quelques années. Il n'y a rien de tel que l'injustice dont ce pays fait preuve contre les indigènes pour faire monter sa tension artérielle.

Will lui rendit son sourire. C'était vrai, mais rien ne pouvait faire monter sa tension comme elle. De la façon la plus palpitante…

— Naturellement, il n'avait pas tort, dit Ben, mais c'était aussi une excuse, un ressentiment qu'il a gardé toute sa vie.

Fronçant les sourcils, Christine posa sa tasse de café.

— Avez-vous des frères et sœurs ?

— Non. Je suppose que lorsque je suis né, ma mère avait déjà perdu toutes ses illusions. Elle m'a emmené avec elle quand elle a quitté mon père, mais elle est morte l'année suivante… de complications du diabète. On m'a renvoyé chez mon père…

Brusquement, Will bondit de sa chaise. Il venait d'entendre un léger bruit provenant de la pièce adjacente.

— Le bébé est réveillé, s'exclama Ben en se levant à son tour.

— J'arrive, ma chérie ! roucoula Will.

Ben sur les talons, il entra dans la chambre d'enfant et prit Bethany dans ses bras. Il lui parla doucement en déposant une avalanche de baisers sur ses mains, ses bras, ses pieds. Puis il se décida à la coucher sur la table à langer.

Ben le regarda manipuler les couches.

— Vous avez une de ces dextérités ! Apparemment, vous avez l'habitude !

— On dirait que vous savez de quoi vous parlez, vous aussi !

— Ma fille est née quand j'avais dix-huit ans, dit Ben. Je m'occupais beaucoup d'elle.

Will se tourna vers lui et interrogea d'un air étonné :

— Elle ne doit pas être bien grande… vous ne vous occupez plus d'elle ?

— Il s'est trouvé qu'elle n'était pas ma fille biologique. Elle vit avec sa mère et son vrai père.

— Oh ! Je suis désolé !

Will regarda Ben avec des yeux agrandis par la tristesse. Comment supporter une situation aussi horrible ? Comment ferait-il si, du jour au lendemain, il devait vivre sans Bethany ? Rien ne pourrait être pire, sauf de perdre Becca.

Malgré la chaleur, il frissonna. C'est ce qui avait failli lui arriver, quelques mois plus tôt, et cette expérience avait été la plus horrible de sa vie. Il avait eu l'impression d'être un mort-vivant.

— Vous permettez que je la prenne dans mes bras ? demanda Ben quand Will eut fini de la changer.

— Bien sûr !

Will l'observa, impressionné. Le jeune homme portait Bethany avec mille précautions, soutenant sa tête d'une main protectrice. Mais c'était surtout le ravissement avec lequel il regardait la petite fille qui lui gagna complètement son amitié.

Ben Sanders était vraiment un type bien.

C'était un homme capable de rendre une femme heureuse.

Et son nouveau professeur de littérature lui donnait l'impression très nette d'avoir besoin d'un petit coup de chance.

Malheureusement, Ben Sanders était inaccessible pour elle puisqu'il était l'un de ses étudiants, du moins pour le semestre en cours…

Will et Ben retournèrent dans le salon. Christine leva la tête, regarda le bébé, détourna aussitôt les yeux.

— Voulez-vous la porter ? demanda Ben. Elle est très calme.

— Vous avez environ cinq minutes de tranquillité, plaisanta Becca. Ensuite, si elle ne mange pas, elle va crier à en faire trembler la maison.

— Non… gardez-la, répondit Christine en souriant d'un air gêné.

Will se sentit soulagé. Quand Becca lui avait annoncé que Ben et Christine allaient venir ensemble, il avait éprouvé le même sentiment de malaise que lorsque, au printemps dernier, il avait entendu des rumeurs selon lesquelles Todd Moore avait probablement une liaison avec une étudiante.

Son meilleur ami, qui dirigeait aussi le département de psychologie à l'université Montford, avait dû donner sa démission quand les rumeurs s'étaient avérées.

Bon sang, il ne voulait surtout pas que ce genre de chose arrive à Christine Evans. Il la connaissait à peine, mais il avait eu une réelle sympathie pour elle dès la première fois qu'il l'avait rencontrée.

Il allait en toucher deux mots à Becca. L'idéal serait qu'elle présente quelqu'un à Christine. Ce serait sans doute la meilleure solution. Elle les inviterait tous les deux à leur fête de Noël... à condition qu'ils en organisaient une, cette année.

Maintenant, avec Bethany, ils n'osaient pas faire trop de projets à long terme, ne sachant jamais ce qu'elle allait leur imposer. Depuis sa naissance, ils avaient déjà changé leur programme si souvent qu'ils avaient appris à ne plus être sûrs de rien.

Mais bon sang, comme c'était bon de vivre sous sa tyrannie ! Il était même reconnaissant pour ses nuits blanches, sa liberté entravée, et les chemises tachées...

En voyant Christine se diriger vers la camionnette de Ben, à la fin de la soirée, il ne put s'empêcher d'espérer que sa femme puisse opérer un petit miracle avec elle.

— Parlez-moi de votre famille ! proposa Ben.

Il roulait lentement le long de la petite route sinueuse qui descendait de chez les Parsons. Christine avait les yeux rivés devant elle. Il sentit qu'elle se raidissait. Etait-ce dû à la route impressionnante ou à ce qu'il venait de dire ?

— Pourquoi ? Ce n'est pas un sujet passionnant, du moins en ce qui me concerne.

Il haussa les épaules.

— Pourquoi pas ? Après tout, vous venez d'apprendre beaucoup de détails sur trois générations de ma famille. Et je crois pouvoir affirmer sans risque que vous avez eu des parents, à un moment ou à un autre de votre vie, dit-il d'un ton léger, espérant décrisper sa passagère.

Quelque chose qu'il était incapable de définir le poussait à insister, presque malgré lui, au risque de paraître indiscret.

Toujours aussi tendue, elle hocha la tête sans dire un mot. Intrigué, il lui jeta un bref coup d'œil. Le visage de la jeune femme était dénué d'expression. Apparemment, aucun souvenir ne venait l'émouvoir.

— Vous avez toujours vos parents ?

Toujours muette, elle fit un signe de tête négatif. Ben sentit son sœur se serrer. Les blessures de Christine étaient-elles encore à vif ? Ou, au contraire, si anciennes qu'elles n'avaient plus d'importance ?

— Je suis désolé, s'empressa-t-il de dire.

— Je vous en prie.

Visiblement, Christine ne voulait pas aborder ce sujet. Il valait mieux qu'il passe à autre chose. Cependant…

Ils roulaient maintenant en plein désert. Les ombres grandissaient, se rapprochant de plus en plus de la route. Ben ralentit.

— Il y a longtemps que vous les avez perdus ?

— Ma mère est morte quand j'avais dix ans.

— Cela a dû être terrible.

Silence.

— Et votre père ?

— Je ne l'ai jamais connu.

Au bout de la petite route de montagne, Ben tourna vers la ville. Il n'était pas du tout pressé de déposer Christine chez elle.

— Qui vous a élevée quand votre mère est morte ?

— Ma sœur.

— Elle est beaucoup plus âgée que vous ?

Il maudissait sa curiosité, mais c'était plus fort que lui. Il jeta encore un bref coup d'œil à Christine. Un peu plus pâle que tout à l'heure, son visage était indéchiffrable.

— Notre beau-père vivait avec nous.

Sa voix était toujours la même. Elle venait de prononcer ces mots sur le même ton monocorde qu'elle avait adopté depuis le début de leur conversation.

— Il est toujours de ce monde ?

— Il est mort d'un cancer des poumons, il y a quelques années.

Ben avait perdu ses deux parents, lui aussi. Mais elle le savait déjà.

Une voiture approcha en sens inverse, éclairée à pleins phares. Il ralentit, à moitié aveuglé.

— Quand on est petit, on croit que les parents sont éternels, dit-il d'un ton triste. Ou du moins, qu'ils vivront assez longtemps pour devenir grands-parents.

Il fit une pause tout en ralentissant pour tourner. Christine resta silencieuse, le regard perdu sur la route.

— Ce qui rend les choses encore plus difficiles quand on les perd trop tôt.

— Oui, dit-elle à voix si basse qu'il l'entendit à peine

— Vous n'avez qu'une sœur ? s'enquit-il, espérant apaiser un peu son chagrin.

— Nous n'étions que toutes les deux.

— Elle est restée dans l'Est ?

Ben aurait aimé la rencontrer. Peut-être pour démêler au moins une partie du mystère que Christine représentait pour lui.

— Elle est enterrée au Nouveau Mexique.

Dieu du ciel !

— Que lui est-il arrivé ?

— Un accident.

En proie à une violente émotion, Christine parlait maintenant d'une voix saccadée.

Ils étaient arrivés au tournant de sa rue. Mais au lieu de la déposer devant chez elle, Ben se gara sous un arbre, sur le parking parsemé de graviers. Seule la lune les éclairait, contraste troublant d'ombre et de lumière.

Figée sur le siège du passager, Christine ne semblait pas s'être rendu compte qu'ils ne roulaient plus.

— Vous avez envie d'en parler ? demanda-t-il.

— Il n'y a rien à dire. La voiture est sortie de la route. Ma sœur a été tuée sur le coup.

S'il n'avait pas vu l'angoisse dévorante qui traversa un bref instant son regard, il se serait contenté de cette réponse.

— Il y a longtemps ?

— Deux mois à peine.

Il se tourna vers elle.

— Juste avant la rentrée universitaire ?

Cela expliquait tant de choses ! Sa tristesse permanente, sa réticence. Christine était encore plongée dans la douleur provoquée par ce deuil.

Une douleur qu'il connaissait trop bien.

Cela expliquait sans doute aussi pourquoi il avait éprouvé cette curieuse attirance pour elle.

— Comment s'appelait-elle ?

Le fait de parler de sa sœur pouvait-il aider Christine ? Il l'espérait de tout son cœur.

— T...Tory, bégaya-t-elle en détournant les yeux.

Poussé par un élan irrépressible, Ben lui effleura la joue du bout des doigts. Elle tressaillit mais, pour une fois, elle n'eut pas le mouvement de recul qui semblait être devenu un réflexe chaque fois qu'il s'approchait vaguement d'elle.

Elle semblait perdue dans ses pensées.

D'un geste lent, il lui caressa le front, écartant sa frange.

— Laissez-moi ! s'écria-t-elle avec un mouvement de recul.

Il eut le temps de sentir le petit bourrelet de peau. Ecartant de nouveau sa frange, il profita du clair de lune pour observer son front. Christine ne chercha plus à lutter et ferma les yeux.

La cicatrice était terrible à voir, longue, boursouflée, comme si la plaie avait été trop profonde pour pouvoir être recousue proprement. Et elle était encore rose. C'était une cicatrice récente.

— Vous étiez dans la voiture, vous aussi ! s'écria-t-il.

Le cœur sur les lèvres, il n'attendit pas sa réponse. C'était la vérité, il le savait.

Christine hocha la tête. De grosses larmes se mirent à couler de ses paupières closes.

— Vous étiez au volant ?

Elle secoua la tête. Et fit aussitôt un signe affirmatif. Mais que ce soit dans un sens ou dans l'autre, cela n'avait pas beaucoup d'importance, sauf que…

Christine semblait tellement manquer de confiance en elle. Et elle donnait l'impression de se détester. Cet accident pouvait-il en être la cause ?

— Vous étiez en tort ?

Mais il savait qu'en dépit de ce qui était arrivé, cela n'avait été rien d'autre qu'un accident.

Christine hocha la tête. Ben vit une autre larme s'échapper et rouler sur sa joue. La jeune femme se consumait de chagrin et de culpabilité, c'était criant. Il ne pouvait pas la laisser ainsi.

— Racontez-moi comment c'est arrivé.

Elle étouffa un sanglot.

— Il... il n'y a pas grand-chose à raconter... dit-elle en regardant par la vitre de sa portière. Une voiture est arrivée en même temps que nous dans le virage. Nous avons trop serré à droite. La nôtre a basculé.

— Elle essayait de vous dépasser ?

— Je suppose.

— Et vous étiez bien sur votre file ?

— L'autre voiture était en faute.

Elle haussa les épaules, la tête toujours tournée de l'autre côté.

— Y a-t-il eu une enquête ?

Elle secoua la tête.

— Non. La police a considéré qu'il n'y avait qu'une voiture impliquée dans l'accident.

Ben refréna difficilement l'envie de la prendre dans ses bras, pour qu'elle puisse caler sa tête contre son épaule, décharger le fardeau trop lourd qu'elle portait depuis des semaines. Il passa délicatement ses doigts sur ses cheveux avant de lui caresser doucement l'épaule et la nuque.

Elle était tendue à craquer. Il se mit à la masser légèrement, mais rien ne semblait pouvoir la détendre. Il y avait cependant un point positif : elle le laissait faire. Elle ne s'était pas écartée de lui.

— Si la loi ne vous a pas blâmée, pourquoi vous culpabiliser ainsi ? demanda-t-il après un long silence.

Il attendit patiemment sa réponse. Surtout, ne pas la brusquer... Il était prêt à rester assis à côté d'elle aussi longtemps qu'elle le lui permettrait, pour lui offrir le peu de réconfort dont il était capable, même si cela devait se résumer à lui effleurer vaguement le cou.

— Nous partions pour l'Arizona...

Les mots avaient du mal à franchir ses lèvres.

— Elle ne serait jamais venue ici si ce n'avait pas été pour moi.

Il aurait pu lui dire que cela ne la rendait pas responsable de l'accident, et que c'était Tory qui avait décidé de l'accompagner. Que ce n'était la faute ni de l'une ni de l'autre si le destin avait choisi ce moment précis pour mettre un chauffard en travers de leur route.

Il aurait pu le lui dire... mais il préféra s'abstenir. Cela ne l'aurait pas aidée.

Réconforté lui-même par le bref contact physique qu'il venait d'avoir avec Christine, il déclara :

— La nuit où mon père est mort, il avait bu. Plus il buvait, plus il était amer. A un moment, il a regardé un film à la télévision, dans lequel un type passe sur la route et jette une poubelle aux pieds d'un Indien. J'ignore si mon père a eu conscience de son ascendance indienne à ce moment-là, mais il s'est levé comme un fou et il a lancé son verre contre le poste de télévision.

Ben voyait encore le verre voler en éclats.

— La vitre a explosé et le whisky a coulé sur l'écran.

Christine ne bougeait toujours pas, mais sa respiration était redevenue saccadée.

— Ce n'était pas la première fois qu'il réagissait de cette façon. Mais il s'est trouvé que j'avais un ami qui dormait à la maison, cette nuit-là.

Les épaules de Christine frémirent sous ses doigts.

— Mon père a voulu aller dans un bar. Au lieu de l'en dissuader, comme je le faisais d'habitude, je l'ai laissé partir. Je me sentais tellement humilié, je n'avais qu'une hâte, c'était qu'il tourne les talons. C'est tout juste si je n'ai pas mis la voiture en route pour lui.

Il fit une pause. Sous sa main, la peau de Christine était chaude et douce.

— Il n'est jamais arrivé au bar, et je ne l'ai jamais revu.

Christine se tourna enfin vers lui. Ses yeux rencontrèrent les siens. Il n'avait jamais vu un regard semblable, plein de tristesse, de chaleur, de compréhension.

— Sa voiture s'est enroulée autour d'un arbre, murmura Ben dans un souffle.

10.

— Vous ne vous sentez pas coupable de sa mort, j'espère ? demanda Tory.

Maintenant qu'elle n'était plus elle-même le sujet de conversation, elle retrouvait sa respiration normale. Elle pouvait parler de nouveau normalement.

— Si, cela m'arrive, admit-il.

Tory secoua la tête. D'habitude, elle trouvait qu'il était impossible d'éprouver de la compassion pour un homme, quel qu'il fût. Mais elle détestait voir Ben se torturer de la sorte. Cela ne servait à rien. Elle savait de quoi les alcooliques étaient capables. Elle avait passé la plus grande partie de sa vie à la merci de deux d'entre eux.

Prenant le ton autoritaire qu'elle adoptait devant ses étudiants, elle affirma :

— C'est la boisson qui l'a tué, ce n'est pas vous !

— Si j'avais été capable de le retenir à la maison, ce soir-là, comme je le faisais d'habitude…

— Il aurait encore vécu cette nuit-là, concéda Tory, et peut-être encore quelques jours. Mais vous ne pouviez pas le suivre pas à pas, tous les soirs. Il y aurait fatalement eu un moment où il aurait conduit en état d'ivresse, et vous n'auriez rien pu faire pour l'en empêcher.

Ben ne répondit pas. Tory vit les muscles de sa mâchoire se crisper.

— Et si cela s'était produit plus tard, à un autre moment, il aurait pu tuer des innocents, en même temps que lui.

— Vous ne pouvez pas vous croire responsable des choix que font les autres, reprit-elle.

Il se déplaça pour la regarder en face, sa main toujours posée sur sa nuque.

— Et vous non plus.

Tory baissa la tête et se pencha en avant. Elle ne supportait plus ce contact. La main de Ben était brusquement devenue trop lourde, c'était un poids qu'elle ne pouvait pas porter.

— Je sais, murmura-t-elle.

Il fallait bien faire cette réponse. N'importe quelle autre aurait entraîné d'autres questions. Des questions auxquelles elle ne voulait pas répondre.

Mais elle ne pouvait pas échapper si facilement au sentiment de culpabilité qui la tenaillait. Parce qu'elle, en l'occurrence, elle était responsable. Christine était morte à cause des décisions qu'elle avait prises, elle, Tory. C'était aussi simple que cela. Et c'était impossible d'y échapper.

Christine avait tenu sa promesse faite au chevet de leur mère mourante : s'occuper de sa petite sœur. Des deux filles Evans, c'était Christine qui avait un avenir, une raison de vivre. C'était celle des deux qui aurait mérité de vivre.

Quant à elle, Tory, à part aimer sa sœur, elle n'avait pas fait grand-chose de bien dans sa vie. Elle n'avait jamais rien fait tout court.

Excepté fuir.

*
* *

— J'ai perdu quatre kilos ! annonça triomphalement Phœbe le lendemain matin.

Levant les yeux du livre de poèmes de Robert Frost sur lequel elle travaillait, Tory lui adressa un sourire complice.

— Je suis fière de toi !

Et en effet, le jean de Phœbe ne la serrait plus à la taille. C'était visible.

— Tu n'as même pas eu besoin de t'affamer ! plaisanta-t-elle.

Paradant autour du salon, Phœbe se mit à rire.

— Qui aurait cru que le simple fait de ne pas finir mon assiette aurait un tel effet ?

— Ce ne sont probablement pas les quelques bouchées que tu as laissées qui font la différence, c'est la volonté qui t'a poussée à le faire, dit Tory en ramenant ses jambes sous elle.

Elle portait un pantalon de jogging et un T-shirt, mais elle n'avait pas mis de chaussettes et ses pieds étaient glacés.

— Cette bouchée abandonnée prouve que tu n'as plus faim, et que tu y crois. Et que tu t'arrêtes de manger.

— C'est comme ça que tu es toujours restée aussi mince ? demanda Phœbe avec un regard d'envie.

Tory haussa les épaules. Ce petit jeu, c'était sa mère qui l'avait inventé. Un des rares souvenirs qu'elle avait gardés de la femme qu'elle adorait.

Pourtant, Tory n'avait jamais eu besoin d'utiliser cette méthode. La vie s'était chargée de lui couper l'appétit.

— J'ai encore un long chemin à faire, soupira Phœbe.

— Et tu le feras, dit Tory d'un ton persuasif.

Phœbe avait une telle force de caractère. Elle ferait tout ce que sa volonté lui dicterait.

— J'espère que tu vas continuer à m'aider ?

— Bien sûr.

Aussi longtemps que Phœbe croirait avoir besoin d'elle.

— Je préfère ça !

Phœbe jeta un coup d'œil amusé au livre qui gisait sur les genoux de Tory.

— Quand tu auras fini d'en apprendre mille fois plus que nécessaire pour tes cours de la semaine prochaine, auras-tu une minute pour m'accompagner à Scottdale ? J'aimerais m'acheter quelques vêtements.

— Oh oui ! avec plaisir ! Je ferai quelques achats, moi aussi.

Phœbe vint s'asseoir à l'autre bout du canapé.

— Eh bien, il est temps que tu me parles de ton rendez-vous d'hier soir. C'était bien ?

La Liberté de la Lune de Robert Frost emplit brusquement le champ visuel de Tory.

— Ce n'était pas un rendez-vous…

Elle avait les yeux rivés sur la page.

Ce n'était pas son poème favori. Trop de beauté éthérée, cela finit par faire souffrir. Elle se mit à feuilleter le livre. Elle reviendrait à ce poème plus tard. Frost était au programme, elle ne pouvait pas parler uniquement des poèmes qu'elle aimait.

— Appelle cela comme tu voudras, dit Phœbe en faisant un petit geste de la main. As-tu passé un bon moment avec Ben ?

— Je n'étais pas avec Ben. J'étais chez Becca et Will. Oui, le dîner était très agréable. Becca est une excellente cuisinière.

Et Will n'était pas aussi intimidant quand il devenait un vrai papa gâteau avec sa petite fille.

— Tu as vu Bethany ?

Sans rien dire, Tory répondit d'un signe de tête affirmatif. Elle venait enfin de trouver le poème qu'elle cherchait. Celui dans lequel il était question de deux routes qui se séparent.

— Tu l'as prise dans tes bras ?

Non, elle n'avait pas osé. Elle avait eu peur que ce petit être sans défense la fasse pleurer.

— Becca allait lui donner le sein, et Ben l'a portée juste avant.

— Il l'a portée ?

« Cependant, sachant comment un chemin conduit à un autre, je me demandais si je reviendrais jamais », lut silencieusement Tory.

La vue du bébé dans les bras forts de Ben, qui la portait si tendrement, lui avait fait monter les larmes aux yeux.

— Il l'a prise dans ses bras et il s'est mis à fredonner, dit-elle en jetant un bref coup d'œil à Phœbe.

Phœbe se laissa glisser par terre et posa ses pieds sur le canapé.

— Ben a l'air spécial. Il est très gentil... il a vraiment fait plaisir à Becca en lui accordant une soirée entière pour lui parler de son histoire familiale. Il est doux, prévenant... et très beau, ce qui ne gâte rien !

Tory retint sa respiration. Elle savait très bien où Phœbe voulait en venir.

— Il fait partie de mes étudiants, lui rappela-t-elle en faisant appel à toute la fermeté dont elle était capable.

— Il a ton âge, ou presque.

Sans lever les yeux de son recueil de poèmes, Tory dit doucement :

— As-tu lu ton manuel sur les critères moraux de la faculté Montford ? Les professeurs ont l'interdiction formelle de se lier avec leurs étudiants.

— Ils n'ont pas le droit d'avoir des relations sexuelles avec eux, corrigea son amie.

Tory fronça les sourcils. Pourquoi Phœbe insistait-elle ? Ne comprenait-elle pas ?

— Et dis-moi si je me trompe, reprit Phœbe, mais les relations sexuelles, ce n'est pas franchement une priorité pour toi ?

— Ben est mon étudiant, répéta Tory d'une voix beaucoup moins assurée.

— Pour six semaines encore. En seconde année, tu ne seras plus son professeur.

Faisant la sourde oreille, Tory essaya de se concentrer sur son poème. Elle avait définitivement choisi de sortir des sentiers battus.

Et c'est ce qui faisait toute la différence.

— Acceptez-vous de payer la communication ?

— Oui !

Ben se redressa sur son lit en se frottant les yeux et finit de se réveiller en voyant le téléphone dans sa main. Il se rappelait à peine l'avoir décroché.

— Papa ?

— Alex ? Que t'arrive-t-il, ma chérie ?

Il fit un effort pour ne pas laisser filtrer l'inquiétude dans sa voix. Sa petite fille pleurait, à l'autre bout du fil. Et Alex n'était pas une enfant qui pleurait pour un oui ou pour un non.

— On s'est trompés, papa…

Un hoquet l'interrompit.

Ben consulta la pendule. Il se frotta encore les yeux et regarda de nouveau. Il était 1 heure du matin.

— Comment ça, on s'est trompés ? répéta-t-il doucement.

Pourquoi était-elle debout à une heure pareille ? Et où diable Mary était-elle passée pour qu'Alex puisse accéder au téléphone ?

— Pour le mensonge, reprit Alex entre deux sanglots. Je peux mentir encore, même si je n'ai jamais menti.

Complètement dépassé, Ben se leva et arpenta nerveusement sa chambre.

— A quel sujet ?

Alex renifla.

— Je ne sais pas.

— Alors comment sais-tu que tu as menti ?

Ben rejeta en arrière la mèche de cheveux qui lui tombait sur les yeux. Peut-être y verrait-il plus clair… cette conversation était absurde. Il sentit la tension de son cou gagner toute sa colonne vertébrale. Qu'arrivait-il à Alex ?

— C'est Pete qui me l'a dit.

Il l'entendit à peine. Elle devait chuchoter dans le téléphone.

Ben se frotta le cou.

— Qu'a-t-il dit exactement ?

— Que je mens.

— A quel sujet, Alex ?

Cette fois-ci, il ne put s'empêcher de faire passer toute la frustration et l'angoisse qu'il éprouvait. Bon sang ! que se passait-il ? Il n'avait jamais eu de problème de communication avec sa petite fille. Mais là, il ne comprenait plus rien.

— Je ne sais pas.

— Il a bien dit à quel sujet tu mentais ? Essaie de te rappeler.

Ben posa son regard sur la rue, de l'autre côté de la fenêtre. Tout était calme. Il devait le rester lui aussi, ne pas céder à l'affolement.

— Il ne me l'a pas dit. Il a juste répété que je mentais.

Elle se remit à pleurer.

— Papa, aide-moi !

Bon sang ! il essayait, de toutes ses forces !

— Qu'est-ce que tu faisais quand il t'a dit de ne pas mentir ?

— Je me serrais contre le mur.

— Tu te serrais contre le mur ?

Ben prit une profonde inspiration. Qu'est-ce que cela pouvait bien vouloir dire ?

— Et ça servait à quoi ?

— Je faisais comme tu m'as dit, papa, j'étais courageuse.

— Se serrer contre le mur, c'est une preuve de courage, mon trésor ?

— Euh... euh...

Les mots se transformèrent en un imperceptible gémissement. Suivi d'un autre hoquet.

— Et que faisait Pete ? demanda Ben.

Dieu du ciel, il n'arriverait jamais à dire « ton papa » à propos de ce type.

— Il me battait.

— Quoi ? hurla Ben en se raidissant des pieds à la tête.

Il se reprocha aussitôt d'avoir crié.

— Paapaaa... gémit Alex, en pleurant de plus en plus fort. Je suis dé... solée.

— Non, Al ! dit Ben en s'exhortant au calme. C'est moi qui suis désolé. Je n'aurais pas dû crier. Excuse-moi.

Il n'entendit plus que des reniflements et des hoquets.

— Peux-tu en dire plus à ton papa, Al ?

— Il m'a battue très fort, papa.

Le sang battant aux tempes, Ben se passa une main dans les cheveux. Qu'est-ce que ce salaud faisait à sa petite fille ?

— Comment t'a-t-il battue, mon trésor ?

Dieu du ciel, était-elle en sécurité, maintenant ? Que se passerait-il si sa mère ou ce Pete entraient et la trouvaient en train de lui téléphoner ?

— Il... me tape sur le dos, et je... je me serre contre le mur pour être courageuse comme tu m'as dit.

Révulsé, Ben se laissa tomber sur le bord du lit.

— Est-ce qu'il t'a battue plusieurs fois ? s'enquit-il, à moitié étranglé par la fureur.

— Euh... euh...

— Combien de fois ?

Il allait tuer ce salopard.

— Beaucoup, beaucoup de fois. Tu es fâché contre moi, papa ?

— Non ! Ce n'est pas contre toi que je suis fâché.

Il respira encore profondément et s'éclaircit la gorge.

— Je t'aime, Al. Je t'aimerai toujours. Tu le sais bien.

— Moi aussi, papa.

Elle pleurait encore, il en était sûr, bien qu'il ne l'entendît plus.

— Où est ta maman ? Et Pete ?

— Ils sont en face. Ils croient que je dors. J'étais couchée, mais quand je me suis retournée, mon dos m'a fait mal et ça m'a réveillée.

Que ce salaud aille au diable. Et Mary avec. Comment pouvait-elle le laisser faire ça à sa propre fille ?

Ravalant sa colère, Ben se força à réfléchir. Il devait trouver les paroles les plus secourables possibles. Espérant que sa voix ne trahirait pas son angoisse, il reprit :

— Ecoute-moi bien, Al. Tu as bien fait de m'appeler, d'accord ?

— D'accord.

— C'est vrai, ma chérie, il faut toujours que tu m'appelles quand Pete te fait du mal. Tu comprends bien ce que je te dis ?

— Oui, papa.

Alex ne pleurait plus. C'était déjà un point de gagné.

— Maintenant, je veux que tu retournes vite au lit avant que tes parents reviennent. S'ils te trouvent debout, ils vont se mettre en colère. D'accord ?

— Oui, papa.

— Tu es une gentille petite fille, mon ange. N'écoute pas ceux qui te disent le contraire. Toi et moi, nous savons que tu es une gentille petite fille, c'est pas vrai ?

— Ouiiiiii.

Bon sang ! quel imbécile, il la faisait pleurer de nouveau.

— Je vais m'occuper de tout ça, Al, je te le promets.

Comment s'y prendrait-il, il n'en avait pas la moindre idée, mais il protégerait Alex avec sa propre vie s'il le fallait.

— Tu ne peux pas venir dans la chambre d'amis ? demanda la fillette d'une toute petite voix.

— Je ne crois pas que ce soit la bonne solution…

Il fit une pause. Au fond, c'était peut-être préférable de laisser cette illusion à Alex, en attendant mieux. Si cela pouvait l'aider à supporter Pete, le temps de trouver un arrangement…

— Ecoute, ce n'est pas possible tout de suite, il faut attendre un peu… mais je vais me débrouiller.

Il l'entendit hoqueter.

— J'ai toujours tenu mes promesses, Al, tu le sais bien ?

— Uh...uh...

— Ne pleure plus, ma chérie. N'oublie pas que je vais tout faire pour que ta situation s'arrange, et en attendant, appelle-moi chaque fois que ce sera possible.

Il ne pourrait pas vivre sans avoir régulièrement de ses nouvelles. Il fallait qu'il sache ce qui se passait. Mais bon sang, en lui demandant de l'appeler, n'augmentait-il pas les risques qu'elle se fasse prendre ? Et qu'elle se fasse battre ?

— D'accord, papa.

— Et reste le plus loin possible de Pete, tu m'entends bien, ma chérie ? Pas s'il t'appelle, bien sûr — cela le mettrait en colère — mais autrement, joue dans ta chambre le plus souvent possible. Tu feras cela pour moi, mon cœur ?

— Oui, papa.

— Je t'aime, ma chérie.

— Moi aussi papa.

Il la reconnaissait à peine. Elle avait une voix si abattue... c'était tout le contraire de la petite fille vive qu'il avait élevée.

— Tu es très courageuse, Al, je suis fier de toi.

— C'est vrai, papa ?

— Bien sûr que c'est vrai. Maintenant, va vite te coucher. Bonne nuit, mon ange.

— Bonne nuit, papa.

Il n'arrivait pas à raccrocher. A couper le seul fil qui le reliait à elle. Alex éprouvait-elle le même sentiment ? Sa pauvre petite fille aux mains de cette brute...

— Papa ?

— Oui ?

— Dépêche-toi de venir.

Elle raccrocha avant qu'il puisse faire la promesse qu'il avait sur les lèvres. Une promesse qu'il n'était pas sûr de pouvoir tenir.

Pendant la première semaine de novembre, Tory trouva Ben différent. Il l'accompagnait toujours après les cours, il participait aux discussions, mais elle ne sentait plus la chaleur qui avait émané de lui jusque-là, et qui lui était si précieuse.

Peut-être l'avait-elle découragé pendant la soirée du vendredi précédent en lui racontant l'accident de voiture, et la mort de Christine ? Elle avait sans doute introduit trop de triste réalité entre eux. Cette réalité amère qui collait à sa vie, mais qui pouvait poser un problème à Ben. C'était compréhensible…

Elle-même trouvait sa propre vie si lourde à porter.

Au début de la semaine suivante, Ben l'attendit à la sortie du cours.

— Je ne devrais sans doute pas vous le proposer, mais… pouvons-nous prendre un verre cet après-midi ? dit-il d'une voix hésitante.

Si elle n'avait pas été en train de s'étonner de son changement d'attitude, elle aurait refusé immédiatement. Mais au lieu de cela, elle s'entendit répondre :

— Je… oui, pourquoi pas ?

Il restait moins d'un mois avant la fin du premier semestre. Prendre un café avec Ben ne pouvait pas porter à conséquence.

— Le marchand de glaces qui se trouve au centre-ville a une nouvelle machine à espresso. Si vous voulez, nous pouvons nous y retrouver à 15 heures ?

Tory réfléchit rapidement. Son dernier cours se terminait à 14 heures.

— D'accord, j'y serai.

Après tout, elle avait encore plusieurs heures devant elle pour revenir sur sa décision. Ben lui adressa un large sourire, mais il avait l'air si malheureux... Christine soupira. Finalement, elle n'annulerait pas ce rendez-vous. Pas après avoir vu le regard de Ben... Apparemment, il avait un sérieux problème.

Si elle avait su qu'elle aurait un rendez-vous après les cours, elle aurait mis autre chose que ce chemisier bleu et cette veste courte. Elle se sentait horriblement mal dans sa peau.

En revanche, Ben, comme toujours, était parfait. Il portait un de ses jeans très serrés qui lui allaient si bien, et une chemise vert foncé, dont l'ampleur ne cachait pas sa carrure assez large pour porter n'importe quel fardeau.

Il se leva pour venir à sa rencontre.

— Qu'est-ce que vous prenez ? demanda-t-il près du comptoir.

Il avait déjà une tasse de café sur sa table.

— Allez vous asseoir. Je vais commander.

Il parut sur le point de refuser, mais il changea d'avis. Avec un hochement de tête, il retourna à sa table, la plus éloignée des jeux vidéo.

Tory fit un signe de tête à un étudiant qui suivait ses cours. Elle commanda un café et rejoignit Ben.

— Que vous arrive-t-il ? interrogea-t-elle sans préambule.

Depuis qu'il lui avait demandé ce rendez-vous, le matin, elle n'avait pas cessé de se poser des questions Il n'allait pas lui annoncer qu'il abandonnait l'université ? Ce serait trop bête, alors qu'il réussissait si bien !

Tory soupira. S'il avait des problèmes financiers, elle trouverait un moyen de l'aider. Naturellement, il faudrait encore qu'il accepte...

— Je crois que le père d'Alex la bat.

Partagée entre l'horreur et le soulagement de voir que ses craintes n'étaient pas fondées, elle le regarda droit dans les yeux.

— Qu'est-ce qui vous fait croire cela ?

Trop absorbée dans le récit que lui faisait Ben, elle n'entendit bientôt plus le bruit qui les entourait. Elle était de tout son cœur auprès de la petite Alex.

— ... j'ai appelé Mary le lendemain matin. Mais il fallait faire attention.

Ben passa une main dans ses cheveux bouclés.

— Je ne veux pas faire ou dire quoi que ce soit qui risque de se retourner contre Alex.

— Croyez-vous que Mary soit au courant ?

— J'ai bien peur que oui.

Il soupira et repoussa sa tasse de café presque vide.

— Elle le défend, ce sale type. Elle ne veut rien entendre de négatif à son sujet. Elle dit que je veux lui causer des ennuis par dépit. Que je suis jaloux et amer, et que je refuse de la voir heureuse.

Croisant ses mains sur ses genoux pour maîtriser leur tremblement, Tory secoua la tête d'un air accablé. Il y avait certainement quelque chose à faire.

— En avez-vous parlé à la Protection de l'Enfance ?

Elle haussa un sourcil, étonnée d'avoir posé cette question. Les services de la Protection de l'Enfance étaient devenus un sujet de plaisanterie pour elle et Christine. Mais, Dieu merci, Alex avait quelqu'un qui l'aimait et qui pouvait prendre sa défense face aux adultes qui abusaient de leur pouvoir en tant que parents.

Le visage blême, Ben hocha la tête.

— Ils sont au courant, mais jusque-là, ils n'ont aucune preuve. Ils ont examiné Alex à l'école, et n'ont trouvé aucune trace de coups.

— J'espère qu'ils vont continuer ?

— Je ne sais pas jusqu'où ils peuvent s'impliquer, mais l'infirmière m'a promis de garder l'œil sur Alex. Elle m'a encouragé à l'appeler le plus souvent possible. La maîtresse a remarqué un changement dans son comportement. Apparemment, Alex ne se concentre plus comme avant, à l'école.

Tory serra ses mains l'une contre l'autre.

— Et ils ne considèrent pas cela comme une preuve suffisante ?

— Ils disent que son changement d'attitude peut s'expliquer par le bouleversement qui a eu lieu dans sa structure familiale. Ils pensent qu'il faut lui laisser le temps de s'adapter. Ils vont même jusqu'à imaginer que les histoires qu'Alex me raconte ne sont pas autre chose que cela — des histoires — qu'elle imagine dans une tentative désespérée de me faire revenir.

— Les salauds !

Tory serra les dents. Les responsables de la Protection de l'Enfance du Massachusetts s'étaient montrés aussi peu efficaces pour sa sœur et elle. Ils avaient trouvé de bonnes raisons pour ignorer les abus que son beau-père leur infligeait. Et l'enquête avait conclu que les deux sœurs avaient simplement du mal à accepter la mort tragique de leur mère.

Ben leva sur elle un regard désenchanté.

— Je sais qu'Alex me dit la vérité. Elle ne m'a jamais menti.

Tory hocha la tête.

— Je vous crois.

Des larmes scintillèrent dans les yeux trop brillants du jeune homme.

— Bon sang, elle pleurait toutes les larmes de son corps !

Tory déglutit péniblement. Elle ressentait la souffrance d'Alex avec une telle acuité qu'elle en avait la nausée.

— Elle a la chance de vous avoir, murmura-t-elle.

Cet homme était un véritable miracle. Même pour une femme qui n'avait jamais cru aux miracles. C'était un ange gardien, comme elle en avait toujours rêvé. Christine le voyait-elle, d'où elle se trouvait ? Sinon, il fallait qu'elle le lui dise.

Mais non…

Elle n'en parlerait pas à Christine. Il fallait cesser d'avoir cette attitude, qui risquait de la mener tout droit à la folie.

Elle sentit, plus qu'elle ne vit, Ben se pencher vers elle. Elle leva les yeux. Il la regardait avec une détermination farouche.

— Je crois que je vais aller chercher Alex, murmura-t-il.

11.

— Pardon ?

Alarmée, Tory se redressa sur son siège.

— Je ne peux pas la laisser vivre avec eux. Qui sait ce que ce salaud peut lui faire ?

Tory le savait. Mais…

— Calmez-vous, Ben, vous ne pouvez pas l'emmener comme ça !

— Si je ne peux pas l'emmener ? C'est ce qu'on va voir !

— Et après ? demanda-t-elle doucement. Quel genre de vie allez-vous lui offrir ?

— Une vie pleine d'amour.

— Oui, mais vous vivrez en fuyant, en vous cachant, et ce n'est pas une solution, surtout pour une enfant.

Elle fit une pause. Essayant de maîtriser le tremblement de sa voix, elle reprit :

— Elle n'aura plus qu'à vivre dans le mensonge, elle ne pourra jamais se faire d'amis… et elle ne pourra pas aimer quelqu'un d'autre que vous.

Ben ne broncha pas. Les poings posés sur la table, il fronça les sourcils, les yeux fixés sur sa tasse de café.

— Je ne dis pas que ce serait parfait, mais ce serait mieux que la vie qu'elle mène en ce moment, dit-il, obstiné.

— Peut-être au début…

Elle en avait assez rêvé, quand elle était gamine. Avant d'abandonner ses rêves. Celui qu'elle préférait, c'était celui dans lequel son vrai père revenait. Plein d'amour, il leur expliquait son absence, il leur demandait pardon, et il les emmenait, Christine et elle, loin de la fripouille qui leur tenait lieu de père.

— Vous auriez toutes les chances d'être rattrapés, ajouta Tory.

Cela, il n'y avait pas à en douter un seul instant.

— Vous seriez un hors-la-loi, qu'on jetterait probablement en prison, et Alex serait renvoyée chez ses parents, qui la rendraient vraisemblablement responsable de tout et qui la puniraient. Et cette fois-ci, vous ne pourriez plus rien faire pour elle.

Ben avait toujours les poings serrés, comme s'il s'apprêtait à cogner quelqu'un.

Il releva lentement la tête.

— Cela fait deux semaines qu'elle m'a appelé. En quoi l'ai-je aidée, jusqu'à présent ?

— De la meilleure façon possible, affirma Tory, cherchant désespérément à le convaincre.

Son amour pour Alex, l'inquiétude qui le rongeait étaient le plus beau cadeau qu'il pouvait offrir à la petite fille. Elle avait prié toute sa vie pour en recevoir un comme celui-ci…

— Je lui ai promis de venir à son secours.

— Et vous tenez votre promesse, dit-elle d'un ton ferme.

Retenant l'envie de poser sa main sur ses poings crispés, elle ajouta :

— Vous êtes en contact permanent avec des gens qui la voient cinq jours par semaine, et qui se préoccupent d'elle.

Ils sauront exactement ce qu'il faut faire s'il se produit quoi que ce soit de nouveau.

Elle cacha ses mains sous la table et croisa les doigts. « Je t'en prie, Chrissie, si tu es quelque part, là-haut, protège la petite Alex. Je t'en prie, ne la laisse pas vivre l'enfer que nous avons connu », pria-t-elle silencieusement.

Ben entoura sa tasse de café d'une main et observa longuement le visage de Tory. Puis il dit doucement :

— Vous avez l'air d'en connaître un rayon à ce sujet.

Le visage brûlant, Tory se força à respirer. Et à réfléchir. La réponse arriva toute seule :

— Je... je suis professeur. Nous sommes formés pour affronter ce genre de situation.

Il fronça les sourcils.

— Mais vous enseignez à la faculté. Les violences infligées aux enfants n'arrivent pas aux étudiants...

— Vous avez raison...

Elle s'humecta les lèvres.

— J'ai aussi une formation d'éducatrice.

La vérité la sauvait, en quelque sorte. Bien sûr, c'était la vérité de Christine, pas la sienne mais, après tout, n'était-ce pas Christine qui était censée être installée là, en face de Ben ?

Oui, bien sûr, et cependant... c'était bel et bien elle, Tory, qui commençait à se faire du souci pour lui.

Au cours de la semaine suivante, Christine devint une véritable bouée de sauvetage pour Ben. Elle l'aidait à garder la raison. Sans elle, il aurait certainement pris le premier avion pour la Californie où il aurait kidnappé sa fille.

Où seraient-ils allés ensuite, il n'en avait pas la moindre idée. Il aurait sans doute passé le restant de ses jours à faire des petits boulots, en se cachant. Cependant, cela en aurait peut-être valu la peine, pour supprimer cette angoisse qui ne le lâchait plus un seul instant. Pour être sûr que sa précieuse petite fille était enfin hors de danger.

Mais Christine avait raison. S'ils étaient rattrapés, ce qui ne manquerait certainement pas d'arriver, Alex perdrait toute chance de s'en sortir. Elle serait rendue à Mary et à son père, et lui, il ne pourrait plus l'aider. Pas en étant en prison. Il détestait cette idée, mais il avait intérêt à se faire oublier quelque temps de Mary et de Pete. Tout en priant pour que le bien triomphe.

Chaque jour, il vivait pour l'instant où il allait appeler l'infirmière, à l'école d'Alex, et où il allait l'entendre dire que sa petite fille était en classe, et qu'elle n'avait aucune trace de coups. L'énorme poids qu'il portait sur le cœur s'allégeait alors quelques instants, et il pouvait étudier avec plus de sérénité. Il devait accélérer le rythme, les examens étaient prévus dans trois semaines. Il avait déjà des notes excellentes, mais il ne fallait pas qu'il se relâche s'il espérait obtenir une bourse qui lui permettrait de rendre l'argent emprunté pour poursuivre ses études.

Il attendait aussi avec impatience ces trois heures de cours hebdomadaires avec Christine. Chaque fois, elle lui jetait un coup d'œil interrogateur au sujet d'Alex. Et elle était visiblement soulagée quand il lui répondait par un petit sourire pour lui faire comprendre que tout allait bien.

Pendant qu'ils marchaient ensemble vers son bureau après les cours, elle continuait à le fortifier, à lui confirmer qu'il avait pris la bonne décision. Il ne savait pratiquement rien d'elle, et pourtant, elle était en train de devenir son principal appui.

Il ne savait presque rien, mais il sentait beaucoup de choses… Bien qu'elle fût plus décontractée en sa présence depuis cette fin d'après-midi dans le salon de thé, elle paraissait si souvent mal à l'aise… il se rappela le jour où il l'avait bousculée par inadvertance alors qu'ils cheminaient côte à côte. Elle avait reculé comme s'il l'avait frappée.

Ben se fit une promesse : dès qu'ils n'auraient plus cette barrière « étudiant-professeur » entre eux, et que la vie d'Alex serait redevenue normale, il tâcherait de comprendre pourquoi Christine Evans avait tellement peur de lui.

Un jour. Quand il pourrait écouter la réponse.

— Faites-vous quelque chose de spécial demain, pour Thanksgiving ? demanda Christine d'une voix hésitante.

Ils étaient en train de traverser le campus.

Ben réprima une réaction de surprise. Il ne s'attendait pas à ce genre de question de sa part. Thanksgiving… Zack l'avait invité. Il y aurait les parents du vétérinaire, et Cassie, son associée, mais il avait décliné son offre. Il ne se sentait pas d'attaque pour participer à une rencontre familiale. Pas sans Alex.

— Buddy et moi avons prévu une journée sympa en tête à tête, répondit-il.

Il n'allait pas lui détailler son programme. En réalité, il avait l'intention d'étudier. Et de faire une longue promenade avec son chien. Il regarderait un peu de foot à la télévision. Tout serait bon pour l'empêcher de penser à Alex et de se demander quel genre de vacances elle passait. Cet abruti de Pete allait sûrement être à la maison toute la journée, et Alex serait en danger.

Ben soupira. Pourvu que sa petite fille n'oublie pas de rester le plus possible dans sa chambre ! Pour l'instant, c'était la meilleure solution, mais le fait de l'imaginer enfermée, jouant toute seule dans son coin, le rendait malade.

— Buddy ? répéta Christine en ouvrant des yeux étonnés. Ah oui ! Vous m'en avez déjà parlé. C'est votre chien ?

— Si on peut l'appeler ainsi. Lui, en tout cas, il n'en est pas convaincu.

Elle sourit. C'était si rare de la voir sourire. Et elle était encore plus belle.

— Ah oui ? Et que croit-il être ?

— Mon patron.

Cette fois-ci, elle éclata de rire.

— Phœbe a suggéré que si vous n'avez rien prévu, vous pourriez venir dîner avec nous, dit-elle, retrouvant son air sérieux.

Elle s'écarta un peu plus de lui sur la large allée qui traversait le campus et ajouta :

— Ce doit être la coutume à Montford que les professeurs invitent des étudiants qui ne rentrent pas chez eux. Ils ne veulent pas qu'ils se retrouvent seuls, sauf s'ils y tiennent, naturellement. En général, Will et Becca reçoivent une pleine maisonnée, mais cette année, je n'en suis pas sûre, avec Bethany…

Elle fit une pause.

Ben haussa légèrement les épaules. Ainsi, il faisait partie des étudiants qui avaient besoin qu'on les recueille les jours de fête… Cette idée ne l'emballait pas trop.

Mais la perspective de dîner avec Christine était une tentation bien plus forte que celles auxquelles il pouvait généralement résister. C'était la première fois qu'il se trouvait sans Alex pour Thanksgiving. Le fait d'être à côté de son professeur l'aiderait à repousser les démons qui allaient hanter son esprit.

— A quelle heure voulez-vous que je vienne ?

Armé de deux bouteilles de vin blanc, Ben fit son apparition à 1 heure de l'après-midi à l'adresse que Christine lui avait indiquée. Ne sachant pas très bien si cette invitation était formelle, il avait choisi des vêtements passe-partout : pantalon noir et chemise blanche.

Ses efforts furent récompensés quand Christine vint lui ouvrir la porte. Elle portait un tailleur bleu d'une élégance décontractée. Elle s'était fait faire un brushing, et ses cheveux dansants laissaient entrevoir l'éclat doré de ses boucles d'oreilles quand elle marchait.

— Vous êtes très belle, déclara-t-il avant de se rappeler qu'il n'était pas censé faire de telles déclarations à son professeur.

— Merci.

Elle évita son regard. Surgissant derrière elle, Phœbe balaya la gêne qui flottait entre eux.

— Bonjour, Ben ! Je suis heureuse que vous ayez pu venir ! dit-elle d'un ton enjoué.

— Et moi, je suis très heureux que vous m'ayez invité !

Et c'était vrai. Il ne voyait personne d'autre qu'Alex avec qui il se serait senti aussi bien. Et certainement pas chez lui, à partager son repas de célibataire avec son chien, comme il en avait eu l'intention saugrenue.

Phœbe Langford était une véritable magicienne. A peine était-il arrivé qu'il avait l'impression d'être chez lui. Il se retrouva en train de découper la dinde pendant qu'elle écrasait les pommes de terre et que Christine, debout devant la cuisinière, préparait une sauce au madère.

— Becca m'a dit quelque chose d'intéressant, hier soir, dit Phœbe en versant du lait dans une casserole.

Ben abandonna momentanément sa volaille pour la regarder, le couteau suspendu en l'air.

— Elle pense que vous avez droit à la moitié du manoir des Montford, ajouta-t-elle.

— Qu'est-ce qui lui fait croire cela ?

— Apparemment, le testament de votre arrière-grand-père et tous ceux qui ont suivi stipulent que cette propriété doit rester la possession de tous les héritiers Montford. Il ne donne pas de noms, il parle seulement d'héritiers. Et vous en êtes un.

— Avec Sam, ajouta Christine.

Branchant le mixeur, Phœbe hocha la tête.

— Oui, Sam Montford IV, précisa-t-elle. Becca vous a-t-elle raconté qu'il avait quitté la ville voilà environ dix ans, et que personne n'avait plus jamais entendu parler de lui ? Même pas ses parents ?

— Ses parents possèdent le manoir, maintenant, c'est bien ça ? demanda Christine.

Phœbe haussa le ton pour couvrir le bruit du mixeur.

— Oui, il leur appartient, mais d'après ce que j'ai compris, il n'est pas habité depuis deux ans. Personne ne sait vraiment pourquoi ils sont partis, mais d'après Becca, ce serait à cause de Sam. Son absence leur a brisé le cœur.

Elle arrêta l'appareil électrique.

— Cassie, l'ex-épouse de Sam, est revenue à Shelter Valley peu de temps après leur départ en Europe.

— L'associée de Zack ? s'enquit Ben.

Faisant un signe de tête affirmatif, Phœbe détacha les batteurs et les posa dans l'évier.

— Cassie est absolument adorable, très jolie, intelligente, mais j'ai l'impression qu'elle garde beaucoup de choses sur le cœur. Quand Becca essayait de retrouver Sam pour l'inviter à venir à l'inauguration de la statue de son aïeul, le 4 juillet, Cassie lui a dit qu'elle n'avait plus de ses nouvelles depuis des années.

— Je connais Zack, dit Ben, mais je n'ai jamais rencontré Cassie. Elle a l'air de voyager souvent.

— Elle a mis au point une méthode de thérapie par les animaux qui est géniale, dit Phœbe. Elle est connue dans tout le pays pour les résultats extraordinaires qu'elle a obtenus. Elle n'arrête pas de recevoir des appels de gens désespérés qui sont sûrs qu'elle peut les aider.

Un peu déçu, Ben hocha la tête. Son cousin devait être complètement nul, pour avoir abandonné une femme comme Cassie.

— Et ça marche ? Je veux dire, elle les tire vraiment d'affaire ?

— Et comment ! répondit Phœbe en enroulant le fil électrique autour du mixeur. Je sais par Will et Becca que sa méthode est très efficace, surtout avec les gens qui ont des problèmes psychologiques et avec les enfants malades. J'espère faire un stage avec elle. Sa méthode est passionnante. Je suis fascinée par ses résultats.

— Quelqu'un sait-il où se trouvent les Montford ? interrogea Christine en ajoutant un peu de farine dans la sauce.

— Ils sont quelque part en Europe, répondit son amie.

— Leur maison est toujours vide, alors ?

— Il y a quelqu'un qui vient faire le ménage une fois par mois. Becca pense qu'ils reviendront peut-être pour les vacances. Apparemment, la femme de ménage a eu de leurs nouvelles récemment. Ils lui ont demandé de garnir le réfrigérateur pour la troisième semaine de décembre.

Ben sentit son cœur battre plus vite. Becca lui avait parlé de son oncle et de sa tante, le jour où il avait dîné chez elle. Depuis, il pensait souvent à eux et envisageait de se faire connaître. Mais il ne se sentait pas encore prêt. Il n'était pas sûr d'avoir ce qu'il fallait pour faire partie de la famille Montford à Shelter Valley. Il n'était pas riche. Il n'était qu'un travailleur manuel qui ne désirait rien de plus qu'étudier et obtenir la garde de la petite fille qui n'était même pas la sienne.

— Vous devriez les rencontrer, dit Christine en lui jetant un bref coup d'œil accompagné d'un léger sourire.

Le couteau électrique avec lequel Ben découpait la dinde dérapa, libérant un minuscule morceau de viande. Ben se ressaisit. Non, il n'avait pas seulement envie d'étudier et de reprendre Alex avec lui. Il voulait aussi connaître son professeur de littérature d'une façon qui était généralement interdite aux étudiants.

Il suffisait qu'elle lui sourie pour qu'il ressente une décharge électrique. Et le couteau n'avait rien à voir là-dedans…

— Un jour, peut-être, répondit-il.

Quand il aurait un diplôme universitaire dans son sac. Quand Alex aurait retrouvé un mode de vie acceptable.

— Vous avez droit à votre part d'héritage, dit Phœbe en goûtant les pommes de terre.

Il découpa une cuisse de dinde et la déposa sur le plat de service.

— Je vis très bien sans cela. Le plus important, pour moi, c'est de savoir que j'ai une famille, et pas de récolter un bien qui n'a jamais été le mien.

Christine lui envoya un coup d'œil en biais, qu'il n'aurait même pas remarqué s'il n'avait pas été à l'affût de ses moindres mouvements.

— Le fait que vous n'étiez pas au courant jusque-là ne signifie pas que cet héritage ne vous revient pas, reprit Phœbe.

— Vous renonceriez vraiment à vivre sur la colline ? s'enquit Christine en faisant allusion à l'endroit où se trouvait le manoir des Montford.

— Instantanément.

Que cela le relève ou l'abaisse aux yeux de la jeune femme n'influençait pas sa réponse.

— J'ai envie d'avoir une vie agréable, comme tout le monde, expliqua-t-il, mais le fait de travailler pour l'obtenir ne me pose aucun problème, bien au contraire.

C'était probablement une partie de son héritage indien, mais il ne voulait pas que l'argent lui tombe comme cela dans le bec. Même s'il provenait de ses ancêtres.

— Vous n'auriez pas à vous faire de souci pour les bourses universitaires, dit Christine.

Il lui sourit.

— Un point pour vous ; mais j'espère bien que mes bons résultats vont me faire avoir une bourse.

Elle soutint son regard pendant quelques secondes, suffisamment longtemps pour qu'il puisse y lire de l'admiration.

— Vous m'aidez à finir de préparer le repas ou dois-je manger des pommes de terre et de la salade dans mon coin ? plaisanta Phœbe.

— J'ai découpé assez de dinde pour le repas. Je finirai après le dîner, dit Ben en riant.

— La sauce est prête, annonça Christine

Elle la versa dans une saucière.

Ben remarqua qu'elle faisait le tour de la table. Sans doute pour éviter de passer trop près de lui. Il aurait été déconcerté, si elle ne lui avait pas adressé ce sourire, si elle ne l'avait pas regardé de cette façon.

Il soupira silencieusement. Christine avait une attitude si mystérieuse. Il brûlait de la connaître mieux. Mais il n'était pas question d'avoir une liaison… en tout cas, pas avant que les problèmes d'Alex ne soient résolus. Ni avant d'avoir obtenu ses diplômes, et trouvé un travail qui lui plairait, grâce auquel il pourrait faire face à n'importe quelle situation dont il serait responsable. Pour l'instant, tout ce qui l'intéressait, c'était de connaître Christine. De trouver d'où venaient les ombres qui rôdaient dans son regard. Et de comprendre pourquoi il l'effrayait, parfois. Il voulait juste être un ami pour elle.

Rien de plus.

Quand Ben fut parti, tard dans la soirée — ils avaient regardé *Miracle dans la trente quatrième rue* avant de déguster une tarte au potiron confectionnée par Phœbe — les deux amies entreprirent de sortir la vaisselle de la machine. Une pile d'assiettes dans les bras, Phœbe se dirigea vers le buffet.

— Même si tu vis jusqu'à cent ans, tu ne rencontreras jamais un type comme lui, déclara-t-elle avec enthousiasme.

Elle n'avait pas eu besoin de passer beaucoup de temps en compagnie du jeune homme pour reconnaître sa valeur, sa pudeur, et la façon dont il parlait de sa fille. Il était complètement dépourvu de cupidité par rapport à la fortune de sa famille. Mais le plus important, c'était ce qu'il apportait à Tory.

— Si je devais vivre cent ans, mon sort serait terrible, répliqua la jeune femme.

Après le départ de Ben, elle avait passé un jogging bleu foncé et un vieux T-shirt, sa tenue habituelle pour faire du rangement. Phœbe lui lança un coup d'œil admiratif. Aucune femme ne pourrait porter ces vêtements informes et garder une allure pareille. Elle-même avait gardé l'ensemble pantalon qu'elle avait porté toute la journée. Elle s'y sentait bien. Il était neuf, et il lui seyait à merveille, maintenant qu'elle avait un peu minci — elle avait tout de même réussi à perdre six kilos !

— Ne me dis pas que tu n'es pas attirée par lui, reprit-elle avec un sourire complice

Si elle ne forçait pas un peu les événements, Tory allait perdre la chance qu'elle avait espérée toute sa vie. La chance de connaître une relation forte, peut-être excitante…

— Non, tu te trompes.

— Alors pourquoi t'es-tu mise sur ton trente et un ?

— Tu exagères, mais j'ai l'habitude de m'habiller pour recevoir. J'ai appris ça avec Bruce.

Elle commença à disposer les verres sur l'étagère, au-dessus de la machine.

— Et c'est pour cela aussi que tu devenais une vraie boule de nerfs dès qu'il s'approchait un peu de toi ?

— Tu sais bien pourquoi je suis mal à l'aise avec les hommes.

Phœbe la regarda d'un air préoccupé.

— Mais tu n'as pas peur de Ben ? insista-t-elle.

Même si Tory ne devait jamais avoir de rendez-vous avec le jeune homme, et ne jamais lui laisser sa chance, il fallait au moins qu'elle se rende compte qu'elle pouvait se trouver près d'un homme sans être instantanément effrayée.

Tory continua à ranger les verres sans répondre.

— Ma chérie, j'ai vu la façon dont tu le regardais.

— Arrête ! Où veux-tu en venir ?

Phœbe sursauta. Depuis quand Tory était-elle capable de parler sur un ton aussi cassant ? Sans perdre sa bonne humeur, elle répondit :

— Où je veux en venir ? C'est très simple : je veux que tu saches que tu peux espérer, Tory. Et commencer à croire en l'avenir.

— Ben n'est qu'un étudiant pour moi.

Elle referma la machine à laver la vaisselle avec un peu plus de vigueur que nécessaire. Sans se laisser décourager, Phœbe fit remarquer :

— C'est ce que tu n'arrêtes pas de te dire. Mais cette excuse ne pourra durer que quelques semaines encore, jusqu'à ce que tu ne sois plus son professeur. Et après ?

Tory s'appuya contre l'évier, les bras croisés sur sa poitrine.

— Après ? Je ne le verrai plus.

— Shelter Valley n'est pas Boston. Ici, vous ne pourrez pas vous perdre dans la foule.

— On peut toujours éviter quelqu'un…

Phœbe avait le cœur serré. La voix amère de Tory trahissait les désillusions de la petite fille qu'elle avait été, qu'elle était encore sous l'apparence solide qu'elle voulait se donner. Elle plongea son regard dans le sien. Tory avait l'air fatiguée, et résignée.

— Je suis censée être morte, tu ne l'as pas oublié ? dit-elle à voix basse.

Phœbe secoua la tête. Tout cela était trop frustrant. Par une cruelle ironie du sort, le destin de son amie était scellé. Elle devait se faire passer pour Christine afin de rester en vie, mais tant que ce serait ainsi, elle ne vivrait jamais vraiment.

— Ecoute, ma chérie. Il y a quelqu'un avec moi dans cette pièce, finit-elle par dire. Il suffit que nous comprenions qui est cette personne. Et quand nous aurons compris, elle sera libre de vivre, et même d'aimer, si elle le désire.

Tory l'observa quelques instants. Phœbe pouvait presque lire les pensées qui se formaient dans son esprit.

— Peu importent les apparences. Que je réponde au nom de Christine ou de Tory, que je sois un professeur ou une femme mariée qui a fui le domicile conjugal, rien de tout cela ne change quoi que ce soit à ce que je suis. Et les autres problèmes mis à part, je ne crois pas que la personne qui est là — elle se frappa légèrement la poitrine du bout des doigts — puisse vivre comme tu le voudrais.

Phœbe commençait à être déprimée. Tory avait l'air si convaincue de ce qu'elle disait. Et si logique…

— Mais pourquoi ?

— J'ai tué ma sœur. Je ne mérite pas de vivre.

Phœbe tressaillit. Ainsi, c'était la culpabilité qui rongeait Tory de l'intérieur. Il valait mieux le savoir, c'était beaucoup plus facile de combattre la maladie quand on en connaissait la cause.

— Tu ne l'as pas tuée, Tory. Mais je comprends que tu le croies, puisque Bruce voulait s'en prendre à toi quand Christine est morte.

Tory resta impassible.

— Le problème, c'est que tu aurais préféré mourir à sa place si tu avais eu le choix, continua Phœbe. Mais tu ne l'as pas eu. Cette décision a été prise par un pouvoir supérieur au tien. Tu n'es absolument pour rien dans la mort de Christine.

— J'aimerais pouvoir croire cela, murmura-t-elle en se retenant visiblement de sangloter.

— C'est la vérité, Tory. Tu n'y es pour rien.

Tory secoua la tête.

— Cela n'a pas de sens.

— Est-ce que cela aurait plus de sens si tu étais morte ?

— Bien sûr ! répondit-elle d'une voix ferme en plongeant des yeux brillants de larmes dans ceux de son amie.

— Et pourquoi ?

— Regarde-moi ! Non seulement mon beau-père m'a démolie, mais Bruce a achevé son œuvre. Tu l'as dit toi-même. Je ne peux même pas me trouver près d'un homme aussi gentil que Ben sans devenir une boule de nerfs.

Tory parlait de plus en plus vite, les mots enfin libérés se déversant en un torrent tumultueux.

— Bon sang ! Je ne peux même pas marcher à côté de lui sur le trottoir sans laisser au moins cinquante centimètres entre nous. Comment peux-tu penser qu'une femme comme moi puisse mener une vie normale ?

Sans attendre une réponse, elle continua :

— De plus, je n'ai pas fait d'études, je n'ai pas la moindre expérience dans aucun domaine intéressant. Je ne peux rien faire !

Phœbe prit une profonde inspiration. Ce n'était pas en se laissant abattre qu'elle porterait secours à son amie.

— Je sais recevoir, je sais m'habiller, poursuivit Tory en comptant sur ses doigts, je sais me coiffer, me maquiller, et m'enfuir…

— Tu es bonne, et attentionnée. Tu as une grande maturité, bien au-delà de ton âge. Tu sais écouter les autres, tu comprends leurs souffrances. Tu es très intelligente, et loyale, et on peut compter sur toi.

— Jusqu'à ce que Bruce me remette la main dessus. Je serai repartie avant que personne ait le temps de dire ouf…

Phœbe poussa un soupir silencieux. Tory n'était pas près d'avoir confiance en elle, de séparer ce que la vie l'avait forcée à être de ce qu'elle était profondément.

— Christine avait toutes les qualités que tu viens d'énumérer, et encore plus, continua-t-elle. Pendant que je vivais loin de chez nous, avec celui qui allait être son assassin, elle faisait vraiment quelque chose de sa vie. Elle avait étudié, elle avait trouvé un travail passionnant. Elle était belle, généreuse. Elle aurait pu avoir l'homme qu'elle aurait voulu, et il aurait été le plus heureux de la terre.

Sa voix se brisa. Elle n'essaya plus de retenir ses sanglots.

— Elle avait la vie devant elle.

Sans rien dire, Phœbe secoua la tête. Il était temps qu'elle se décide... Le secret de Christine pouvait aider Tory. Enfin, elle n'était pas complètement sûre du résultat, mais une fois le premier choc passé, Tory devrait voir les choses différemment. C'était le dernier recours... Phœbe se mit à faire les cent pas dans la pièce. Maintenant, elle ne pouvait malheureusement plus rien pour Christine. Mais Tory était jeune et, qu'elle veuille le reconnaître ou non, elle pouvait encore trouver le bonheur. Il fallait faire l'impossible pour la sortir de ce désespoir.

Avec son expérience professionnelle, elle était bien placée pour savoir que le fait de lui révéler le secret de Christine pourrait être le catalyseur qui l'aiderait à trouver un minimum de paix. Cela la soulagerait du lourd sentiment de culpabilité qui ne la quittait pas depuis la mort de sa sœur. Oui, elle en avait la conviction profonde : Christine serait la première à vouloir partager ce secret hideux si c'était pour aider Tory.

Phœbe se racla la gorge pour desserrer le nœud qui l'étouffait à moitié. Christine lui manquait terriblement, mais elle se sentait en paix à son sujet. Son amie était enfin libérée de ses terribles épreuves.

Tory, quant à elle, ignorait le pire aspect de la vie de sa sœur. Elle ne soupçonnait pas un seul instant le vide que Christine aurait toujours éprouvé si elle avait vécu.

Cela ne faisait plus aucun doute. Il fallait révéler la vérité à Tory.

Elles avaient violé les lois depuis le début de ce cauchemar. Mais c'était pour la bonne cause. Parce qu'elles n'avaient pas d'alternative. Il était temps de continuer en dévoilant un secret qu'elle avait promis à Christine de garder.

— Viens avec moi, Tory, j'ai quelque chose à te dire.

12.

Intriguée par le ton de sa voix, Tory la suivit dans le salon en s'essuyant les yeux. S'asseyant par terre, elle s'adossa au canapé et posa un regard interrogateur sur Phœbe, qui s'installait en face d'elle sur un coussin, le dos calé contre le fauteuil. Elle était superbe, même après une journée de travail et une longue soirée. Sa taille, beaucoup plus fine depuis qu'elle avait minci, était bien mise en valeur par ce pantalon. Et le bleu roi de son chemisier s'accordait admirablement avec ses cheveux roux. Mais le plus frappant, c'était son expression si vivante. Qui pouvait parfois être effrayante aussi… Tory serra ses bras autour de ses genoux. En ce moment, justement… Phœbe ne souriait plus, elle la regardait d'un air étrange, elle semblait hésiter à reprendre la parole. N'y tenant plus, Tory interrogea :

— Que veux-tu me dire, Phœbe ?

Sa peur s'amplifia quand son amie voulut parler mais referma la bouche sans produire un son. Jamais elle ne l'avait vue à court de mots.

Phœbe finit par lui adresser un petit sourire, plus nerveux que réconfortant, et répondit :

— Je ne sais pas trop comment te dire cela…

Assise toute raide contre le canapé, les jambes allongées par terre, Tory attendit en retenant son souffle.

— J'ignore jusqu'à quel point Christine t'a parlé de moi... commença Phœbe.

Comprenant de moins en moins, Tory murmura :

— Elle m'a dit que tu étais la plus grande amie dont on puisse rêver.

Phœbe eut un sourire nostalgique.

— Elle était aussi ma meilleure amie. C'était la sœur que j'avais toujours eu envie d'avoir. Elle m'a parlé de certaines choses dont elle n'avait jamais parlé à personne...

Phœbe la regarda dans les yeux.

— Même pas à toi.

Tory leva les sourcils. Phœbe se trompait, elle savait tout sur Christine. Cela se passait ainsi, dans les familles comme la sienne... Les violences rendaient les victimes plus proches, chacune comprenant ce que l'autre éprouvait. Christine et elle avaient toujours été conscientes l'une de l'autre, sachant toujours où l'autre se trouvait, à n'importe quel moment de la journée — sauf quand elle avait commencé à fuir. Mais jusque-là, elles avaient tout partagé.

Tout ça, Phœbe ne le savait certainement pas. C'était des choses dont les femmes battues ne parlaient jamais.

— Que t'arrive-t-il, Phœbe ?

La tête baissée, Phœbe se cala contre le fauteuil et passa lentement la main sur les motifs de la moquette.

— Je voudrais... que tu me parles de ton beau-père.

Tory sursauta.

— De mon beau-père ! Mais pourquoi... c'est toi qui avais quelque chose à me dire !

Stupéfaite, elle dévisagea son amie. Phœbe avait-elle trouvé une de ces astuces de psychiatre pour qu'elle se mette à raconter sa vie ? Ou essayait-elle simplement de la jeter dans les bras de Ben Sanders, alors qu'il ne lui avait même pas demandé de sortir avec lui, ni exprimé la moindre intention de le faire dans l'avenir ?

— Christine m'avait raconté beaucoup de choses sur ces années-là, répondit Phœbe. Je voudrais que ce soit toi qui en parles.

— Mais pourquoi ? répéta Tory.

Elle ne comprenait pas. Elle n'avait jamais parlé de son beau-père à quiconque. Jamais. Elle n'allait pas commencer maintenant.

Jusque-là, c'était merveilleux de vivre sous le toit de Phœbe. Pour la première fois, elle se trouvait avec quelqu'un qui savait ce qu'elles avaient vécu, Christine et elle, et pourtant, elle n'était pas obligée d'en parler. Au début, elle avait été choquée quand Christine lui avait dit qu'elle s'était confiée à son amie au sujet de leur adolescence. Mais depuis qu'elle vivait à Shelter Valley, elle lui en était reconnaissante.

— J'ai une bonne raison de te le demander, Tory, je t'en donne ma parole. Et je te dirai bientôt ce que je voulais te dire. Fais-moi confiance.

Tory ouvrit de grands yeux. La confiance… Qu'est-ce que cela signifiait ? Ce mot n'avait aucun sens pour elle. Quand la confiance se brisait, comme cela lui était arrivé, cela vous brisait vous aussi, à l'intérieur.

Phœbe vint s'asseoir près d'elle et la regarda avec insistance.

— Tu veux que je te parle de mon beau-père ? Très bien. Comme tu le sais, il buvait.

— Tout le temps ?

— Non.

— Quand buvait-il ?

— La nuit, parfois, quand il rentrait du travail. Et quand nous avons été plus âgées, presque tous les week-ends.

— Et puis ?

Phœbe allongea ses jambes devant elle et croisa ses chevilles. Tory lui jeta un bref coup d'œil. Phœbe la regardait avec une immense compassion.

Tory baissa la tête et examina ses mains.

— Tu le sais bien, répondit-elle. Christine te l'a déjà raconté.

— Et maintenant, c'est à toi que je le demande.

— Mais pourquoi ? A quoi cela peut-il bien servir ?

Pourquoi Phœbe se montrait-elle cruelle, brusquement ?

Phœbe attendit qu'elle lève les yeux.

— S'il te plaît.

— Quand il buvait, il devenait mauvais.

En parlant, elle se forçait à y penser le moins possible. Pour rester forte, pour survivre, il valait mieux oublier.

— Mauvais comment ?

Relevant brusquement la tête, Tory posa sur son amie un regard furieux.

— Qu'est-ce qui te prend ? Tu éprouves un plaisir pervers en écoutant les gens te raconter leurs malheurs ?

— Non, tu comprendras tout à l'heure.

L'expression douloureuse que Tory lut dans ses yeux l'empêcha de sortir de la pièce.

— Il nous battait, dit-elle en regardant fixement la chaise vide. C'est bien cela que tu veux entendre ?

— Oui, c'est ce que je pensais entendre.

— Alors, qu'est-ce que tu avais à me dire ?

Elle avait la gorge sèche. Elle voulait boire.

— C'est tout ? Tu n'as rien oublié ? questionna encore Phœbe.

N'en pouvant plus, Tory se mit à hurler :

— Je t'ai dit que notre beau-père nous battait. Qu'est-ce que tu veux de plus ? Des détails ? En voici ! Quelquefois, il nous battait à mains nues. Ou il nous tapait la tête contre le mur, jusqu'à ce que nous voyions des étoiles. Si nous avions la chance de pouvoir lui tourner le dos, il nous rattrapait et il nous frappait à coups de ceinture. Parfois, les blessures s'infectaient…

Elle fit une pause pour reprendre son souffle, essayer d'avaler sa salive. Elle avait la gorge en feu.

— Cela te suffit ou veux-tu encore quelques détails croustillants ?

— Y avait-il autre chose ?

— Bien sûr !

Tory tremblait de tous ses membres.

— Un jour, il m'a ouvert le crâne. J'ai eu des points de suture. A l'hôpital, il a osé dire que j'étais tombée… Il avait cassé le poignet de Christine, et nous étions couvertes de bleus.

Haletante, Tory fit une pause et regarda Phœbe d'un air douloureux. Son amie ne bougeait pas, ne bronchait pas. Elle n'essayait pas de la prendre dans ses bras, comme la conseillère pédagogique l'avait fait, à l'école, le jour où elle était allée la voir, quand elle avait eu la naïveté de croire que cette femme pourrait la secourir. Elle avait tellement honte qu'elle avait attendu que ses bleus disparaissent. Mais comme il n'y avait plus de preuves, et que son beau-père — qui faisait partie de l'association des parents d'élèves, et participait à des comités de paroisse — avait affirmé qu'elles avaient du mal à surmonter la douleur causée par la mort de leur mère… personne n'était venu à leur secours. La dame s'était contentée de la serrer si fort dans ses bras qu'elle avait failli s'évanouir.

— A part vous battre, faisait-il autre chose ?

— Evidemment, il nous élevait, il faisait le repas de temps en temps, quand il n'était pas ivre.

Tant qu'on n'avait pas vécu sous son toit, et qu'on n'avait pas vu le changement qui s'opérait brutalement en lui, le faisant passer de la gentillesse à la cruauté pure, il était impossible de comprendre comment tous ses actes positifs ne faisaient qu'envenimer la situation.

Phœbe, imperturbablement, lui posa des questions jusqu'à ce qu'elle eût terminé la liste de tous les actes positifs et négatifs de son beau-père. Quand Tory eut fini, elle éprouva un vide terrible, comme cela ne lui était jamais arrivé, même après avoir pleuré toutes les larmes de son corps pour la mort de sa sœur.

— Donc, c'est tout, finit par conclure Phœbe en se redressant.

— Tu trouves que ce n'est pas assez ? cria Tory.

Elle avait maintenant les yeux secs, mais la sensation de nausée ne la quittait pas.

Phœbe passa ses deux mains dans ses cheveux puis elle se frotta les jambes.

— Christine se rappelait autre chose encore...

Troublée, épuisée, Tory leva une main et la laissa retomber avec lassitude.

— C'est possible. Elle est plus âgée que moi.

Elle s'interrompit et se mordit la lèvre.

— Elle était plus âgée que moi.

Cela faisait des mois, et elle n'arrivait toujours pas à penser à Christine au passé. Peut-être était-ce en partie à cause du fait que chaque jour, en allant travailler, elle la faisait revivre.

Les mots jaillirent de la bouche de Phœbe plus vite qu'elle ne le souhaitait.

— Tory, ton beau-père violait Christine !

La jeune femme se figea. Son cœur se mit à battre violemment.

— Non !

Comment Phœbe pouvait-elle dire une chose aussi monstrueuse ? Trouvait-elle que ce qu'elles avaient vécu n'était pas suffisant ? Dieu du ciel ! Elle en était malade.

Et les larmes de Phœbe ne firent rien pour la soulager.

— Si, ma chérie. Il l'a fait. Plusieurs fois.

— Non !

Tory se releva d'un bond.

— Retire cela tout de suite ! Tu sais que c'est faux ! hurla-t-elle en se dirigeant vers la porte.

Quand elle se retourna, Phœbe était toujours assise par terre, aussi raide que si on lui avait passé une camisole de force. Et elle avait l'air si triste. Tory l'entendit murmurer :

— Je ne peux pas retirer ce que je viens de dire, ma chérie.

— C'est faux ! répéta Tory d'un ton plein de conviction.

Elle ne pouvait pas en douter. Il était impossible qu'elle y croie un seul instant. Mais elle ne partait pas. Elle ne pouvait pas laisser Phœbe assise par terre, sans bouger. Elle semblait pétrifiée.

— Pourquoi ne t'assois-tu pas sur le canapé ?

— Je suis très bien ici, répondit Phœbe en essuyant ses larmes du revers de la main.

— Non, tu serais mieux sur le canapé, insista Tory.

Elle alla chercher un mouchoir en papier et le tendit à son amie en se penchant suffisamment près d'elle, mais en faisant attention à ce que leurs doigts ne se touchent pas.

Elle ne pouvait pas s'approcher trop près. Phœbe venait de dire des choses monstrueuses.

— Merci.

— Je t'en prie, lève-toi. Tu vas avoir des crampes.

Si elle obtenait que Phœbe s'installe confortablement, elle pourrait partir. Il fallait qu'elle remplisse le réservoir de la Mustang. Mais il ne devait pas y avoir une station ouverte dans Shelter Valley à cette heure tardive. Et puis, c'était le jour de Thanksgiving. Mais si elle allait jusqu'à Phœnix, elle trouverait certainement une pompe ouverte toute la nuit.

— Elle avait treize ans la première fois que c'est arrivé.

Brusquement, Tory se mit à trembler si fort qu'elle ne tenait plus debout. Se laissant tomber sur le carrelage, elle se recroquevilla sur elle-même. Elle n'était pas assez forte pour écouter. Pour savoir.

Elle allait rester assise quelques minutes, le temps de se reprendre. Dès que ses jambes ne trembleraient plus, elle se lèverait et sortirait de cette pièce. De cette maison.

— Je crois qu'il a tué quelque chose en Christine ce jour-là, quelque chose qui avait survécu à ses coups. Mais qui n'avait pas pu survivre à ce genre de violence.

— Non !

Tory posa ses mains sur ses oreilles, et secoua la tête.

— Non ! non ! non !

— Elle ne supportait pas l'idée que tu découvres cela. Surtout, elle ne voulait pas qu'il tue l'innocence, l'âme qui étaient restées intactes au fond de toi.

Christine pensait que son âme était restée intacte ?

— Elle a d'abord essayé de le dénoncer, mais vous aviez déjà été tellement humiliées quand les responsables de la Protection de l'Enfance avaient refusé de croire qu'il vous battait… et il avait juré qu'il ferait croire que c'était elle qui l'avait séduit. Elle avait peur d'être envoyée dans un internat et de te laisser seule avec lui. Elle avait déjà subi des dégâts, et la seule chose qui comptait pour elle, c'était de te protéger, pour qu'il ne t'inflige pas les mêmes violences. Elle avait fait en sorte qu'il soit… satisfait, pour l'empêcher de se tourner vers toi. Elle ne t'a plus jamais laissée seule avec lui à la maison.

Les yeux agrandis par l'horreur, Tory regardait fixement son amie sans la voir. Oui, Christine se trouvait toujours à la maison en même temps qu'elle… mais n'était-ce pas normal ? quand elle allait à l'université, ses cours finissaient plus tôt que les siens, au lycée. Et elle n'avait jamais de rendez-vous parce qu'elle étudiait. Comment aurait-elle pu réussir son doctorat en étant si jeune si elle n'avait pas travaillé dur ? Comment aurait-elle pu gagner sa liberté ?

— Elle m'a dit que sa seule raison de vivre était de te protéger, de faire en sorte que tu aies une vie décente. Elle voulait te voir heureuse.

La tête enfouie entre ses bras, Tory objecta d'une voix presque méconnaissable :

— Elle avait un tas de raisons de vivre. Elle aimait son travail.

— Elle t'aimait. Et peut-être a-t-elle fini par me faire confiance, et avoir de l'amitié pour moi. A part cela, tout le reste n'était pour elle qu'un moyen d'arriver à ses fins.

Tory leva les yeux sur Phœbe.

— Non, ce n'est pas vrai ! Elle aurait pu rencontrer l'homme de sa vie, quelqu'un à qui elle aurait pu faire confiance.

— C'est difficile de faire confiance à un homme après avoir été battue et violée par celui qui vous a élevée.

Phœbe était bouleversée. Elle avait peut-être fait des études compliquées, et lu beaucoup de livres… elle avait sans doute accumulé suffisamment d'expérience auprès de ses patients pour être considérée comme une experte dans sa spécialité, mais il y avait des événements auxquels rien ne pouvait vous préparer.

Tory la regarda et continua obstinément.

— Si elle avait rencontré l'homme qu'il lui fallait, elle se serait installée avec lui, elle aurait créé une famille, elle aurait été heureuse. Christine était née pour être mère de famille. Regarde comme elle s'est bien occupée de moi.

Phœbe secoua la tête.

— Elle ne pouvait pas avoir d'enfants.

Tory resta sans voix. Le sang se retira de son visage, de ses mains. Elle était pétrifiée, comme une biche effrayée par les phares des voitures, attendant d'être encore frappée. Elle avait déjà connu cela, très souvent.

— Elle est tombée enceinte, et elle a été terrifiée à l'idée de ce que votre beau-père risquait de faire en le découvrant.

Phœbe avait de plus en plus de mal à parler. Chaque parole était une torture.

— Elle s'était rendue dans une clinique qui n'exigeait aucune signature.

— Oh !

Phœbe tressaillit, bouleversée par ce gémissement. Tory se mit à se balancer d'avant en arrière. La douleur était pourtant une vieille connaissance mais, apparemment, il était possible de souffrir encore plus. Elle ne voulait plus rien entendre. Mais Phœbe reprit :

— Christine m'a dit que le médecin avait été très compréhensif, mais après plusieurs jours de saignements, elle a compris que quelque chose ne tournait pas rond. Quand elle s'est décidée à demander de l'aide, c'était trop tard. Il a dû pratiquer une hystérectomie.

— J'étais où, pendant ce temps ? demanda Tory en relevant péniblement la tête.

Elle devait faire un mauvais rêve. Tout était flou autour d'elle, ses oreilles bourdonnaient comme une ruche.

— Si elle avait été opérée, je l'aurais su ! ajouta-t-elle avec la force du désespoir.

Tout cela devait être une erreur. Phœbe se trompait, elle lui parlait de quelqu'un d'autre.

— Tu te souviens quand elle s'est fait opérer de l'appendicite, soi-disant ? interrogea doucement Phœbe.

Mon Dieu ! Ainsi, c'était la vérité ? Il n'y avait pas un seul mot qui soit faux dans toute cette horrible histoire !

Tory ferma encore les yeux et sentit qu'elle s'effondrait. Tout son corps l'abandonnait. Elle était en train de tomber dans le vide.

Faisant un effort surhumain, elle réussit à se mettre debout et se dirigea en vacillant vers la salle de bains. Elle y arriva juste à temps pour vomir.

Christine, sa sœur adorée... elle avait vécu un enfer pour la protéger.

Dieu merci, Phœbe lui avait révélé l'histoire de Christine juste avant les vacances. Tory avait trois jours devant elle pour se ressaisir avant de retourner à l'université. Avant de faire comme si rien n'avait changé.

— D'autres personnes auraient pu survivre à ce que Christine a vécu, et trouver une forme de bonheur sur terre, lui avait dit Phœbe pendant le week-end. Mais Christine avait l'âme trop tendre...

Un autre fois, elle avait dit :

— Le seul but de Christine était de t'aider à être heureuse. Peut-être y est-elle arrivée, finalement.

Tory était loin d'en être sûre. Mais les paroles de Phœbe tournaient dans sa tête. Pendant toute la semaine, alors qu'elle essayait de conjurer l'épouvante provoquée par cette révélation, elle sentit que le terrible sentiment de culpabilité qui l'avait torturée chaque fois qu'elle respirait — respiration qu'elle avait l'impression d'avoir volée à Christine — lui laissait un peu de répit.

Elle leva des yeux embués de larmes vers le ciel.

— Es-tu plus heureuse maintenant, Chrissie ?

Phœbe le pensait.

Mais elle, elle n'avait pas de réponse.

13.

Le mardi qui suivit Thanksgiving, Ben regarda le campus d'un air étonné. Noël approchait, mais l'herbe, aussi verte qu'au printemps, était presque fluorescente. Aucun feuillage d'automne ne venait réchauffer les couleurs. Tout cela paraissait un peu bizarre. A Flagstaff et dans le nord de la Californie, où il avait passé la majeure partie de sa vie, il y avait quatre saisons bien distinctes.

Une grande enveloppe sous le bras, les deux mains dans les poches de son jean, il marchait d'un pas léger. Tournant vers l'immeuble qui abritait le bureau de son professeur de littérature, il leva les yeux vers la fenêtre. Christine était-elle là ? Comment allait-elle le recevoir ? Pendant toute la semaine, elle avait paru plus lointaine que d'habitude. Elle était peut-être débordée par les réunions de fin de semestre et toutes les paperasseries administratives.

Mais si elle s'était de nouveau entourée de murs invisibles… ceux qu'ils avaient réussi à faire tomber ce jour de Thanksgiving… Allons, il n'allait pas se laisser dissuader par cette pensée. Christine avait besoin d'un ami, cela crevait les yeux. Et ce qui n'était pas moins sûr, c'est qu'elle l'avait choisi pour remplir cette fonction. Pourquoi ? Il n'en avait aucune idée, mais le fait était évident, et cela seul comptait.

Et il avait encore une autre certitude : la présence de Christine lui rendait son propre fardeau plus facile à porter.

Si elle avait besoin d'espace de temps en temps, ce n'était pas un problème. Au contraire, il en avait besoin lui-même. Il poursuivait un seul but avant de songer à s'investir de nouveau sentimentalement, et de songer à la possibilité de se remarier.

Dieu merci, il était patient. Les années passées sous le même toit que Mary lui avaient fait comprendre que le plus important, dans une relation, c'était l'amitié. Ce sentiment, dans toute sa sincérité, existait entre Christine et lui. Il l'avait reconnu d'autant plus vite qu'il lui avait cruellement manqué pendant des années.

Un rai de lumière filtrait sous sa porte. Le cœur battant un peu trop vite à son goût, il frappa doucement.

— Entrez !

— Je ne vous dérange pas ?

Elle poussa une pile de documents et leva les yeux. Elle avait l'air fatiguée.

— Non.

Son sourire n'était pas vraiment détendu, mais pas aussi nerveux que quelques semaines plus tôt.

Ben posa sur son bureau l'enveloppe qu'il avait apportée.

— C'est arrivé hier.

Il recula et fourra ses mains dans ses poches.

Lui jetant un regard interrogateur, Christine ouvrit l'enveloppe, d'où elle sortit une feuille unique qu'elle se mit à lire.

Elle lui adressa un sourire rayonnant. Sincère, spontané. Jamais il ne l'avait vue sourire ainsi.

A cet instant précis, elle paraissait avoir vingt ans.

— Félicitations ! dit-elle en posant de nouveau les yeux sur la lettre.

— Je suis venu vous remercier. Si vous ne m'aviez pas encouragé, je n'aurais jamais pensé à leur proposer ce texte.

— Et maintenant vous allez être publié !

— Dans le numéro de décembre.

— Il est précisé que vous aurez dix exemplaires de la publication. J'espère que vous m'en dédicacerez un.

— Bien sûr !

Trop content de lui pour être embarrassé, Ben sourit.

— Vous êtes un professeur formidable, Christine.

Gêné, il baissa la tête. Christine allait croire qu'il passait la brosse à reluire. Mais il pensait vraiment ce qu'il venait de lui dire, et parfois, elle paraissait si peu sûre d'elle. En ce moment, par exemple… alors qu'il venait de la remercier.

Christine remit la lettre dans l'enveloppe, qu'elle lui tendit.

— Vous avez déjà obtenu un A, Sanders. La flatterie n'est pas nécessaire.

— Hé !

Il lui attrapa la main en prenant l'enveloppe et attendit qu'elle le regarde.

Elle se décida à lever les yeux. Il vit sa main trembler.

— Vous me connaissez mieux que cela, dit-il en essayant de retrouver la connivence qu'ils avaient partagée la semaine précédente.

Elle retira sa main. Il ne fit rien pour la retenir. Après tout, Christine était son professeur. Et ils se trouvaient dans son bureau.

Mais, heureusement, ce ne serait pas éternellement ainsi.

*
* *

Les deux dernières semaines du semestre furent très remplies pour Tory, avec la correction de centaines de copies d'examens. Pour une fois, la vie tournait à son avantage : ses journées surchargées ne lui laissaient guère le temps de se plonger dans une introspection. Et le soir, elle était épuisée et s'endormait dès qu'elle posait la tête sur l'oreiller.

Elle n'eut pas le temps non plus de se soucier de sa réaction envers Ben Sanders. Il continuait à l'accompagner à son bureau après les cours. Sa présence lui rappelait douloureusement qu'elle ne pourrait jamais avoir une vie normale, mais ces quelques minutes passées en sa compagnie étaient les moments les plus heureux de sa semaine. Non pas qu'elle l'eût admis devant quiconque. C'était à peine si elle le reconnaissait elle-même. Mais elle ne savait qu'une chose : ce serait une erreur qu'ils se rapprochent l'un de l'autre, ça ne les mènerait nulle part. Oui, il valait mieux s'en tenir à la relation distante mais amicale qu'ils entretenaient.

Ben lui donnait régulièrement des nouvelles d'Alex, qu'elle attendait toujours avec une grande impatience. Par bonheur, la fillette semblait connaître quelques jours de répit.

La veille des vacances de Noël, Tory ferma à double tour la porte du bureau de Christine avec une sensation de soulagement qu'elle n'avait jamais connue. Son premier semestre d'enseignement avait été une réussite complète, et lui avait permis de chasser ses angoisses. Mais cette impression agréable fut de courte durée. En descendant lentement la rue, son euphorie fit place à un accès de dépression. Accablée, elle secoua la tête. Elle s'était trompée. Elle n'avait pas chassé ses angoisses, elle les avait refoulées pour se consacrer entièrement à son travail. Maintenant qu'elle se retrouvait brutalement livrée à elle-même, après toutes ces semaines d'intense activité, elles revenaient avec une intensité accrue. Et les questions recommençaient à se presser impitoyablement dans sa tête.

Les vacances de Noël seraient vite passées. Et après, pourrait-elle recommencer un nouveau semestre de mensonges ? Mais avait-elle le choix ? Si elle ne le faisait pas, que se passerait-il ? Le pire serait à redouter.

Et la petite Alex… les vacances lui rapporteraient-elles sa dose de tourments quotidiens ? Dieu seul savait pourquoi, mais les abus semblaient toujours s'aggraver aux plus jolis moments de l'année. Si au moins les longues nuits blanches passées à envoyer des prières silencieuses à un Dieu en qui elle ne croyait plus pouvaient mettre un terme aux souffrances de la fillette ! Elle espérait de tout son être qu'elle allait bien.

Une autre pensée, bien plus obsédante, la hantait : Arriverait-elle jamais à débarrasser son esprit — et son cœur — de la vision obscène de son beau-père abusant de Christine ?

Elle devait éviter de penser au fait que Christine avait encore plus souffert qu'elle.

Mais comment allait-elle passer Noël sans sa sœur chérie ? Comment allait-elle continuer à vivre ?

Faisant un violent effort pour empêcher le désespoir de reprendre le pas, elle s'activa pendant les vacances, aidant Phœbe à installer le décor de Noël après s'être livrée à un grand nettoyage en vue des fêtes de fin d'année. Elle proposa aussi à Becca d'envelopper les cadeaux destinés aux familles nécessiteuses.

Becca travaillait à la municipalité de Shelter Valley mais, depuis la naissance de son bébé, elle avait pris un congé parental jusqu'au mois de janvier. Ce qui ne signifiait pas qu'elle se laissait vivre. Elle continuait à s'occuper de son association « Sauvons la Jeunesse » et de quelques autres, et elle avait lancé une campagne pour réunir des cadeaux de Noël, ce qui lui tenait particulièrement à cœur. En commençant à faire les paquets, Tory eut un petit sourire admiratif. Si le nombre de cadeaux qu'elle devait envelopper était un indice, les fonds levés par Becca prouvaient l'immense générosité des habitants de Shelter Valley.

Cette occupation était agréable... mais elle avait le défaut de lui laisser l'esprit libre. Elle essaya désespérément d'éloigner ses pensées de Ben. Mais c'était impossible. Maintenant que les cours étaient finis, le reverrait-elle jamais ? C'était peu probable. Et au fond, c'était beaucoup mieux ainsi. Elle n'avait rien à lui offrir, excepté des mensonges...

Mais il lui manquait terriblement. Non, c'étaient plutôt leurs conversations qui lui manquaient. Elle avait besoin d'être près de lui, même si elle devait laisser entre eux une distance aussi grande que la largeur du trottoir. Il la rendait d'une nervosité incroyable... et cependant... elle avait un mal fou à vivre sans le voir.

Le second vendredi de décembre, Tory chargea dans le coffre de sa Mustang les jouets et les vêtements qu'elle avait emballés dans du papier cadeau. Comme tout ne rentrait pas, elle remplit les sièges arrière et le siège du passager.

Elle écrivit un petit mot pour Phœbe, qui aidait Martha à installer un arbre de Noël, et qui devait probablement aussi lui remonter le moral, ce Noël étant le premier que Martha passait sans son mari. Il était parti avec une de ses étudiantes, au printemps. Il y avait eu pas mal de bavardages et de spéculations à la faculté. Même elle, qui ne se mêlait pas aux autres, en avait entendu parler.

Elle se mit en route pour le commissariat de police. Becca lui avait demandé d'y déposer les paquets, que les policiers livreraient aux familles inscrites sur sa liste.

Tory eut encore une pensée pleine d'admiration pour Becca. C'était surprenant, la quantité de travail que Becca abattait tout en restant chez elle à s'occuper de son bébé.

Avant de changer de voie, elle se tordit le cou pour glisser son regard vers la vitre arrière à travers l'amoncellement de cadeaux. Une Jeep Cherokee bleue entra dans son champ de vision. Tory sentit les battements de son cœur s'accélérer. Malgré la vitesse modeste qu'elle maintenait pour éviter de faire tomber les paquets, la Jeep ne la doublait pas.

Tory changea de voie. La Jeep la suivit. Elle ralentit encore un peu.

La Jeep fit de même.

Le cœur au bord des lèvres, Tory prit une profonde inspiration et tourna dans Main Street. Le commissariat de police était là, juste à gauche, au prochain carrefour.

— Allons, calme-toi ! dit-elle tout haut.

Il y avait un tas de gens à Shelter Valley qui roulaient lentement. D'une manière générale, le rythme de vie était plutôt lent dans cette ville. Tory respira encore à fond. Oui, les gens prenaient le temps de vivr, ici. Et c'était très bien. Au diable la crise de paranoïa !

En arrivant à l'intersection, elle résista à l'envie de regarder de nouveau derrière elle. Non, non, elle ne cèderait pas à la panique. Elle était capable de se maîtriser, et elle allait se le prouver une bonne fois pour toutes.

Elle ralentit après avoir indiqué qu'elle allait entrer sur le parking du commissariat, où elle n'eut aucun mal à trouver une place. Elle se concentra sur ses manœuvres. Voilà, c'était tout simple. Il s'agissait simplement de se garer, rien de plus…

Cependant… elle aperçut du coin de l'œil la Jeep bleue qui entrait sur le parking, dont elle fit le tour avant de passer près d'elle et de sortir.

S'il s'agissait des complices de Bruce, ils devenaient de plus en plus audacieux.

Paralysée de peur malgré ses beaux raisonnements, Tory resta bouclée dans sa voiture. Au bout d'une demi-heure, elle arriva à se convaincre que la Jeep ne reviendrait pas.

Appuyant son front contre le volant, elle ferma les yeux. C'était la troisième fois qu'elle croyait être suivie. Si cela continuait, elle serait obligée de quitter Shelter Valley. Elle connaissait trop les méthodes de Bruce.

Quand elle eut retrouvé son calme, elle alla déposer les cadeaux au commissariat. En remontant dans sa voiture, elle hésita. Allait-elle rentrer tout de suite chez Phœbe ? Elle n'avait pas envie de se retrouver seule, son amie ayant prévu de rentrer tard. Elle retourna dans Main Street et s'arrêta sur une place de stationnement libre devant le magasin Weber. De gigantesques boules de couleur et des Pères Noël rutilants étaient accrochés aux lampadaires des deux côtés de la rue. Elle les ignora. Les fêtes, ce n'était pas pour elle.

Elle descendit la rue en flânant, bien décidée à se changer les idées en faisant un peu de lèche-vitrine. Ses emplettes étaient terminées, et elle n'avait pas faim, il n'était donc pas question de dîner quelque part. Au bout de la rue, un des plus anciens bâtiments de Shelter Valley abritait la bibliothèque. Ne sachant plus où aller, elle se glissa à l'intérieur pour jeter un coup d'œil. Phœbe ne serait de retour chez elle que dans quelques heures. En attendant, elle aurait toujours la possibilité de se plonger dans un livre.

L'intérieur de la bibliothèque, qui datait de la fin du XIXe siècle, tenait les promesses annoncées par la façade de l'édifice. Le sol des salles spacieuses était recouvert de marbre. Les chaises et les grandes tables de bois paraissaient d'une solidité à toute épreuve. Les murs aux couleurs chaudes arboraient de belles photographies du désert. Malgré l'attrait de son atmosphère cossue, la bibliothèque était presque vide. Tory s'en réjouit, préférant ne rencontrer personne. Dieu merci, tout le monde était plongé dans le tourbillon d'activités qui précédait Noël. A part elle, qui avait le temps de lire en cette période ? Elle se faufila entre les hautes rangées de livres, trouvant dans la solitude et le calme une échappatoire bienvenue.

Elle chercha une étude critique de la littérature américaine, un ouvrage qui l'aiderait à préparer le semestre suivant.

Cinq minutes plus tard, elle s'installa sur un canapé dans une alcôve déserte au fond de la salle, et ouvrit *Autant en emporte le vent.* Ce n'était pas vraiment la lecture idéale pour préparer ses cours, mais c'était bel et bien américain...

Et ce roman convenait parfaitement à son état d'âme. Scarlett n'avait laissé aucun obstacle barrer sa route.

Mais ce choix n'avait rien à voir avec le fait que ce soit un roman. Elle n'aimait pas les romans, ou plutôt, elle n'y croyait pas. La magie entre un homme et une femme, c'était une idée criminelle qui ne faisait que plonger les jeunes filles dans la plus grande désillusion...

Complètement absorbée par sa lecture, elle tourna la page. Avec son tempérament ardent, Scarlett avait une confiance inébranlable en elle-même. Quant à Rhett...

— Ça ne vous dérange pas que je m'assoie près de vous ?

L'esprit plein du charme ravageur de Rhett Butler, Tory leva les yeux, vaguement consciente que quelqu'un s'asseyait près d'elle.

Elle sentit son cœur s'emballer. En réponse à Rhett, bien sûr. Il n'y avait pas d'autre raison...

— Non, je...

Sa voix s'évanouit et elle regarda Ben.

Ce n'était pas comme si son apparence avait changé pendant les deux semaines où elle ne l'avait pas vu. Non, il portait ses vêtements préférés, jean et chemise à manches courtes beige clair, et son inévitable sac à dos, un peu moins volumineux que d'habitude, était négligemment jeté sur son épaule. Mais pour une raison incompréhensible, la vue de Ben était particulièrement agréable. Noël était peut-être arrivé à Shelter Valley, mais pas l'hiver. On bénéficiait encore d'une température de trente-cinq degrés. Ben était détendu, bronzé…

— Vous avez l'air en forme, dit-il en approuvant du regard le pantalon et le T-shirt en coton de Tory.

— Merci.

Elle retourna à son livre. Il était impératif que Rhett l'emporte loin de Ben Sanders. Mais Rhett était introuvable.

— Vous passez de bonnes vacances ?

Tory hocha la tête et s'appuya sur l'accoudoir du canapé, le plus loin possible de Ben. A part un homme plus âgé assis à l'une des premières tables, ils étaient seuls dans la bibliothèque.

Faisant un effort pour parler d'une voix calme, elle interrogea :

— Avez-vous des nouvelles d'Alex ?

— Oui, indirectement.

— Qui s'occupe d'elle, pendant les vacances ?

— Elle est encore chez ses parents, j'en ai bien peur, mais je reste en contact avec les services de la Protection de l'Enfance. Pour l'instant, il n'y a rien de nouveau.

Tory soupira. C'était étonnant comme l'inquiétude s'était accumulée pendant tout ce temps où elle n'avait pas vu Ben. Elle n'avait eu aucun moyen de s'assurer que la petite Alex allait bien, qu'il n'y avait aucune raison de souffrir pour elle.

— Pourrez-vous lui parler, le jour de Noël ? demanda-t-elle nerveusement.

— J'en doute, malheureusement.

Tory secoua lentement la tête. Tous ces paquets qu'elle avait enveloppés, la semaine précédente, les poupées, les vêtements pour les petites filles, les jeux… Les parents d'Alex allaient-ils mettre des cadeaux au pied de l'arbre ?

— Avez-vous acheté quelque chose pour elle ?

— Oui. Je lui ai trouvé une version en peluche de Buddy.

Ben sourit brièvement.

— Je lui ai également acheté quelques vêtements, et des chocolats.

— Votre ex-épouse lui donnera bien vos cadeaux, vous en êtes sûr ?

— Sûr, répondit-il en lui jetant un rapide coup d'œil. Mais elle ne lui dira sans doute pas qu'ils viennent de moi.

Tory fronça les sourcils.

— De qui, alors ? Elle ne va tout de même pas les faire passer pour ses propres cadeaux ?

— Bien sûr que si…

Ben soupira. Et ce n'était pas le pire de ce que Mary était capable de faire…

— Mais cela m'est vraiment égal, reprit-il. Le principal, c'est qu'Alex les ait.

— Mais elle va croire que vous l'avez oubliée pour Noël !

Les sourcils de Ben étaient si rapprochés qu'ils se touchaient. Ignorant la réflexion de Tory, il continua :

— D'un autre côté, si elle croit que les cadeaux viennent d'eux, cela peut l'aider à s'adapter à sa nouvelle vie… Elle cessera peut-être de penser à moi et elle s'intéressera à son nouveau père.

— Je ne vois pas en quoi cela peut l'aider si elle croit que vous l'avez oubliée pour Noël, quel que soit le nombre de nouveaux pères qu'elle a ! objecta encore Tory, scandalisée.

— Je ne sais pas…

Tory n'en pouvait plus. Que pouvait-elle faire pour les aider ? Ben était pieds et poings liés. S'il appelait Alex, cela déplairait à ses parents, et il y avait de grandes chances pour qu'ils retournent leur colère contre elle…

Elle regarda Ben à la dérobée. Il avait l'air si triste. Ses pensées suivaient sans doute le même cours que les siennes.

— A part du shopping, qu'avez-vous fait de vos vacances ? interrogea-t-elle, espérant le distraire.

— J'ai emmené Buddy à des leçons d'obéissance chez le vétérinaire. Il n'a pas encore très bien compris qu'il est censé apprendre quelque chose… que ce n'est pas uniquement un lieu de rencontres…

Tory sourit.

— C'est votre ami Zack qui lui donne ses leçons ?

— Non.

Il secoua la tête, une ébauche de sourire au coin des lèvres. Fascinée, Tory ne put s'empêcher de trouver ces lèvres attirantes. Mais elle se ressaisit aussitôt. Voilà un mot qui n'avait aucune place dans sa vie !

— Zack a organisé les leçons. Mais s'il les donnait lui-même, les chiens n'apprendraient jamais à obéir. Il est bien trop doux. Avec lui, ils font tout ce qu'ils veulent.

Revoyant Zack en pensée, Ben se mit à rire doucement. C'était inimaginable qu'un gaillard comme lui se laisse mener par une meute de chiots.

— Buddy est un bon élève ?

Ben secoua la tête et lui raconta pendant dix minutes les épisodes de l'école canine. Tory ne put s'empêcher de rire en imaginant Buddy confortablement assis quand il aurait dû marcher au pied, et s'allongeant par terre au moment où on lui ordonnait de s'asseoir. Finalement, Ben conclut :

— Il faut lui laisser du temps. Il n'y a pas si longtemps qu'il fait partie de la famille Sanders. Nous reprendrons les leçons au printemps. Je suis sûr qu'il va s'y mettre.

— Je crois que vous êtes un peu fou ! dit Tory sur un ton mi-amusé, mi-étonné.

Elle regarda ses mains, se sentant de nouveau très nerveuse. Cette discussion prenait une tournure dangereuse. Il valait mieux qu'elle prenne fin.

Ben l'avait fait rire…

Elle se décida à fermer son livre et en observa longuement la couverture. Maintenant, Ben allait sûrement se lever et lui dire au revoir.

Elle sentit le coussin bouger à côté d'elle.

Ben allait-il lui souhaiter un joyeux Noël avant de s'en aller ? Le reverrait-elle jamais ?

Elle resta assise sans bouger, attendant qu'il se décide à partir.

C'était absurde. Il ne fallait pas qu'elle ait envie de le revoir.

Mais elle n'y pouvait rien. Elle en mourait d'envie.

14.

Le coussin avait bougé, mais Ben était toujours là. C'était effrayant. Qu'attendait-il ?

Tory jeta un rapide coup d'œil et sursauta. Ben avait allongé le bras sur le dossier du canapé. Il la touchait presque. Son livre lui glissa des mains et tomba par terre avec un claquement sonore.

Ben se précipita pour le ramasser et le lui tendit. Gênée mais incapable de se dominer, elle le regarda dans les yeux. Le livre formait un lien entre eux, ses mains posées sur une extrémité, celles de Ben sur l'autre.

— Vous n'êtes plus mon professeur, murmura-t-il, son regard intense la retenant captive.

Bien sûr, il avait raison… d'ailleurs, elle n'avait jamais été son professeur. Mais quelle importance ? Elle n'allait pas se mettre à rêver. C'était bien trop dangereux.

Cette situation était intenable. Ben était bien trop près d'elle. Il allait la toucher. Tory retint son souffle. La main de Ben était si près de son épaule… il suffisait d'un léger mouvement. Une fraction de seconde.

Prête à déguerpir à toutes jambes, épouvantée mais incapable de se lever, elle avait l'impression d'être prise au piège.

— Vous m'avez manqué, cette semaine, murmura Ben.

Les mots étaient doux, presque rassurants.

Le souffle court, Tory hocha légèrement la tête.

Comme hypnotisée, elle sentit son regard chercher le sien. Insensiblement, Ben approcha son visage et se pencha vers elle, si lentement qu'elle aurait eu le temps de s'échapper. Mais il aurait fallu qu'elle soit capable de briser ce charme puissant. Et que son cerveau ordonne à ses jambes de l'emporter loin d'ici.

— N'ayez pas peur.

Les mots étaient à peine audibles, mais elle les entendit.

C'était étrange, elle n'avait pas peur. Pourtant, le visage de Ben se rapprochait dangereusement.

Et brusquement, elle sentit la douceur de sa bouche sur la sienne. Seules leurs lèvres s'effleuraient. Tory restait assise, très calme, vaguement consciente de la situation effarante dans laquelle elle se trouvait. Effarante, mais tellement délicieuse.

Ben recula un peu, juste assez pour couper le contact. Puis il l'embrassa de nouveau, un peu plus ardemment, parcourant des lèvres sa bouche stupéfaite. Elle ne pouvait pas permettre cela. Elle détestait qu'on l'embrasse. C'était odieux, cette domination masculine inhérente à cet acte, cela faisait suffoquer.

— Si douces… murmura-t-il.

Il l'embrassa une troisième fois. Rien d'exigeant dans ce contact, mais un léger encouragement qui la troubla. Elle ferma les yeux.

Il l'embrassa encore, sans la toucher. Et sa bouche s'éloigna, trop vite. C'était triste. Elle avait un peu froid. L'instant d'après, il était de nouveau penché sur elle. Soulagée, elle répondit à son baiser. Ses lèvres bougeaient au même rythme que celles de Ben, s'ouvraient, le goûtaient.

La passion ne lui était pas totalement étrangère. Mais cela remontait si loin dans le passé, qu'elle avait l'impression de la découvrir. C'était étonnant, et grisant… elle oubliait qui elle était, où elle se trouvait. Elle avait conscience d'une seule chose : la sensation qu'elle éprouvait la possédait tout entière, et sa douce puissance était plus forte qu'elle.

Ben avait le goût d'un homme, mais cela ne ressemblait à aucun de ceux qu'elle avait connus. Alors qu'elle répondait à ses baisers, leur intensité changea ; ils devinrent plus fermes tout en restant d'une douceur inouïe.

Elle sentit sa propre langue voyager lentement le long de ses lèvres, avant de se glisser entre elles. En gémissant, elle la retira. Mais elle laissa Ben la retrouver. Prise de vertige, elle se laissa aller dans le tourbillon des sensations qu'il faisait naître en elle.

Ben passa un bras autour de ses épaules et l'attira doucement contre lui. Brusquement, elle éprouva une terreur qui lui coupa le souffle.

— Non ! hurla-t-elle en le repoussant violemment et en se levant d'un bond.

Elle n'allait pas se laisser piéger. Elle n'allait pas être dominée par sa force virile. Elle devait rester libre !

Libre.

Avec cette seule pensée en tête, Tory laissa tomber son livre et se précipita vers la sortie, sous le regard ébahi du bibliothécaire.

Si Ben essayait de la suivre, de l'attraper, elle se battrait. A coup de coude, à coups de genou bien placés s'il le fallait.

Elle remonta Main Street à toute allure. Dès qu'elle aperçut sa voiture, elle tira ses clés de sa poche. Elle ne pouvait pas regarder derrière elle, il ne fallait pas donner à Ben Sanders l'avantage de cette courte pause. Haletante, elle arriva enfin et ouvrit la portière. Elle s'engouffra à l'intérieur de la Mustang dont elle verrouilla les portières. Sauvée ! Elle avait réussi à lui échapper !

Elle jeta un coup d'œil hagard dans le rétroviseur. Ce n'était pas la peine de s'affoler... Ben ne l'avait pas suivie.

— Papa ?

En entendant la voix d'Alex, Ben s'immobilisa, la tête penchée vers le répondeur téléphonique.

— J'ai essayé de t'appeler plusieurs fois...

Elle n'avait qu'un filet de voix. Comment une gamine de sept ans pouvait-elle parler sur un ton aussi triste alors que c'étaient les vacances de Noël ?

— J'ai encore été battue sur le dos, papa. Tu m'as demandé de te le dire chaque fois, et je n'ai personne d'autre à qui le dire maintenant parce que je ne vais pas à l'école. Il n'y a personne à la maison pour le moment. Et maman ne va pas faire d'arbre de Noël. Au revoir, papa.

Elle était au bord des larmes, c'était évident. Ben sentit son cœur se déchirer.

— Bonjour, Ben ! C'est Becca Parsons...

Ben n'écouta pas son message, ni les suivants. Ils n'avaient aucune importance. Ce qui comptait, pour l'instant, c'était qu'Alex retrouve sa gaieté, le plus vite possible. Il ne savait pas très bien comment, mais il allait trouver le moyen de sauver sa petite fille.

Avec l'obstination d'un possédé, il composa plusieurs fois le numéro de l'infirmière de l'école. Quand la ligne fut libre, il attendit un temps fou avant d'entendre enfin une voix à l'autre bout du fil.

Après un rapide bonjour, il communiqua mot pour mot à l'infirmière le message qu'Alex venait de lui laisser.

— Naturellement, ce salaud se déchaîne sur elle pendant les vacances. Il se figure que personne ne va s'en rendre compte.

— Nous pouvons le coincer, dit l'infirmière d'une voix très déterminée.

— Mais comment ? Que pouvons-nous faire ?

— Rien pour le moment. Laissez-moi m'en occuper avec la Protection de l'Enfance.

— Vous ne pouvez pas me demander de rester assis à attendre, les bras croisés.

— Si, pour l'instant. Croyez-en mon expérience, monsieur Sanders, c'est la meilleure tactique à adopter. Il faut que vous restiez absolument calme, que vous soyez au-dessus de tout reproche. Vous ne devez pas interférer dans notre enquête. Soyez prêt, et attendez. Alex aura besoin de quelqu'un qui puisse l'accueillir si nous arrivons à la faire partir de chez elle.

Faisant les cent pas dans sa cuisine, Ben ne répondit pas. Elle avait encore des conseils à lui donner, sans doute.

Mais non. Elle se tut.

— Cela va durer combien de temps ? demanda-t-il.

— Je ne connais pas la réponse, monsieur Sanders. Je vais appeler les services de la Protection de l'Enfance dès que nous aurons terminé cette conversation. Ils iront chez Alex et ils la feront examiner par un médecin.

— Vous avez mon numéro de téléphone. Vous pouvez m'appeler à n'importe quelle heure du jour ou de la nuit pour me tenir au courant, je compte sur vous, dit Ben.

Il raccrocha. Noël était dans une semaine, et il avait la mort dans l'âme.

Buddy vint poser son museau dans sa main, exigeant son attention. Ben s'accroupit automatiquement pour le caresser, l'esprit ailleurs. Il ne pouvait pas faire semblant d'ignorer l'appel d'Alex. La fillette avait plus besoin que jamais de savoir qu'il l'aimait. Qu'il l'aimait désespérément.

Attrapant son téléphone portable, il composa le numéro de Mary en espérant qu'Alex répondrait, mais il coupa immédiatement la communication dès qu'elle s'établit. C'était la voix de son ex-épouse. Il aurait pu se faire passer pour un télé-vendeur, mais elle l'aurait reconnu tout de suite. Là au moins, elle ne saurait pas qui avait appelé, même en composant le numéro qui révélait le dernier appel. Il avait demandé à être sur la liste rouge en s'installant à Shelter Valley.

Buddy avait profité de son inattention pour dénouer les lacets de ses baskets. Ben ne put s'empêcher de sourire. Il se baissa pour les renouer.

— Toi, mon vieux, tu veux faire une balade ! Attends-moi devant la maison. Je veux d'abord essayer de joindre Alex.

Il allait essayer encore une fois. En priant pour que Mary ne réponde pas. Si elle répondait, elle allait finir par comprendre de qui venaient ces appels répétés, sans personne au bout du fil... Et dans ce cas, il allait passer pour un empêcheur de tourner en rond. Mary ne se priverait pas de dire aux responsables de la Protection de l'Enfance que son ex-mari la harcelait au téléphone, et ils finiraient par donner raison à Pete.

Le chien se mit à faire des bonds pour lui lécher le visage. Ben adopta le ton sans compromis qu'il avait appris à l'école d'éducation canine.

— Non, Buddy, pas de bisous !

Pas de baisers, Ben, pensa-t-il en se remémorant le jour précédant à la bibliothèque. Il n'avait pas du tout prévu d'embrasser Christine. Mais c'était si bon. Comme quelque chose d'inévitable. Et Christine avait répondu, cela ne faisait aucun doute. Sa réaction, quand elle s'était débattue, était d'autant plus incompréhensible. C'était tellement sidérant. Il n'avait rien pu faire d'autre que de la laisser partir.

Et il avait passé toute la nuit suivante à chercher une explication.

Ben regarda son chien. Buddy était assis, les yeux rivés sur lui, sa queue touffue balayant le sol.

— Tu crois que c'est parce qu'elle n'a aucun désir pour moi, mais tu te trompes, marmonna Ben en grattant le chiot derrière les oreilles.

La langue pendante, Buddy semblait boire ses paroles.

— Sa réaction était trop violente…

Christine gardait certainement des secrets terribles. S'il les connaissait, peut-être pourrait-il lui venir en aide. Il soupira. Il avait essayé de se faire croire qu'il pouvait s'éloigner d'elle et l'oublier. Mais Christine était devenue bien trop importante pour lui. Depuis la fin des cours, elle lui manquait terriblement. Et Dieu seul savait quand il allait la revoir.

De toute façon, après ce qui s'était passé à la bibliothèque, il n'avait plus aucune chance. Elle ne voudrait certainement plus jamais lui adresser la parole. Il s'était conduit comme une brute. Il avait tout gâché, juste au moment où il pensait qu'il avait enfin gagné sa confiance, et son amitié.

Et juste quand il avait le plus besoin d'elle, aussi. Il voulait lui parler d'Alex. Il voulait son avis, ses conseils.

Ben soupira en se prenant la tête entre les mains.

Ces deux jours avaient été une véritable calamité.

— Phœbe ? Est-ce que je peux te parler ?

— Bien sûr !

Phœbe posa son livre et tapota le lit à côté d'elle.

— Viens t'asseoir à côté de moi. J'ai l'impression que ta semaine s'est mal terminée ?

Tory s'assit de l'autre côté du lit, qui n'avait pas encore été défait. Elle secoua la tête. C'était samedi soir. Elle n'avait pas eu une seconde de répit depuis le moment où elle avait fui les avances de Ben, la veille. Elle avait fait de son mieux pour maîtriser ses émotions seule, pour se réfugier en elle-même, là où personne ne pouvait la déranger. Et elle avait essayé désespérément de rester calme pendant cette nuit blanche. Si elle n'avait pas tremblé encore au souvenir de sa rencontre avec la Jeep, elle aurait pris sa voiture et serait partie rouler sur les routes désertes de l'Arizona.

— J'espère que je ne t'ai pas empêchée de dormir, la nuit dernière ? dit-elle.

— Pas du tout. Mais tu n'as pas l'air bien.

— Je commence à m'attendrir…

— Et ce n'est pas bien ?

— Pas si je veux survivre.

— Tu as survécu pendant des années, Tory. Il est temps que tu commences à vivre, tu ne crois pas ?

Ne sachant que répondre, Tory examina le couvre-lit.

Elle n'était pas sûre de vouloir comprendre ce que Phœbe voulait dire… Découragée, elle secoua la tête.

Son amie se redressa contre son oreiller, étendit ses jambes devant elle et croisa les chevilles.

— Et pourquoi t'es-tu attendrie, comme tu dis ?

— Je ne sais pas, murmura Tory.

Elle aurait tellement aimé comprendre.

— A cause de toute cette gentillesse, je suppose. Les gens me parlent quand j'entre dans une boutique. Ils me connaissent, maintenant.

— Et ce n'est pas bien ?

— Non.

C'était bien ça le problème.

— C'est terrifiant.

— Pourquoi ?

Rencontrant le regard direct de Phœbe, Tory haussa les épaules. Elle hésita.

— Parce que ce n'est pas réel, finit-elle par répondre.

Elle parlait lentement, cherchant ses mots.

— Je ne suis pas réelle.

— Bien sûr que tu es réelle ! Tu es un être humain qui respire, qui éprouve des sentiments, comme n'importe quel autre.

— Tu sais très bien de quoi je parle.

— Oui. Mais ce n'est pas parce que tu as des problèmes, difficiles je te l'accorde, que tu n'es pas vivante et réelle comme tout le monde. Qui n'a pas de problèmes ?

Agacée, Tory haussa les épaules. Elle aurait aimé pouvoir accepter cette philosophie.

— C'est Christine que les gens connaissent, c'est elle qu'ils aiment. Ce n'est pas moi.

— C'est toi qu'ils connaissent. C'est seulement le travail qui était celui de Christine.

Mais c'était en grande partie à travers son travail que les autres la connaissaient. Ce travail lui valait leur respect. Et le respect de Ben.

— Les gens d'ici commencent à compter pour moi, dit-elle doucement. Becca, et tout ce qu'elle fait… j'étais heureuse de pouvoir contribuer à son action en l'aidant à envelopper tous ces cadeaux. J'aime beaucoup Martha, aussi. Et mes étudiants. Même M. Weber, avec son petit magasin biscornu. Et les gens que j'ai rencontrés au dîner, l'autre soir.

Phœbe se pencha en avant.

— C'est la meilleure nouvelle que tu pouvais m'annoncer. Ouvre les yeux, ma chérie, tu ne comprends donc pas ? Tu vas mieux. Tu ressens les choses normalement. C'est la magie de Shelter Valley qui commence à opérer.

— Et qu'est-ce que je deviendrai quand je serai obligée de fuir ? Comment ferai-je pour survivre en me retrouvant de nouveau seule ?

Toujours penchée vers son amie, Phœbe ramena ses jambes sous elle.

— Tu ne seras plus jamais obligée de fuir.

Tory frissonna.

— Je crois que Bruce me fait suivre.

L'expression de Phœbe se figea.

— Depuis quand ? Pourquoi ne m'en as-tu pas parlé ?

— Je n'en suis pas sûre à cent pour cent. Il n'est pas impossible que je sois complètement paranoïaque.

Phœbe hocha la tête et dit d'un ton dubitatif :

— Peut-être... Mais raconte-moi ce qui t'a fait croire cela.

Tory s'éclaircit la voix. Après un moment d'hésitation, elle se décida à lui raconter qu'à trois reprises, elle avait cru être suivie. La dernière fois, c'était le jour de la Jeep. S'était-elle fait des idées ?

Elle attendit que Phœbe la rassure, lui dise qu'elle était victime de son imagination. Que sa peur n'était qu'une réaction normale, instinctive, après toutes ces années passées à fuir Bruce et ses acolytes.

— Si ce sont les hommes de Bruce, ils doivent penser que tu es Christine, déclara Phœbe.

L'estomac de Tory se noua.

— Alors, tu crois qu'il est possible que je ne sois pas victime de mon imagination ?

— Peut-être, peut-être pas... Mais ce qui est sûr, c'est que nous n'allons pas sous-estimer la situation.

Elle regarda Tory d'un air grave.

— Souviens-toi, nous avions pensé que Bruce risquait de surveiller Christine encore quelque temps, après l'accident. Si c'est le cas, nous devons juste nous assurer que c'est bien elle qu'il croit faire suivre.

— Oui, mais comment faire ?

— Continuons comme si de rien n'était. Nous avons changé de vie toutes les deux, Tory, et le moins que l'on puisse dire, c'est que tu as merveilleusement réussi. Tout le monde ici te prend pour Christine Evans. Cela devrait convaincre ceux qui t'espionnent, parce que les gens voient ce qu'ils s'attendent à voir.

— Et si Bruce ne se contente plus d'envoyer des émissaires ? S'il débarque lui-même ici ? Que va-t-il se passer s'il découvre que c'est moi et pas Christine ?

Phœbe plongea son regard dans celui de Tory et le soutint un long moment. Puis elle finit par baisser les yeux et croisa ses mains devant elle. Elle ne répondit pas.

— Je n'aurai plus qu'à recommencer à fuir, pour survivre, reprit Tory d'une voix brisée.

Phœbe se redressa.

— Il ne te retrouvera pas ! Ses hommes vont lui faire un rapport dans lequel ils diront que Christine est professeur, comme elle l'était à Boston, et il pensera que c'est vrai.

Du moins était-ce le plan qu'elles avaient imaginé depuis le début.

— Tu as une nouvelle vie, Tory, continua Phœbe d'un ton pressant. Tu ne laisseras pas Bruce la gâcher !

Tory baissa la tête. Avait-elle vraiment une nouvelle vie ? Ou sa vie à Shelter Valley n'était-elle qu'un nouveau piège, comme celui dans lequel elle avait vécu pendant des années — parfois en sécurité, mais sans jamais être libre ?

15.

— Tu t'es fait des amis, ici, Tory. Les gens t'aiment vraiment.

Tory hocha la tête. Phœbe essayait inlassablement de la persuader, comme si elle devinait les doutes qui la tiraillaient.

Mais c'était effrayant d'y croire. Parce qu'elle en avait tellement besoin. Et parce qu'en y croyant, il serait encore plus difficile de partir.

— Qui se soucie de moi ?

— Becca et Will Parsons, pour commencer.

Phœbe étira ses jambes.

— Becca a laissé un message pour toi, hier soir. Tu es invitée à leur fête de Noël. Je te signale que parmi tous les gens que les Parsons connaissent à Shelter Valley, il n'y en a que quinze sur cette liste, et que tu en fais partie.

Tory se laissa envahir quelques brèves secondes par une sensation de chaleur. C'était si bon. Mais il ne fallait pas qu'elle se laisser aller, c'était trop dangereux. Rien n'était sûr, tout pouvait encore changer si elle devait fuir Bruce.

— Oui… eh bien, c'est parce que j'ai rencontré Becca et Will à un moment très difficile pour nous tous et que nous nous sommes bien entendus. Qui d'autre y aura-t-il à cette réception ?

— La famille de Becca, bien sûr. Tu connais déjà Sari. Elle a deux autres sœurs, Betty et Janice. Rose, leur mère, est une personne un peu spéciale. Elle vit dans un monde à elle. Elle adore les commérages, et pourtant elle sait à peine ce qui se passe autour d'elle, même dans la vie de ses propres filles. Tu verras, elle est très originale. Elle est toujours habillée de façon extravagante, avec des couleurs flamboyantes et des chapeaux complètement fous.

Tory sourit.

— Elle a l'air plutôt drôle.

— C'est le mot ! La famille de Will sera là aussi. Tu as peut-être déjà rencontré Randi. Elle dirige la section d'athlétisme féminin à l'université Montford. C'est la sœur cadette de Will.

Tory secoua la tête.

— Non, je ne la connais pas. Quel âge a-t-elle ?

— Trente ans.

— Quatre ans de plus que moi… Est-elle mariée ?

Phœbe fit un signe de tête négatif.

— Non. Et je ne l'imagine pas en épouse. C'est une fille très indépendante et très jolie. Elle a des cheveux blonds coupés court, et les mêmes grands yeux marron que Will. Elle a beaucoup d'humour, ses élèves l'adorent, et elle a plein d'amis.

— J'ai hâte de la rencontrer, dit Tory, songeuse.

Randi Parsons avait l'air vraiment intéressante. Pourquoi ne pas aller à cette soirée ? Si elle arrivait à être elle-même, elle passerait certainement un moment formidable.

— Il y aura Martha aussi, et probablement John Strickland, un ami de Will. C'est l'architecte qui a créé le nouvel édifice à l'université. Il a perdu sa femme il y a quelques années.

— Je l'ai déjà vu ? interrogea Tory.

Les nouveaux visages la rendaient toujours nerveuse. Les espions de Bruce étaient partout, ils pouvaient infiltrer toutes les situations.

— Non, il n'est pas de l'Arizona. Mais il est venu plusieurs fois depuis le printemps dernier. C'est le moment où il a commencé à travailler avec Will.

Depuis le printemps dernier... Tory poussa un soupir de soulagement. C'était avant que Christine n'envoie sa candidature à Montford. Donc, tout allait bien. Ce John Strickland n'était pas suspect.

— Becca a dit qu'elle avait invité Ben, car elle s'attend à ce que les Montford rentrent aux Etats-Unis.

Ben... Tory eut un coup au cœur. Elle avait fait de son mieux pour le chasser de ses pensées. Mais maintenant, elle devait bien admettre que c'était aussi la raison pour laquelle elle était venue dans la chambre de Phœbe, ce soir-là. Au fond, elle brûlait de lui en parler.

Sans prévenir, elle annonça en bafouillant :

— Il... il m'a embrassée !

— C'est vrai ?

Phœbe se mit à genoux sur le lit. Son sourire radieux s'évanouit quand elle demanda d'une voix hésitante :

— Et toi ? Comment as-tu réagi ?

Au lieu de répondre, Tory s'humecta les lèvres et avala sa salive. Allons, il fallait aller jusqu'au bout... elle prit une profonde inspiration.

— Je suis si confuse, je crois que je vais devenir folle ! finit-elle par dire en cherchant le regard de Phœbe.

— Parce que tu l'aimes bien ?

Elle haussa les épaules.

— Il me manque beaucoup, c'est tout ce que je sais.

Phœbe hocha la tête.

— Ce baiser, est-ce qu'il t'a plu ?

Tory ramena ses mains sur ses cuisses et se mit à les regarder sans les voir.

— D'abord, j'ai été choquée. Mais Ben s'est montré si gentil, si patient… avant de comprendre ce qui m'arrivait, j'ai commencé à lui répondre. J'aurais voulu que le temps s'arrête.

Elle fit une pause et leva les yeux vers son amie, perplexe.

— Pendant quelques secondes, j'ai réellement éprouvé un désir terrible pour lui.

Elle cligna des paupières et fit un violent effort pour refouler ses larmes.

— Que s'est-il passé ? demanda Phœbe.

— Il m'a entourée de ses bras, et c'est à ce moment-là que je me suis affolée.

Elle regarda Phœbe. Son amie hochait la tête. C'était rassurant. Elle ne paraissait ni choquée, ni dégoûtée, ni même décontenancée.

— Brusquement, j'ai eu l'impression d'être prise au piège. Je l'ai repoussé sans ménagement et je me suis enfuie à toutes jambes. Je ne me suis pas arrêtée avant de me retrouver dans ma voiture, en sécurité.

— Et lui, qu'a-t-il fait ?

— Je n'en sais rien. Je ne l'ai pas revu depuis.

— Quand cela s'est-il passé ?

— Hier après-midi.

— As-tu parlé de ton passé à Ben ?

Tory regarda fixement son amie.

— Bien sûr que non ! Nous ne pouvons pas en parler.

Elle eut soudain une pensée effrayante.

— Tu n'en as parlé à personne ? Parce que si tu l'as fait, Bruce va me retrouver. Je ne sais pas comment, mais il réussira.

— Détends-toi, dit Phœbe en posant une main réconfortante sur celle de Tory. Bien sûr que non, je n'ai rien dit. Je ne faisais pas allusion à Christine.

— Mais alors…

— Je me demandais simplement si tu lui avais parlé des coups que te donnaient ton beau-père et ton ex-mari. Sans donner de noms ni de détails.

Secouant la tête, Tory regarda au loin et ramena un genou sous son menton.

— Ne crois-tu pas que tu devrais lui en toucher deux mots ? demanda Phœbe.

— Non !

— Cet homme ne t'est pas indifférent, Tory.

Tory lui lança un regard noir, prête à nier cette affirmation. Mais son amie ne lui en laissa pas le temps.

— Et il est évident que tu ne lui es pas indifférente non plus.

Tory secoua la tête. Non, Phœbe se trompait ! Ben ne s'intéressait pas vraiment à elle. C'était impossible.

— Il a besoin d'en savoir suffisamment sur ton passé pour comprendre que lorsque tu réagis ainsi, ce n'est pas contre lui.

— A quoi cela servirait-il ?

Tory soupira. A quoi rimait cette conversation ? La vie qu'elle menait n'était pas la sienne. Elle ne pouvait pas envisager un avenir basé sur le mensonge.

Phœbe répondit d'un ton un peu aigre :

— A ce qu'il ne soit pas blessé, déjà.

Puis, plus doucement :

— Et parce que, s'il connaissait ton passé, il pourrait te soutenir, Tory. Cet homme peut t'aider à guérir. Il s'intéresse à toi. Et il t'attire. Ne laisse pas passer cette chance.

— Je crois que j'ai prouvé hier que j'étais incapable d'avoir une relation normale avec un homme.

Elle fit une pause. C'était une constatation désespérante, mais il valait mieux qu'elle soit lucide. C'était si difficile à supporter… En dépit du fait que les sentiments qu'elle éprouvait pour Ben ne pouvaient la mener nulle part, en dépit du fait qu'elle ne serait sans doute jamais libre de vivre comme tout le monde, d'avoir une relation normale, elle aurait aimé croire que, si jamais l'opportunité se présentait, elle en serait capable.

— Pas du tout, objecta Phœbe d'un ton persuasif. Cela prouve tout le contraire. Tu t'es trouvée en présence d'un homme pour lequel tu éprouves des sentiments. Un homme auquel tu fais confiance, avec lequel tu te sens en sécurité, et grâce à cela, tu as été capable d'éprouver du désir. C'est une des meilleures nouvelles que j'ai eues depuis longtemps.

— Mais pour le reste ?

— Cela viendra avec le temps, ma chérie, promit Phœbe. Avec de la compréhension et de la patience.

— Je ne sais pas…

— Ben devra peut-être s'adapter au début, apprendre à te toucher sans que tu aies l'impression d'être emprisonnée, mais si tu comptes pour lui, il sera heureux d'avoir l'occasion de faire l'impossible pour t'aider.

Tout cela semblait bien trop beau pour être vrai. Un tel homme existait-il vraiment ? Dans son monde à elle ?

— De toute façon, il ne veut certainement plus entendre parler de moi après ma réaction d'hier.

— Il mérite de savoir pourquoi tu as eu si peur. Pense à cela.

— Ce à quoi je pense, répliqua Tory d'un ton passionné, c'est que je n'ai pas le droit d'entamer une relation avec qui que ce soit tant que je ne peux pas dire qui je suis vraiment.

Tu crois que Ben s'intéresse à moi et... peut-être est-ce vrai, mais il ne connaît même pas mon vrai nom !

— Tory !

— Et je ne peux pas le lui dire, parce que si je le faisais, il est probable que je provoquerais notre mort à toutes les deux, et la sienne également !

Le lundi suivant, Ben n'y tint plus. Perdant patience, il se décida à agir. De deux choses l'une : soit il essayait d'obtenir de l'aide, soit il allait voir Alex. Qui savait ce qui pouvait lui arriver pendant qu'il attendait, bien à l'abri dans son petit appartement ?

Mais les paroles de l'infirmière lui revenaient constamment à la mémoire. « Il est indispensable que vous ayez un comportement exemplaire. »

— Alex, mon trésor, j'essaie vraiment... dit-il tout haut, réveillant Buddy de sa sieste matinale.

Il essayait. Mais cela ne fonctionnait pas.

Attrapant ses clés, il partit à grands pas vers sa camionnette. Très bien, Alex avait besoin qu'il ait un comportement irréprochable. Mais il ne pouvait pas y arriver tout seul. Il fallait qu'il voie Christine. Il n'était pas retourné chez elle, depuis le jour de Thanksgiving. Et elle lui manquait...

Un Père Noël en traîneau trônait dans la rue illuminée de guirlandes et d'arcs-en-ciel.

Ben gara son véhicule devant la maison de Phœbe et resta un long moment plongé dans ses réflexions. Avait-il raison de venir là ? Avait-il quoi que ce soit à espérer, après ce qui s'était passé le vendredi précédent ?

Il y avait vraiment des choses qu'il ne comprenait pas, chez Christine. Elle était parfois si étrange. Elle semblait abriter de terribles secrets. Mais c'était plus fort que lui.

Il éprouvait le besoin d'être près d'elle. Certaines choses, même si l'on n'en parlait pas, se comprenaient curieusement bien.

Il se décida à descendre de voiture et à sonner à sa porte. Les mains enfoncées dans les poches de son jean, il frissonna et rentra les épaules sous la fraîcheur du vent de décembre.

Il aurait dû mettre un pull par-dessus sa chemise.

Christine n'était pas chez elle.

Pourtant, n'avait-il pas aperçu sa voiture près du garage ? En réalité, il était probable qu'elle ne voulait pas répondre.

Désemparé, il allait faire demi-tour quand la porte s'ouvrit en grand. Christine apparut. En une fraction de seconde, tout ce qu'il avait envisagé de lui dire s'effaça de son esprit.

— Ben ?

Il esquissa un sourire, convaincu qu'elle allait lui claquer la porte au nez. Curieusement, elle ne paraissait même pas agacée de le voir, mais troublée, mal à l'aise.

Et superbe dans un pantalon de jogging et un sweat-shirt noirs.

— Puis-je entrer une minute ?

— Bien sûr.

Raide, maladroite, elle le laissa passer et referma la porte un peu brusquement.

— Phœbe est chez Becca, et…

Elle s'interrompit, comme si elle réalisait soudain la signification de ses paroles : ils se trouvaient seuls dans la maison.

Ben la suivit dans le salon. Il ne pouvait pas s'être trompé. Il venait de lire de l'inquiétude dans ses yeux. Il voulut la rassurer tout de suite.

— Je ne vais pas vous déranger longtemps.

— Non, vous pouvez rester.

Se perchant sur l'accoudoir d'un fauteuil proche du canapé où il venait de s'asseoir, Christine lui sourit timidement.

— Il a recommencé, avec Alex, annonça Ben sans préambule.

Il n'avait pas du tout eu l'intention d'en parler tout de suite, mais les mots avaient jailli malgré lui. Et maintenant, il se sentait bouillonner de rage.

— J'ai reçu un message d'elle samedi.

— Oh ! mon Dieu !

Le visage de Christine devint livide.

— Elle m'a dit qu'il l'avait encore battue sur le dos.

Ben déglutit péniblement, s'efforçant de garder le peu de calme qui lui restait.

— Ce salopard la frappe avec une ceinture.

Effondrée, Christine se laissa glisser par terre.

— Je suis tellement désolée, murmura-t-elle.

— J'ai immédiatement appelé l'infirmière de l'école. Ils ont pris la situation en main.

— Quand aurez-vous de ses nouvelles ?

— Dès qu'ils en sauront plus.

Elle le regarda en hochant la tête, ses grands yeux bleus assombris par la tristesse.

— Alex m'a dit que Mary ne voulait pas lui faire d'arbre de Noël. Cette gamine a sept ans et ils lui refusent un arbre de Noël !

Sa voix avait grimpé de quelques degrés. Il serra les mâchoires et se força à respirer. Il fallait rester calme. Cela ne servirait à rien de perdre son sang-froid.

Christine leva vers lui un regard malheureux.

— Je suis sûre que c'est le dernier de ses soucis, pour le moment. Un arbre de Noël, ce serait presque un sacrilège dans cette situation, un symbole de tout ce qu'elle n'a pas.

Ben l'observa attentivement, les paupières plissées.

— A vous entendre, on dirait vraiment que vous savez de quoi vous parlez.

Elle détourna les yeux.

— Je... je suis professeur. Je suis formée pour connaître ce genre de choses...

Oui, elle lui avait déjà tenu les mêmes propos, quelques semaines plus tôt. Ce jour-là, il s'était contenté de cette explication...

— Je suis admirative de voir que vous pouvez rester si calme, dit-elle, détournant ses pensées.

— Croyez-moi, ce n'est pas facile. En fait, c'est la raison pour laquelle je suis venu vous voir.

Les coudes appuyés sur ses genoux, les mains serrées l'une contre l'autre, il regarda fixement la moquette.

— Les services de la Protection de l'Enfance m'ont conseillé de faire le mort, de ne rien entreprendre qui risque de fragiliser ma position. De cette façon, ils pourront me confier Alex s'ils trouvent les preuves des violences qu'elle subit.

Christine hocha lentement la tête.

— Je comprends. Il est préférable que vous restiez en dehors de la situation. Si vous interveniez, ce serait plus facile pour votre ex-femme et son mari d'affirmer que c'est vous qui êtes à l'origine du problème.

— Exactement. Mais en attendant, je deviens fou. J'ai dû user la moquette de mon appartement à force d'arpenter le salon dans tous les sens.

— Je voudrais vous aider. Que puis-je faire ?

Elle parlait d'un ton plein de compassion. Mais il se sentait complètement perdu... Il haussa les épaules.

— Je l'ignore complètement. Je sais seulement que j'avais besoin de vous voir, de vous parler. Il n'y a que lorsque je suis près de vous que je me sens mieux, plus calme, plus maître de moi.

Christine avait les yeux embués de larmes. Elle regarda ses mains en disant :

— Pourquoi cela ?

— Je ne sais pas.

Il fit une pause. Et il finit par se lancer.

— Je… j'ai l'impression que vous éprouvez la même chose…

Elle resta longtemps silencieuse. Ben se frotta nerveusement les mains. Quel imbécile il était ! Il allait tout gâcher. Il aurait mieux fait de se taire… Découragé, il baissa la tête… et entendit la voix de Christine, à peine audible.

— C'est vrai. Parfois…

La tension qui le raidissait s'évanouit comme par magie. Il se sentait si léger, tout à coup, c'était presque vertigineux.

— Je suis étonnée que vous ayez toujours envie de… de me voir, après la façon dont j'ai agi vendredi dernier, murmura-t-elle.

Oui. Il valait mieux en parler. Et avec tout le temps qui s'étirait devant elle, pourquoi pas maintenant ?

— Je suis surpris moi aussi…

— Je suis vraiment désolée.

Elle gardait les yeux rivés sur la moquette.

— Je ne suis pas sûr que vous ayez la moindre raison d'être désolée, dit Ben sans cacher sa surprise.

Une femme n'agissait pas ainsi par choix. D'ailleurs, elle n'avait pas agi… elle avait réagi.

— Bien sûr que si ! affirma-t-elle avec conviction.

Elle leva les yeux sur lui.

— J'ai paniqué et je vous ai laissé en plan. C'était plutôt rude.

Il fit un petit signe de dénégation.

— Cela m'est complètement égal. Mais j'aimerais comprendre votre réaction.

Il soupira. Il avait l'impression pénible de connaître déjà la réponse. L'attitude de Christine envers lui et par rapport à la situation d'Alex ressemblait de plus en plus à un scénario auquel il refusait de croire.

— Je…

— Vous avez été dans la même situation qu'Alex ? demanda-t-il.

Il fallait absolument qu'il sache la vérité.

Les yeux toujours baissés, elle hocha la tête.

Ben sentit son estomac chavirer.

— Votre beau-père ?

Elle fit encore un signe affirmatif, exposant sa nuque fragile à sa vue.

Ben serra les mâchoires. Toute la colère qu'il contenait depuis des semaines faillit exploser. Il réussit difficilement à se contenir, mais laissa quand même échapper un juron. Comment des ordures pareilles pouvaient-elles exister ? se demanda-t-il en contemplant la fine silhouette de Christine, l'imaginant enfant, au même âge qu'Alex. Il ne comprenait pas, il ne comprendrait jamais. Comment pouvait-on s'en prendre à un enfant, un être sans défense ?

Il jura encore tout bas en voyant les larmes couler sur les joues de la jeune femme.

Il était furieux que ce salaud soit déjà mort. Il se serait fait une joie d'aller lui casser la figure.

Naturellement, ce genre de réflexion n'était pas d'un grand secours pour Christine. Cependant, quelque chose, peut-être, pouvait l'aider…

Il se laissa glisser du canapé sur la moquette, tout près d'elle en prenant garde de ne pas la toucher, ni même de l'effleurer.

— C'est ce qui explique votre réaction de vendredi, n'est-ce pas ?

Elle hocha la tête en reniflant.

— Je me suis sentie piégée…

Il lut un désespoir incommensurable dans ses yeux.

— Dès le début ? demanda-t-il, essayant de comprendre.

Il avait d'abord cru qu'elle était d'accord. Timidement, mais d'accord tout de même.

— Non. Je voulais…

Elle esquissa un sourire à travers ses larmes.

— Je voulais vraiment…

— Vous paraissez choquée.

Il sourit, prenant un air faussement décontracté. Ses paroles le touchaient profondément, mais ce n'était pas le moment de le lui montrer.

— C'est vrai, je suis sous le choc. Je n'avais pas éprouvé cela depuis si longtemps… depuis que j'avais dix-sept ans, en fait. Et encore, c'était loin d'être aussi… puissant.

— Moi aussi, j'avais envie de vous.

Le regard de Christine allait et venait, se fixait sur lui pour s'échapper aussitôt et revenir. Malgré tout, il aurait pu affirmer qu'elle était plus détendue.

— Que voulez-vous que je fasse pour que vous n'ayez plus le sentiment d'être prise au piège ? demanda-t-il doucement.

Les yeux bleus de Christine s'attachèrent aux siens.

— Je n'en ai aucune idée.

— A quel moment cette sensation a-t-elle commencé ?

— Quand vous m'avez enlacée.

Ben hocha la tête. Oui, bien sûr, tout s'expliquait, maintenant. Quel soulagement que Christine accepte enfin de lui révéler ces horribles secrets qui lui empoisonnaient la vie ! Malgré toute la charge d'angoisse qui lui pesait sur le cœur quand il pensait à Alex, il éprouvait une profonde reconnaissance de pouvoir enfin parler avec Christine.

Rompant le silence, il demanda doucement :

— Il vous battait ?

Christine hocha la tête.

Serrant les poings, il s'abstint de faire des commentaires. Cela ne servirait à rien de dire ce qu'il pensait de ce sale type. Il valait mieux rester calme, et se montrer patient. Très patient. Christine avait besoin de temps. Et d'espace. Il pouvait lui donner tout cela, tant qu'elle accepterait de se confier à lui.

Désirant par-dessus tout la réconforter, la rassurer, il choisit ses mots avec précaution.

— Nous prendrons le temps qu'il faudra. Jusqu'à ce que vous soyez tout à fait convaincue que vous pouvez me faire confiance.

— Vous êtes prêt à attendre ? demanda-t-elle, les larmes aux yeux.

— Bien sûr, n'en doutez pas.

— Pourquoi ?

— Parce que, je vous l'ai dit, quand je suis avec vous, je me sens mieux que je ne me suis jamais senti pendant ma vie entière. La première fois que nous nous sommes rencontrés, j'ai eu l'impression de retrouver une amie. Je suis prêt à être patient, parce que vous en valez la peine.

Christine secoua imperceptiblement la tête, luttant visiblement contre les larmes.

Il fit une pause pour lui laisser le temps de peser ses paroles. Et pour les peser lui-même. Où étaient passées ses bonnes résolutions ? Son envie de réussir avant de se permettre de penser à autre chose ?

Avant de se permettre de s'engager…

Il soupira silencieusement. Au fond, il avait toujours la même ambition, mais ce n'était plus un projet primordial. Plus maintenant…

— J'ai l'intention de demander la garde définitive d'Alex, dit-il, interrompant leurs réflexions.

Christine le regarda dans les yeux et murmura :

— Je vais prier pour que vous réussissiez.

— J'ai l'intention de faire autre chose, aussi, ajouta-t-il.

C'était le moment ou jamais d'oser. Ensuite, ce serait à elle de décider.

— Quoi donc ? s'enquit-elle, intriguée.

— Je ne vais pas tarder à vous demander en mariage.

— Oh !

Elle se leva vivement en se tordant les mains.

— Excusez-moi… Je… je dois partir.

— Christine !

Mais elle était déjà sortie du salon.

— Christine !

Ben la suivit dans le hall, la dépassa et lui fit face. Plongeant son regard brûlant dans ses yeux bleus, il sentit son cœur se serrer. C'étaient les yeux d'une biche aux abois.

— Je n'attends pas de réponse pour l'instant, murmura-t-il. Je veux juste que vous le sachiez : j'y pense, et j'aimerais que vous y réfléchissiez.

Elle avait les yeux rivés sur le sol. Posant un doigt léger sous son menton, Ben lui releva doucement le visage.

— C'est d'accord ? demanda-t-il en souriant tendrement.

Elle voulait fuir. Se cacher. Il le savait, il le sentait. Mais au lieu de cela, elle affronta son regard en hochant la tête.

Et il recommença à respirer.

Alors qu'elle jouait tranquillement, blottie dans un coin de sa chambre, Alex se mit à trembler. On venait de frapper à sa porte.

La dernière fois que quelqu'un était entré, c'était Pete et il l'avait battue. Trois jours après, ses bleus lui faisaient encore mal.

Elle ne dirait pas à Pete qu'elle l'aimait bien, ce serait un mensonge, et il la battait déjà parce qu'elle disait des mensonges… Mais il la battait même quand elle n'en disait pas. Elle voulait en parler à son papa. La dernière fois qu'elle l'avait appelé, il n'était pas là, et elle avait peur d'essayer souvent, parce qu'elle risquait de se faire attraper.

— Alex ?

C'était la voix de maman. Elle n'était pas comme d'habitude, elle était douce.

— Oui ?

— Pouvons-nous entrer, ma chérie ?

Alex grimpa sur son lit et serra son nounours contre elle. Elle avait mal au ventre tous les jours, maintenant. Il fallait aussi qu'elle parle de cela à son papa.

La porte s'ouvrit lentement et sa maman entra.

— Bonsoir, Alex.

— Bonsoir, maman.

Sa maman n'était pas seule. Il y avait l'infirmière de l'école avec elle. Alex sourit. Cette dame était très gentille. Elle venait peut-être lui dire ce que son papa — celui qui ne vivait plus avec elle, son vrai papa — voulait qu'elle fasse.

L'infirmière se tourna vers sa maman et dit :

— J'aimerais passer quelques minutes seule avec elle.

Alex regarda sa maman : elle fronçait les sourcils d'un air mécontent. La fillette retint son souffle. L'infirmière ne pourrait pas lui parler si sa maman restait dans la chambre.

— Je vous en prie, ce ne sera pas long, dit l'infirmière d'un ton ferme.

Finalement, sa maman hocha la tête et lui dit quelque chose. Pas avec des paroles, non, avec ses yeux. Alex comprit ce qu'elle voulait lui dire : il fallait qu'elle soit une gentille petite fille. Et elle finit par sortir de la chambre.

— Comment vas-tu ? s'enquit l'infirmière d'une voix douce.

Au lieu de répondre, Alex demanda :

— Avez-vous pu parler à mon papa ? Est-ce qu'il vous a dit ce que je dois faire ?

L'infirmière hocha la tête. Elle avait l'air triste. Est-ce que quelque chose n'allait pas ? Alex fit une petite grimace, son ventre recommençait à lui faire mal.

— Il m'a parlé du message téléphonique que tu lui as laissé samedi dernier. J'ai vu aussi d'autres personnes très importantes. Nous voulons tous t'aider, Alex. Mais d'abord, il faut que tu me racontes ce que tu as dit à ton papa.

Alex serra très fort son nounours contre elle. Elle ne voulait rien lui raconter du tout. Elle allait encore être battue. Et cela faisait très mal. La nuit précédente, dans le lit, quand elle s'était retournée et que le petit ours avait touché son dos, elle avait eu si mal qu'elle s'était mise à pleurer.

Et son papa lui disait toujours qu'elle était une grande fille, qu'elle ne devait pas pleurer.

— Ton papa veut que tu me le dises, continua l'infirmière.

Elle desserra un peu son étreinte. Elle pouvait croire ce que la dame lui disait, parce que son papa l'avait appelée quand elle n'avait pas pu le joindre, samedi.

Aussi vite qu'elle put, elle lui parla de l'homme qui vivait avec elle et sa maman ; sa maman n'était pas comme celles qu'on voyait à la télévision. Mais avant, ce n'était pas grave, parce que son papa était son meilleur ami. Mais depuis qu'elle avait un nouveau papa, il était parti… heureusement, il allait bientôt revenir vivre avec eux, dans sa maison.

L'infirmière lui caressa les cheveux.

— Veux-tu me montrer ton dos, ma chérie ?

Alex secoua la tête. Elle avait mal à son dos rien que d'y penser, et elle avait peur. Non, elle ne le montrerait pas. Elle allait juste attendre dans sa chambre, aussi longtemps qu'elle pourrait, jusqu'à ce qu'il lui fasse moins mal.

— Alex, il faut nous aider, ton papa et moi. Nous ne pourrons pas t'aider si tu ne me laisses pas voir ton dos.

— Pourquoi ?

— J'ai besoin de voir ce que Pete te fait, ma chérie. Cela s'appelle une preuve.

— Et ça sert à quoi, une preuve ?

— Cela te permettra de partir loin de lui pour qu'il ne puisse plus te frapper.

Alex l'examina gravement.

— C'est papa qui l'a dit ?

— Oui, ma chérie. Ton papa veut que tu me montres ton dos.

— D'accord, mais il ne faut pas le dire à Pete, dit-elle en se retournant. Quelquefois, ma chemise colle, et ça fait très mal quand je veux l'enlever.

Le dos tourné vers l'infirmière, Alex souleva d'une main le bord de son T-shirt, serrant Teddy contre elle de l'autre.

— Oh ! Seigneur ! murmura l'infirmière.

Elle respira très fort et fit doucement pivoter Alex en la tenant par les épaules.

— Ecoute-moi bien, ma chérie. J'ai un papier sur lequel il est écrit que je peux t'emmener avec moi. Est-ce que tu es d'accord ?

Serrant encore plus fort son nounours contre son cœur, Alex secoua la tête. Non, elle ne voulait aller nulle part. Son papa lui avait dit de rester dans sa chambre. C'est là qu'il allait venir la voir.

— Quand nous serons arrivés là où je vais t'emmener, nous appellerons ton papa, reprit l'infirmière. Il attend de nos nouvelles. Et il viendra te voir.

— C'est promis ?

— C'est promis.

— D'accord !

Alex sauta de son lit.

L'infirmière ouvrit un sac qu'elle avait apporté et laissé près de la porte. Alex ne l'avait pas encore vu.

— Prends quelques vêtements et tes jouets préférés. Tu vas passer quelques jours là-bas.

Alex se dépêcha d'obéir à la dame. C'était comme si elle partait en vacances, mais c'était mieux parce qu'elle allait revoir son papa. Quand elle eut mis quelques vêtements et quelques jouets dans le sac, elle prit résolument la main de l'infirmière et sortit de sa chambre.

16.

Le mardi après-midi suivant, Tory se rendit à Phœnix avec Phœbe et Martha pour acheter des vêtements. La fête de Noël organisée par Becca approchait.

— Ce tailleur devrait très bien t'aller, Christine, dit Martha en lui montrant un ensemble pantalon de soie noire.

Tory sourit. C'était ce qu'elle aurait choisi elle-même, si elle l'avait vu avant Martha. Phœbe avait raison. Elle commençait à avoir de véritables amies à Shelter Valley, des amies qui la connaissaient bien.

Un quart d'heure plus tard, elle quittait le rayon du prêt-à-porter, l'ensemble emballé dans un grand sac en papier. Elle se sentait pleine d'espoir. Si Martha était déjà capable de choisir des vêtements pour elle, était-il possible que Ben la connaisse aussi bien ? Elle, Tory, la femme enfermée dans la vie de sa sœur ?

Pendant que Martha choisissait un soutien-gorge sans bretelles et que Phœbe rendait un ensemble trop grand pour elle, elle s'éclipsa pour faire une dernière acquisition. Elle voulait acheter un livre relié. *Le Dernier des Mohicans.*

Elle n'était pas encore prête à croire au héros de James Fenimore Cooper, mais elle se sentait prête à faire confiance à l'homme qui y croyait.

Un homme auquel elle ne pouvait pas ne pas offrir un cadeau de Noël. Mais naturellement, cela n'avait aucune signification particulière. Cela ne devait en aucun cas en avoir une. Tant que Bruce risquait de la retrouver, sa vie à Shelter Valley ne vaudrait rien.

— Je vous en prie, écoutez-moi !

Le soir du même jour, Ben était assis à côté de Christine dans sa camionnette. Il venait de lui annoncer qu'il voulait lui parler d'un sujet important. Quelque chose qui ne pouvait pas attendre. Il avait laissé un message sur son répondeur, au milieu de l'après-midi, et avait attendu qu'elle le rappelle.

Ils avaient roulé au-delà de l'usine de confiture, jusque dans le désert où seuls les serpents et les coyotes, invisibles à cette heure-là, risquaient les déranger, au milieu des cactus qui projetaient des ombres étranges.

Christine, agrippée à la portière du passager, répondit du ton le plus détendu possible :

— Je vous écoute.

« Papa, je me tenais au mur. » Il entendait encore la voix d'Alex.

S'appuyant contre sa portière, Ben se tourna vers Christine. Il était aussi loin d'elle que le permettait l'habitacle de la camionnette.

— Détendez-vous. Je vous promets que j'ai seulement l'intention de vous parler.

— Je sais.

Elle lui adressa un sourire incertain.

Ben était confondu. Christine était si contradictoire ! Forte, capable de lutter contre les souvenirs les plus douloureux, et en même temps si vulnérable. Elle était assise là, dans son jean serré et son chemisier à manches longues qui soulignait la courbe de ses seins au point de lui faire battre le cœur plus vite, et en même temps, elle lui envoyait une multitude de signaux lui interdisant de la toucher.

Il leva ses deux mains.

— Vous pouvez les attacher au volant, si cela peut vous rassurer.

C'était une plaisanterie, rien de plus. Mais Christine avait un air terriblement sérieux quand elle le regarda.

— Croyez-vous que ce soit nécessaire ?

— J'espère que vous connaissez la réponse.

— Vous êtes peut-être en train de me prévenir que votre degré de réflexion est tombé brusquement très bas...

— Peut-être.

Dieu du ciel ! Si elle savait à quel point c'était possible. Ben fit un effort surhumain pour lui cacher son attirance.

— Mais ce n'est pas le cas, ajouta-t-il de sa voix la plus ferme.

— Alors, oublions l'idée de vous attacher au volant.

Il sourit. Il n'avait pas imaginé que leur conversation prendrait ce tour, ne s'étant pas permis d'avoir des espoirs aussi fous. Ce n'était que la veille qu'il lui avait promis d'être patient. Qu'elle pourrait prendre tout le temps qu'il lui faudrait.

— De quoi vouliez-vous me parler ? demanda-t-elle en se tournant vers lui pour planter son regard dans le sien.

Ben prit une profonde inspiration. Après tout, la réponse de Christine n'était pas d'une importance cruciale... du moins essayait-il de le croire. Il croisa ses doigts devant lui et lui lança un regard rassurant.

— Je veux vous épouser.

Tory resta figée, muette. Elle aurait dû parler, mais pour dire quoi ? Sa gorge était bloquée, ses poumons essayaient désespérément d'absorber un peu d'air.

Elle était consciente d'avoir les yeux rivés sur Ben. Mais c'était uniquement parce qu'elle ne pouvait pas bouger. Les yeux de Ben étaient si brillants, ils irradiaient une telle chaleur... Impossible de rester insensible. Pourtant, ce n'était pas faute d'essayer.

— Avant de me répondre, écoutez-moi ! s'empressa-t-il d'ajouter, comme si elle avait manifesté l'intention de parler.

Qu'avait-il encore à lui dire ?

Il voulait l'épouser. La veille, il lui avait dit qu'elle pouvait prendre tout le temps qu'elle voulait. Croyait-il qu'une seule journée avait été suffisante pour qu'elle y réfléchisse ?

Il voulait l'épouser... Cette idée était terrifiante. Elle avait déjà été mariée.

Mais le plus effarant, c'était que la partie d'elle-même qui avait résisté à ce mariage avait envie de dire oui.

— Au début, ce serait un mariage blanc. Aussi longtemps que vous le souhaiteriez.

Tory tressaillit. Attention, il la prenait pour une idiote !

— Je ne veux pas me marier avec un homme qui prend son plaisir ailleurs, répliqua-t-elle sèchement.

Bruce aussi l'avait emmenée sur cette route-là. Si elle se permettait de parler à un autre homme, il devenait fou furieux, mais elle n'était pas censée remarquer son attitude avec les autres femmes.

— Je ne ferai jamais cela, autant pour moi que pour vous. Je n'ai qu'une parole, quelle que soit la personne à qui je la donne.

Tory hocha imperceptiblement la tête. Oui, c'était sans doute vrai. Décroisant ses jambes, elle se détendit un peu.

— Si je dis cela, c'est parce que je souhaite que nous ayons des rapports physiques quand vous le désirerez autant que moi.

— Et si cela n'arrive jamais ?

— Laissez-moi tenter ma chance.

Elle ne put s'empêcher d'esquisser un sourire.

— Vous avez un sacré ego, mon ami, dit-elle en lui jetant un bref coup d'œil.

— Vous aviez vraiment envie de moi, ce fameux vendredi.

Il répéta les mots qu'elle avait prononcés elle-même :

— Jusqu'à ce que je vous enlace.

Il fit une pause, lui laissant l'opportunité de réfuter ses arguments. Mais il savait qu'elle ne le ferait pas.

— Donc, s'il le faut, nous ferons l'amour avec les bras dans le dos pendant le restant de nos jours !

Avant de pouvoir s'en empêcher, Tory se représenta la scène. Ben étendu sur un lit. Elle sur lui…

Les joues en feu, elle combattit le bref accès de désir qui s'était emparé d'elle. Elle ne devait pas oublier le plus important : ce que Ben venait de lui offrir aurait été valable pour une autre personne, dans une autre vie. C'était quelque chose qu'elle ne pourrait jamais avoir.

Elle n'était pas libre. Elle ne le serait jamais.

Elle ne savait pas grand-chose de l'amour, et elle n'était pas sûre de pouvoir se livrer une seconde fois à cette fantaisie. Mais elle savait une chose : l'amour n'existait pas sans la confiance. Et il ne pouvait pas y avoir de confiance sans honnêteté. Or, si elle lui révélait la vérité, ils pourraient bien se retrouver raides morts tous les deux.

— La Protection de l'Enfance a emmené Alex.

Ses paroles firent tomber la tension qui s'était installée entre eux. Christine se redressa, son regard se focalisant soudain sur Ben.

— Depuis quand ?

— Ils l'ont emmenée aujourd'hui. Ils voulaient envoyer une assistante sociale chez elle, mais l'infirmière savait qu'Alex ne ferait jamais confiance à une inconnue.

Ben semblait respirer avec difficulté. Se tournant vers lui, elle vit son visage grimacer sous l'effort qu'il fit pour se maîtriser en disant :

— Elle n'a eu qu'à regarder une seule fois le dos d'Alex pour se décider. Elle a dit que les formalités pouvaient attendre.

C'était donc plus que quelques coups superficiels, comprit Tory. Elle en avait la nausée. Elle se pencha en avant, soudain incapable de supporter le contact de la portière. Dans un brouillard provoqué par le souvenir de la douleur, elle sentit sa chemise irriter la peau tendre de son dos.

— Où est-elle, ce soir ?

— Ils la gardent une nuit à l'hôpital, ensuite…

Tory suffoquait, incapable de dissimuler son effroi. Souffrant mille morts pour Alex. La fillette devait avoir le dos horriblement abîmé, la peau arrachée — elle risquait une infection.

— Une fois ses blessures nettoyées, elle n'était pas obligée de rester. Le médecin lui a mis un bandage autour du torse et lui a prescrit des antibiotiques. Mais elle ne voulait pas repartir. Elle sanglotait. Il a pensé qu'il valait mieux qu'elle dorme à l'hôpital.

— Dans combien de temps sortira-t-elle ?

Tory avait besoin de déglutir. Mais sa gorge refusait de remplir ses fonctions.

Ben haussa les épaules.

— Peut-être demain.

— Pour aller où ?

Frissonnant malgré la chaleur, elle imagina des familles d'accueil. La petite fille serait effrayée ou, au mieux, déstabilisée avec des étrangers. Pour sa part, elle n'avait pas la moindre confiance dans ce système.

— Chez moi, j'espère.

Tory tourna la tête vers lui et le dévisagea. Un sourire radieux éclaira son visage.

— Vraiment ? Mais vous ne vivez pas dans le même Etat.

— J'ai des droits de visite. D'après l'infirmière, je vais déjà la garder pendant les vacances de Noël. Ensuite, qui sait ?

Tory réfléchit à toute vitesse, le visage tourné vers Ben, dont les yeux brillaient sous la pâle clarté de la lune.

— Quand vous m'avez dit que vous aviez envie de m'épouser…

Elle fit une pause. Ben hocha la tête pour l'encourager.

— Eh bien… je pense que vous me l'avez demandé parce que vous avez vraiment envie que je devienne votre femme. C'est bien cela ?

— Oui.

— Mais la question s'est vraiment posée aujourd'hui à cause d'Alex, n'est-ce pas ?

Brusquement, cette idée n'était plus aussi menaçante. Ben ne lui retirait pas son temps de réflexion. Tout cela n'avait rien à voir avec ses besoins à elle, ni avec les siens. Mais avec Alex.

Il hocha la tête.

— Rassurez-vous, je comprendrai si cela ne vous paraît pas envisageable… Je ne veux pas vous convaincre de faire quelque chose que vous regretteriez. Mais cet après-midi, pendant que je parlais aux responsables de la Protection de l'Enfance, cette idée m'a paru être... la bonne.

— Vous pensez qu'en étant marié, vous pourriez augmenter vos chances de garder Alex en permanence.

— J'en suis sûr.

Il passa une main dans ses cheveux bouclés.

— Si j'étais son père naturel, cela n'aurait pas tant d'importance, mais ils sont un peu gênés par le fait de confier une fillette de sept ans à un homme qui n'a aucun lien biologique avec elle.

— Mais c'est vous qui l'avez élevée ! Et pratiquement seul !

— C'est bien pour cela qu'ils me l'envoient pour les vacances et qu'ils envisagent la possibilité de me la laisser définitivement. Mais ils n'hésiteraient sans doute plus si j'étais marié.

Tory voulait l'aider, de tout son cœur. Et plus que tout, elle voulait aider la petite Alex. Soudain, l'horizon s'éclaircissait, elle avait une raison de vivre, elle pouvait apporter sa contribution à l'humanité. Qui mieux qu'une femme qui était passée par là pourrait aider la fillette à faire la longue et difficile marche vers la confiance, à oublier ses cauchemars, sa peur ? Seule une femme capable de souffrir pour elle, de se soucier d'elle, de pleurer avec elle avant même de l'avoir rencontrée pouvait lui apporter son soutien.

Et une femme qui se souciait plus du père de la petite fille qu'elle ne s'était jamais souciée de quiconque pendant sa vie entière, à l'exception de sa sœur disparue.

— Vous n'avez pas dit non, hasarda Ben.

Elle ne le disait toujours pas. C'était si bon d'imaginer la vie avec Ben et la petite Alex ! Mais ce n'était qu'un rêve. Elle ne pourrait jamais épouser cet homme ! Son bagage affectif mis à part, elle vivait un mensonge. Si elle acceptait, Ben épouserait une femme morte.

Ben posa sa tête contre la vitre.

— Etes-vous fâchée contre moi ?

— Non, murmura-t-elle d'une voix presque inaudible.

Non, elle n'était pas fâchée, du moins, pas de la façon qu'il croyait. Pas contre lui. Comment l'aurait-elle pu ? Si elle était fâchée, c'était contre le monde, contre la vie qu'on lui avait donnée, les choix qu'on lui avait interdits, il y avait si longtemps.

— Est-ce que vous réfléchissez à ma proposition ?

Elle essaya encore de dire non, mais cette fois-ci, le mot ne franchit pas ses lèvres.

Ben se redressa, posa ses mains sur le volant.

— Je voudrais seulement que vous sachiez une chose : je pensais sincèrement ce que je vous ai dit, Christine. Vous n'avez pas à vous inquiéter. L'acte de mariage ne changera rien entre nous, physiquement, tant que vous ne serez pas prête. En ce qui me concerne, votre lutte est la mienne. Nous la mènerons ensemble.

La gorge nouée, Tory refoula ses larmes. Jamais elle n'avait rencontré quelqu'un comme lui. Où prenait-il le courage d'être si généreux ?

Aurait-elle jamais autant de force, elle-même ?

Elle regarda les ombres qui s'étiraient dans le désert, de l'autre côté du pare-brise.

— Je vous en prie, dites quelque chose, supplia-t-il.

— Je ne sais pas quoi dire.

— Vous avez plusieurs options. L'une d'elles est : non.

Il lui donnait une deuxième chance. Mais elle ne le disait toujours pas.

— Oui en est une autre, ajouta-t-il.

Tory retint un gémissement. Le simple fait de penser à la possibilité de dire oui lui causait une douleur presque physique. L'envie était trop forte…

— Donc, je peux espérer que vous allez réfléchir ?

C'était mal, mais elle hocha la tête.

— Oui, murmura-t-elle.

Oui, bon sang, elle allait réfléchir, tout en sachant qu'elle n'aurait jamais le droit de l'épouser. Elle avait fait un tas de choses stupides dans sa vie, mais celle-ci dépasserait les bornes.

— Merci.

Elle sentit la chaleur de cette parole descendre tout le long de son corps. Et aussitôt, l'horrible réalité se fit jour en elle. C'était ignoble de faire espérer Ben. Il était temps de le détromper. Elle devait le faire immédiatement.

Mais avant qu'elle puisse prononcer un seul mot, une image s'imposa à son esprit. Une image vieille de quinze ans. Le visage furieux de son beau-père, écarlate sous l'effet de la boisson. Elle sentait encore les coups de ceinture sur son dos, et les draps coller à ses plaies quand elle se réveillait le lendemain matin.

Non, ce serait criminel pour Alex. Elle ne pouvait pas détromper Ben.

Maintenant que les cours étaient terminés et qu'il n'avait plus à étudier pour occuper son temps, Ben trouvait l'attente insoutenable. Il avait joué au tennis avec Zack, le mercredi matin à l'aube, mais, à l'heure du déjeuner, il ne tenait plus en place. Il sortit de chez lui. Il venait d'avoir des nouvelles du Service de Protection de l'Enfance californien. Alex allait rester en observation un jour de plus.

Le lendemain, il aurait le droit d'aller la chercher pour les vacances. Il serait prévenu dans la matinée.

Il nettoya les miettes du sandwich qu'il s'était préparé et qu'il avait donné au chien.

— Allons, viens, Buddy, on va courir un peu. Ça ne te fera pas de mal à toi non plus !

Il attrapa la laisse. Buddy se mit à sauter autour de lui, impatient de mettre ce projet à exécution.

Juste au moment de sortir, Ben se ravisa.

— Attends une minute, mon vieux, j'ai un coup de fil à passer.

Buddy prit un air lamentable et se mit à gémir. Ben composa le numéro de Christine. Le téléphone sonna dans le vide. Elle était peut-être en train de se promener ?

Après tout, elle était en vacances elle aussi.

Cruellement déçu, il posa le téléphone en soupirant. Ses promenades avec Christine étaient devenues une véritable drogue. Il aimait tant marcher avec elle.

Il secoua la tête. Non, en réalité, il se fichait pas mal qu'ils se promènent ou qu'ils ne se promènent pas. Ce qui comptait, c'était d'être avec elle. Sa présence était un réconfort, qu'il ne comprenait pas plus qu'il ne le remettait en question.

Une demi-heure plus tard, il se gara devant chez Phœbe et sonna à sa porte. Christine vint ouvrir, plus belle que jamais dans un jean moulant, un sweat-shirt crème et une veste de laine rouge. Ben résista péniblement à l'envie de la prendre dans ses bras. Heureusement qu'il ne s'était pas contenté d'essayer de la joindre par téléphone ! Elle était juste sortie faire une course au moment où il l'appelait.

Accompagnés d'un Buddy couinant d'excitation, ils descendirent dans le centre-ville et continuèrent vers le parc. Il était presque désert à cette époque, mais dès le début de l'été, il grouillait d'activité, surtout pendant la fête anniversaire de Shelter Valley, le 4 juillet, le même jour que la fête de l'Indépendance des Etats-Unis. Tory et Ben en avaient entendu parler et ils étaient aussi impatients l'un que l'autre de participer à ces festivités.

C'était là que, l'année précédente, la statue de son arrière-grand-père avait été inaugurée. Ben regrettait vraiment de ne pas y avoir assisté.

— Phœbe m'a dit que les Montford vont revenir, dit Tory.

Entraînés par le chiot, ils marchaient à grands pas, appréciant leur tranquillité.

Ben était tellement préoccupé par la situation d'Alex qu'il avait oublié que les Montford devaient rentrer chez eux. Ils n'étaient pas encore très réels dans son esprit, ces gens qui avaient le même sang que lui. Il avait trop l'habitude d'être seul.

— Je croyais qu'ils devaient arriver la semaine dernière, dit-il.

— Oui, mais il paraît qu'ils n'ont pas pu résister à un petit séjour en France, où ils ont des amis. Becca les a invités à sa fête de Noël, vendredi prochain.

Ben hocha la tête. Vendredi prochain. Autrement dit, dans une éternité. Tout ce qui devait avoir lieu après le lendemain matin, au moment où il aurait des nouvelles d'Alex, lui semblait bien trop loin dans le temps pour qu'il puisse y penser.

— Avez-vous l'intention d'y aller ? demanda Christine.

Il lui jeta un coup d'œil. Ses cheveux ébouriffés dansaient sur le bord de son col. Ben sentit ses doigts picoter. Il avait une envie folle de les caresser.

— Cela va dépendre d'Alex, répondit-il. Il est bien évident que je ne vais pas la laisser toute seule, et je ne connais aucune baby-sitter.

— Martha Moore a deux filles qui ont l'habitude de garder des enfants.

— Je verrai…

— Mais ce serait probablement une très mauvaise idée de laisser Alex avec une inconnue…

17.

Fatigué de courir, Buddy trottinait à côté d'eux, la langue pendante. Christine se mit à rire doucement.

— C'est vraiment le chien le plus vilain que j'aie jamais vu !

— Chut… vous allez lui faire de la peine !

Ben s'arrêta pour mieux la regarder. Détendue, elle paraissait heureuse. Et elle était belle à couper le souffle. Mais soudain, elle parut de nouveau sur ses gardes. Détournant les yeux, elle demanda :

— Croyez-vous qu'Alex va aimer Shelter Valley ?

— J'en suis sûr !

Il imagina Alex insouciante, riant et courant dans le parc. Mais l'inquiétude remplaça vite cette vision de rêve. Ne se réjouissait-il pas un peu vite ? Et si Alex n'obtenait jamais le droit de venir vivre avec lui ? Si Mary arrivait encore à convaincre les autorités de ne pas la lui laisser ? Qu'adviendrait-il de sa petite fille ?

— J'aimerais être sûr que je vais la voir. Je n'en peux plus. J'ai vraiment besoin de constater de mes propres yeux qu'elle va bien.

— Et vous voulez aussi qu'elle passe un joyeux Noël.

Christine se tenait près de lui, plus près qu'elle ne l'avait jamais fait.

Ben hocha la tête.

— Une petite fille de sept ans ne doit pas passer un Noël sans qu'on lui fasse un sapin. Est-ce que vous en avez un ? demanda-t-elle.

— Pas encore. Je ne crois pas être superstitieux... mais je préfère attendre qu'Alex soit là...

Tory sourit d'un air compréhensif.

— Vous avez des décorations ? s'enquit-elle.

Il n'y avait pas pensé.

— Non... je suppose que vous n'aurez pas le temps de m'aider à les choisir ?

— Si, avec plaisir !

Elle n'avait pas l'air particulièrement enthousiaste.

— Il faudra emmener Alex avec nous, continua-t-elle. Elle choisira elle-même l'arbre... Comme cela, elle se sentira plus chez elle.

— Merci...

Emu par cette attention, Ben enfouit son regard dans la douceur des grands yeux bleus de Christine.

— Vous avez raison. Elle comprendra que ce Noël est vraiment le sien, qu'elle fait partie de la maison, qu'elle n'est pas simplement en visite.

— Nous pourrions y aller samedi ? suggéra la jeune femme.

— D'accord ! Vivement samedi, donc !

Il avait beau se mettre en garde, ne pas trop compter sur la participation entière de Christine, la simple idée de se retrouver avec elle et Alex lui faisait bondir le cœur.

Buddy tira sur sa laisse.

— Alex va l'adorer, celui-là, dit Ben en riant. Je suis impatient de les voir tous les deux ensemble. Elle a toujours rêvé d'avoir un chien, mais c'était impossible quand elle était petite. Je n'avais pas le temps de m'occuper d'un animal. Et ce n'était pas Mary qui risquait de le faire !

— Vous l'aimez vraiment, murmura Christine, laissant paraître sa surprise.

— Bien sûr ! Ne soyez pas si étonnée.

Le connaissait-elle encore si mal pour ne pas considérer cela comme un fait acquis ?

— Excusez-moi, mais c'est tellement nouveau pour moi. Un homme s'occupant avec amour de son enfant. D'abord Will, et maintenant, vous.

Le cœur serré, Ben enfonça ses mains dans ses poches, faisant appel à toute sa volonté pour ne pas la prendre dans ses bras.

Il resta figé en voyant Christine approcher lentement son visage du sien. Ses lèvres hésitantes effleurèrent les siennes. Bien que ce contact fût loin d'être passionné, il se sentit submergé de bonheur. Christine l'embrassait de son plein gré, parce qu'elle en avait envie !

Buddy se mit à tourner autour d'eux en gémissant. Pour une fois, Ben lui sut gré d'être un peu trop envahissant. Le chien lui avait sauvé la mise. Sans lui, il aurait eu le plus grand mal à garder la tête froide... Il aurait encore traumatisé Christine, et cette fois-ci, il ne l'aurait sans doute jamais revue.

Tory et Phœbe se trouvaient dans la cuisine, dégustant une tasse de cappuccino avant d'aller se coucher.

— Je crois que je devrais l'épouser !

Avant que son amie ait eu le temps de dire un mot, elle poursuivit :

— Naturellement, comme tout ce qui m'arrive actuellement, ce ne sera pas réel, ni permanent.

Elle contempla silencieusement le nuage de crème qui flottait sur son café.

— Cela durera juste le temps nécessaire pour que Ben obtienne la garde d'Alex.

Sur ces mots, elle osa enfin jeter un coup d'œil à Phœbe. Médusée, son amie la regardait comme si elle ne l'avait jamais vue.

— Ben le sait-il ? interrogea-t-elle.

— Non, pas encore.

Tory reporta son attention sur sa tasse.

— Il ne sait même pas que je suis d'accord pour l'épouser.

— Je suppose qu'il te l'a demandé ?

Tory hocha la tête.

Appuyant ses coudes sur la table, Phœbe lança un regard interrogateur à Tory.

— Est-ce que tu l'aimes ?

Tory retint un « non » instinctif. Au lieu de répondre, elle dit :

— Donne-moi une définition de l'amour.

— C'est avoir envie d'abandonner son cœur à quelqu'un, et lui faire entièrement confiance.

— Confiance… répéta Tory tout bas.

Ce mot avait été si longtemps absent de son vocabulaire… mais depuis quelque temps, grâce à Phœbe et à Ben, elle commençait à retrouver sa signification.

— As-tu peur de te trouver seule avec lui ? demanda doucement Phœbe.

La réponse jaillit spontanément.

— Non !

— Si le fait de lui révéler la vérité au sujet de Christine ne mettait pas notre vie en danger, le ferais-tu ?

— Sans hésiter.

— Crois-tu qu'il pourrait te faire souffrir délibérément ?

Tory secoua la tête. Elle commençait à voir où Phœbe voulait en venir.

— Non.

— Crois-tu qu'il soit le même quand il est avec toi et quand il est loin de toi ?

— Je n'en doute pas.

— Crois-tu qu'il te dise la vérité ?

Avec une étrange fascination, Tory répondit :

— Oui.

Les sourcils relevés, Phœbe la regarda intensément.

— Je lui fais confiance, ajouta Tory.

Phœbe continua de l'observer, attendant la suite.

— Il a pris beaucoup d'importance pour moi, beaucoup trop…

Phœbe hocha la tête.

— Tu l'aimes, c'est évident.

Tory ne dit rien. Elle ne pouvait pas continuer sur cette pente. Il lui suffisait de savoir qu'elle faisait confiance à Ben. Faire confiance à un homme, c'était une expérience toute neuve, un événement absolument incroyable qui l'emplissait de gratitude.

— As-tu l'intention de lui dire que votre mariage sera temporaire ? s'enquit Phœbe.

Elle sirota son cappuccino, les yeux toujours rivés sur son amie.

— Je ne crois pas, répondit Tory. J'aurais peur qu'il ne veuille pas que je l'épouse. Et ce serait rudement égoïste de ma part de risquer de lui faire perdre la garde d'Alex en soulageant ma conscience.

— Je suppose que tu as raison, mais il n'y a pas que cela, n'est-ce pas ?

Tory lui envoya un sourire grimaçant.

— Tu es trop douée ! Tu perds ton temps dans l'enseignement. Tu aurais dû faire une carrière de détective privé.

— D'abord, j'adore enseigner. Ensuite, je ne t'écoute pas avec mon cerveau de psychologue, mais en tant qu'amie, avec mon cœur.

Tory sentit une chaleur rassurante l'envelopper. La chaleur de l'amitié, de la sécurité, de la compréhension. La certitude de ne pas être seule. Autant d'émotions qui seraient insupportables si elle devait se retrouver de nouveau seule.

— Alors, pourquoi ne veux-tu pas lui dire que ce mariage sera temporaire ?

Tory étala de la crème fraîche sur le bord de sa tasse.

— Parce qu'il voudra savoir pourquoi, et que je risque de le lui dire.

— Et je ne me trompe pas en pensant que c'est hors de question ?

Des années à fuir, à s'entraîner pour survivre en se cachant… Tory secoua la tête d'un air affecté.

— C'est déjà risqué que tu le saches toi-même.

Phœbe sourit.

— Je n'avais pas trop le choix, tu ne crois pas ?

— Oui, mais en ce qui concerne Ben… Imagine, s'il allait penser qu'il peut battre Bruce à son propre jeu ? D'un autre côté, s'il ne sait pas, comment pourrais-je lui demander de s'engager avec une femme qui n'est plus de ce monde ?

— Oui. Et s'il savait, il risquerait aussi de faire une gaffe, comme celle que j'ai failli faire l'autre jour, quand je t'ai vue assise à côté de lui devant la statue de Montford. J'étais tellement persuadée qu'il s'agissait de Bruce, et si perturbée en croyant qu'il t'avait retrouvée, que j'ai failli t'appeler Tory.

Tory haussa les épaules.

— Plus il y aura de personnes qui seront au courant, plus je courrai le risque que Bruce me retrouve. Et ceux qui seraient au courant seraient eux aussi en danger.

Buvant une gorgée de café, Phœbe lui fit un petit signe compréhensif.

— Il y a toujours l'espoir que Bruce abandonne, maintenant qu'il te croit morte. Qu'il trouve une autre femme...

— Ne crois pas que je n'y aie pas pensé, dit Tory. J'en rêve. Mais je ne peux pas compter là-dessus.

— Non, tu as raison.

Phœbe secoua la tête, ses cheveux roux vibrant dans le rayon de soleil.

— Mais si cela se produisait, tu n'aurais plus aucune raison de quitter Ben.

Tory contempla sa tasse. Elle ne voulait pas penser à cette éventualité. Elle ne pouvait pas se permettre d'espérer. Ni de s'inquiéter. Elle pouvait traverser cette épreuve, aider Ben et Alex, tant qu'elle resterait avec l'idée bien arrêtée que la situation n'était pas définitive. Si elle commençait à penser autrement, si elle recommençait à rêver, cela la tuerait.

Elle avait eu trop de rêves brisés dans sa vie. Elle ne pourrait pas survivre à d'autres déceptions de ce genre.

— J'aimerais tant que tu puisses au moins aller à la cérémonie sous ta véritable identité, dit Phœbe, les sourcils froncés.

— Si je le faisais, Bruce serait au courant dans l'heure qui suit.

— Je ne sais pas, Tory. Je n'aime pas ça.

Phœbe repoussa sa tasse de café, posa ses coudes sur la table.

— Moi non plus. Mais je ressens la souffrance de cette petite fille, Phœbe. Je la ressens physiquement, comme si je recevais les coups de ceinture moi-même. Je dois faire quelque chose, Phœbe !

— Et Ben ? Je suppose que s'il t'a demandée en mariage, c'est qu'il t'aime.

Tory détourna les yeux.

— Il ne me l'a pas dit.

— Mais toi, tu le crois ?

— Il ne me connaît pas.

— Tory, tu te rends bien compte…

— Tu m'as dit que la confiance faisait partie de l'amour, coupa Tory. Si je ne dis pas la vérité à Ben, il ne peut pas me faire confiance.

— Tu lui as dit la vérité sur tout, sauf sur l'aspect de ta vie dont tu n'es pas libre de parler.

— Oui, et ce n'est qu'un détail, plaisanta-t-elle avec un rire forcé.

Phœbe tendit la main à travers la table, et prit celle de son amie.

— Je ne vois pas comment tu peux arriver à faire cela sans en souffrir.

— Je sais.

Mais si elle arrachait Alex à l'enfer qu'était sa vie, si elle pouvait rendre Ben heureux en l'aidant à retrouver la petite fille qu'il adorait, si elle pouvait prétendre, même pendant une semaine, qu'elle était exactement la personne que Ben croyait avoir à côté de lui, alors, cela vaudrait la peine qu'elle souffre.

*
**

Le lendemain matin, Tory se leva à l'aube, après une nuit blanche. Cette idée de mariage avec Ben l'avait taraudée toute la nuit. Si elle acceptait cette proposition, il fallait qu'il le sache le plus vite possible.

Et elle allait l'accepter. Pour une fois dans sa vie, elle allait réunir toutes ses forces pour se rendre utile. Même si cela ne devait se produire qu'une fois, elle serait enfin à la hauteur de la personne qu'elle avait toujours rêvé d'être. Le genre de personne qu'elle admirait.

Elle portait le nom de Christine et elle était bien décidée à l'honorer. Elle allait faire passer les autres avant elle. Il ne restait plus qu'à prévenir Ben, et à le faire vite, avant qu'il ne reçoive l'appel des services de l'assistance sociale. Ils sauraient qu'Alex allait avoir une nouvelle maman, un respectable professeur d'université, dont l'influence sur l'enfant ne pourrait être que bénéfique.

Ben entendit la sonnerie alors qu'il était dans l'escalier. Il rentrait de sa petite course à pied avec Buddy. Il monta quatre à quatre les dernières marches et se jeta sur le téléphone, laissant le chien avec sa laisse.

— Sanders ! dit-il.

Il haletait, mais ce n'était pas l'escalier qui était en cause. Les Services de la Protection de l'Enfance avaient intérêt à lui donner de bonnes nouvelles…

— Ben ?

Christine ! Il ne s'attendait pas du tout à son appel. Il n'avait pas encore mis au point son plan pour rester en contact permanent avec la jeune femme.

— Bonjour, Christine. Quelle bonne surprise !

— Je voulais juste… le fait est que… je suis restée réveillée la plus grande partie de la nuit et…

— Vous n'êtes pas malade ?

— Non, non, je vais bien.

La réponse était venue trop vite. Ben sentit une crispation au creux de l'estomac.

— Je... enfin, je ne devrais probablement pas vous dire cela au téléphone, mais je voulais le faire le plus vite possible.

Il l'entendit souffler.

— Je voulais vous dire que...

Ben prit une profonde inspiration, essayant de chasser l'angoisse qui montait en lui.

— Que se passe-t-il ?

— Rien. En fait, je vous appelle pour vous dire oui. Je vais vous épouser.

Ben faillit lâcher le téléphone. Il s'assit par terre.

— Ben ? Vous êtes là ?

Elle eut un petit rire embarrassé. Ben finit par retrouver sa voix.

— Vous en êtes sûre ?

— Oui, je me suis décidée.

Ce qui n'était pas vraiment la même chose. Mais il ne croyait pas être assez noble pour en faire une question morale. Tout ce qu'il voulait, c'était que Christine accepte de se marier avec lui. Le temps, la patience et l'amour feraient le reste.

— Je... je n'ose pas y croire !

Il n'arrivait plus à se débarrasser du sourire stupide qui s'était installé sur son visage. Même quand Buddy décida de grimper sur lui et de lui lécher les joues.

— Ben, vous êtes là ? J'ai quelque chose à ajouter...

Elle ne parlait pas d'un ton joyeux. Elle semblait plutôt vouloir l'avertir de quelque chose, mais cela n'avait aucune importance. Pour l'instant, rien ne pouvait atténuer le sentiment de soulagement, de bonheur qui le rendait euphorique. Elle allait l'épouser. Il aurait toute la vie pour lui apprendre à être heureuse.

— J'y mets quelques conditions, reprit Christine.

Naturellement. Cela ne posait aucun problème. Allez-y, Christine, annoncez-les-moi. Tant que vous n'envisagez pas de me quitter. Tout le reste, je peux l'affronter.

Comme il ne disait toujours rien, elle continua :

— Il faut que vous compreniez qu'il y a un tas de choses dont je ne suis toujours pas très sûre.

Il voulut la rassurer tout de suite

— Ne vous inquiétez pas, Christine. Je pensais sincèrement ce que je vous ai dit. Je ne ferai pas pression sur vous, j'attendrai que vous soyez prête. J'attendrai le temps qu'il faudra.

— Croyez-moi si vous voulez, mais tout cela me paraît tout à fait acceptable, dit-elle en essayant de prendre un ton enjoué.

Son sang se mit à battre dans ses veines.

— Complètement ?

— Oui. En tout cas, je vous crois quand vous me dites que vous me laisserez du temps.

Ben soupira. Tout allait si vite. C'était inespéré. S'il avait gagné la confiance de Christine, il avait déjà fait un grand pas en avant.

— Merci, Christine.

— Vous m'avez donné un baiser joliment osé, dit-elle, reconnaissant à peine sa propre voix.

— Vous aussi, madame.

Il attendit, mais elle ne continua pas ce petit jeu. Revenant sur terre, il reprit :

— Alors, quelles sont vos conditions ?

— Je veux surtout que vous compreniez que, pour l'instant, je n'envisage ce mariage que pour aider Alex.

— C'est aussi pour elle que je vous ai fait cette demande prématurée.

— Oui, je comprends.

Ben repoussa Buddy, releva les genoux et y posa ses coudes.

Tout ce que Christine pouvait lui dire, il l'accepterait sans sourciller. Elle avait accepté de l'épouser !

— Je ne peux pas vous promettre que ce soit pour toujours, murmura-t-elle.

Ben laissa retomber lourdement ses jambes sur le carrelage froid.

— Ce n'est pas que je ne veuille pas… mais je suis parfois si bizarre, je ne sais jamais comment je vais réagir.

Ben hocha la tête. Oui, comme le jour où elle l'avait fui, à la bibliothèque. Cependant, cela ne signifiait pas qu'elle ne l'aimait pas. Ni qu'elle n'aimait pas qu'il l'embrasse. Elle avait tout simplement cédé à la peur.

D'accord. Le voyage serait long et sans doute difficile. Mais chaque épreuve vaudrait encore plus la peine d'être affrontée quand Christine serait sa femme.

— Est-ce que l'idée que notre mariage puisse être définitif vous plaît ? demanda-t-il, choisissant soigneusement ses mots. Il ne voulait pas la mettre au pied du mur, mais il devait savoir où était sa position.

— Hum, je… le fait est…

— Répondez juste à ma question, Christine.

— Oui.

— Alors, c'est suffisant pour moi.

— Il y a autre chose.

C'était bien l'impression qu'il avait.

— Je vous écoute, Christine.

— Ne me parlez pas d'amour, d'accord ? Pas tout de suite.

S'il le fallait…

— D'accord.

Il pouvait toujours exprimer son amour sans avoir recours à la parole.

— Alors, quand voulez-vous… je veux dire…

— Est-ce que vous aimeriez que la cérémonie soit courte ? Et intime ?

Christine répondit sans hésiter :

— Oh oui !

A coup sûr, elle était ravie de cette proposition. Ben fit une légère grimace. Ce n'était pas très flatteur que sa future épouse soit aussi contente de se marier dans l'ombre.

Sauf si sa future épouse était Christine. Craignant qu'elle ne change d'avis, il demanda :

— Bientôt ?

— Qu'entendez-vous par bientôt ?

— La semaine prochaine.

— Lundi, c'est Noël.

— Mardi ?

— Cela me paraît très bien… oui, c'est parfait.

— Croyez-vous que Phœbe accepterait d'être notre témoin ?

— J'en suis sûre.

— Voulez-vous que nous nous occupions ensemble des formalités ?

— Oui.

— J'attends le coup de téléphone au sujet d'Alex, et ensuite, j'espère que je pourrai aller la chercher en Californie. Je vous appellerai dès que je saurai exactement ce qui se passe, d'accord ?

— C'est parfait.

Christine paraissait aussi abasourdie que lui.
— D'accord. Et puis… Christine ?
— Oui ?
— Je suis heureux que vous acceptiez de m'épouser.
— Moi aussi, je suis heureuse.
C'étaient les plus belles paroles qu'il ait jamais entendues.

18.

— C'est obligé que j'aie une nouvelle maman, papa ?

Vêtue d'un jean décoloré et d'une chemise boutonnée jusqu'au cou, Alex était tranquillement assise par terre, caressant Buddy qui la contemplait avec adoration. Ses cheveux blonds coupés très court lui donnaient l'air d'un elfe.

Chaque fois qu'il la regardait, Ben sentait son cœur bondir de joie, en même temps qu'il éprouvait un intense soulagement… et une sorte de désespoir. Sa petite fille si vive, autrefois si heureuse, n'avait rien fait d'autre que de le suivre toute la matinée.

Ben soupira. Il croyait qu'elle allait lui donner le vertige avec tout ce qu'elle aurait envie de faire. Mais ils n'étaient pas encore sortis de l'appartement. Il était impatient de lui montrer Shelter Valley, mais rien n'était plus urgent que de la voir retrouver son sourire.

La veille, quand il avait enfin obtenu l'autorisation de la rejoindre, elle avait sangloté pendant une demi-heure. Alors que l'infirmière lui expliquait ce qu'il devait faire pour finir de soigner son dos, Alex s'était excusée sans arrêt, refusant de croire qu'elle n'avait rien fait de mal. Elle avait refusé aussi de le lâcher, même quand ils avaient quitté le bureau de la Protection de l'Enfance. Elle l'avait tenu par la main pendant qu'il conduisait, jusqu'à ce que la fatigue triomphe et qu'elle s'endorme. Dès qu'ils étaient arrivés chez lui, elle s'était réveillée quelques secondes, le temps de le supplier de la laisser dormir dans son lit. Pour cette première nuit seulement, il avait accepté, persuadé qu'elle retrouverait son tempérament insouciant et joyeux dès qu'elle se rendrait compte, en se réveillant, qu'il était toujours auprès d'elle. Espérant aussi qu'elle serait prête à conquérir le monde, ou du moins, dans un premier temps, sa nouvelle chambre.

Maintenant, il sentait son cœur flancher. Avec un air horriblement triste, Alex ne le quittait pas des yeux. Ben soupira silencieusement. Retrouverait-il jamais la petite fille vif-argent qu'il avait connue ? Il s'assit près d'elle sur le carrelage de la cuisine.

— Pourquoi ne veux-tu pas une nouvelle maman, ma chérie ? demanda-t-il doucement.

Il devait passer prendre Christine dans un peu moins d'une heure. Ils avaient décidé d'un commun accord de décliner l'invitation des Parsons et d'aller acheter un sapin avec Alex. Ben avait aussi repoussé à la semaine suivante la rencontre prévue avec son oncle et sa tante.

Alex ne répondit pas tout de suite. Les yeux rivés sur Buddy, elle finit par murmurer :

— Parce que…

— Parce que quoi, mon ange ? Je suis sûr que tu vas aimer Christine. Elle est très gentille, et très belle. Tu verras, c'est la femme la plus adorable que nous puissions rencontrer. Elle est professeur à mon école.

— Les professeurs sont méchants.

— Pas tous. Souviens-toi, tu aimais bien Mme Dimple.

Avec son sens inné de la justice, Alex fit un petit signe de tête affirmatif.

— Alors, tu veux bien donner une chance à Christine ?

Alex marmonna quelques paroles incompréhensibles. Il ne comprit que les trois derniers mots :

— ... juste comme maman.

— Pardon ? Tu veux bien répéter en articulant ? demanda-t-il en passant un doigt sur la joue de la fillette.

Il n'y avait pas si longtemps, quand elle avait un gros chagrin, elle se précipitait dans ses bras, et lui demandait de la serrer très fort contre lui.

— Maman aussi, elle me disait que je devais laisser sa chance à mon nouveau papa, et que je l'aimerais. Mais il était... il était...

Le petit visage d'Alex se tordit sous l'effort qu'elle fit pour ne pas pleurer.

— Je sais, je sais. Calme-toi, ma chérie.

— Maintenant, je ne suis plus avec lui, et toi tu dis comme maman...

C'était d'une logique imparable. Celle d'une gamine de sept ans. C'était triste, mais cela se tenait.

Il lui releva tendrement le menton du bout des doigts et la regarda dans les yeux.

— Al, est-ce qu'il m'est arrivé de te mentir ?

Son menton toujours entre les doigts de Ben, elle secoua la tête.

— Je te promets que si tu n'aimes pas Christine, je ne me marierai pas avec elle, d'accord ?

C'était une promesse horrible, qui lui faisait chavirer le cœur. Mais Alex aimerait Christine. Il ne pouvait pas imaginer les choses différemment.

— Je ne l'aime pas...

— Tu ne l'as pas encore vue, mon trésor. Le marché n'est valable que si tu ne l'aimes pas quand tu la connaîtras. Et encore, il faudra que tu essaies de l'aimer. Est-ce que tu voudras bien faire cela pour moi ?

— Tu me promets qu'elle ne sera pas ma nouvelle maman si je dis non ?

— Je te le promets, pourvu que tu essaies vraiment de l'aimer.

— D'accord.

Elle laissa retomber sa tête.

— J'ai un secret à te dire au sujet de Christine, trésor.

Il pria intérieurement pour que Christine lui pardonne cette petite trahison.

— Quoi ?

Elle ne releva pas les yeux. Sa petite main caressait Buddy au même endroit depuis dix minutes.

Comme s'il comprenait que l'heure était grave, Buddy restait parfaitement immobile, sans la quitter des yeux. Accroupi devant elle, Ben prit son autre main dans les siennes. Il hésitait encore. Ce n'était peut-être pas une très bonne idée de lui raconter cela... Mais il avait toujours parlé à Alex comme à une adulte, et elle avait toujours été rassurée par sa franchise. Il se décida.

— Quand Christine était une petite fille, un peu plus jeune que toi, elle a eu un nouveau papa, elle aussi. Sa maman s'était remariée...

Alex continua de regarder fixement Buddy en caressant toujours le même centimètre carré de fourrure.

— Lui non plus n'était pas un gentil papa.

Il fit une pause. Alex ne bougeait pas. Il devait aller jusqu'au bout, une petite voix lui disait que c'était mieux ainsi.

— Elle sait ce que c'est que de se tenir au mur, et d'être battue.

Les petits doigts cessèrent de caresser Buddy. Le chien leva la tête pour voir quelle en était la raison, puis il la posa de nouveau sur ses pattes.

— Christine veut t'aider.

— Est-ce qu'elle pleurait, comme moi ? demanda Alex d'une toute petite voix.

Le cœur serré, Ben répondit simplement :

— Oui.

Quelques larmes tombèrent silencieusement sur le dos de Buddy. Le chien ne protesta pas.

— Quand je lui ai dit que tu étais battue alors que tu n'avais rien fait de mal, elle a recommencé à pleurer.

Sans le regarder, Alex se glissa sur ses genoux et passa ses bras autour de son cou. Elle enfouit son visage contre sa poitrine et se mit à sangloter.

Ils étaient un peu en retard pour aller chercher Christine. Quand Ben l'appela, elle lui proposa de les laisser aller tous les deux choisir l'arbre de Noël. Alex serait certainement plus contente de passer encore une soirée toute seule avec lui. Le cœur gros à l'idée de ne pas la voir avant le lendemain, Ben ouvrit la bouche pour accepter, mais il se ravisa.

Christine était bien plus capable que lui d'aider Alex à guérir. Elle savait exactement ce que la fillette avait vécu. Elle comprenait.

Quelques minutes plus tard, il se garait devant chez elle. Alex préféra les attendre dans la camionnette. Ben se pencha vers elle pour lui rappeler sa promesse, mais il y renonça. Inutile d'insister, la pauvre gosse avait eu sa dose pour la journée. Il courut sonner chez Phœbe.

En voyant Christine, Alex resta silencieuse. La jeune femme n'étant pas très bavarde non plus, Ben essaya de lancer la conversation, tout en jetant des coups d'œil désolés dans le rétroviseur : l'accueil d'Alex n'était pas des plus chaleureux. Christine lui répondit par un regard compréhensif : il n'avait aucune raison de s'excuser.

Il lui adressa un sourire. Elle en savait plus que lui sur ce qui se passait dans la tête de la fillette. Renonçant à parler, il conduisit en silence, laissant sa fille et Christine faire comme elles l'entendaient.

Dix minutes plus tard, et sans qu'un seul mot eût été prononcé, Alex glissa sa petite main dans celle de Christine.

Ils achetèrent un sapin assez bizarre, un peu tordu et dénudé. Alex le choisit elle-même, disant qu'il fallait le prendre parce que personne d'autre ne l'aimait. Ils ajoutèrent des boules de toutes les couleurs et des petites guirlandes d'ampoules électriques. Ben déposa le tout dans le coffre de sa camionnette, et ils retournèrent à la maison.

Après avoir bu un jus de fruits glacé, ils décorèrent l'arbre en écoutant des chants de Noël. Ben se sentait léger comme cela ne lui était pas arrivé depuis des mois. Il avait fait le bon choix, il en aurait mis sa main au feu. Toute sa vie, les filles l'avaient choisi pour pleurer sur son épaule. Il avait passé son temps à voler au secours des autres, ce qui avait préparé cette nouvelle vie, avec ces deux femmes qui avaient besoin de lui. Et dont il avait besoin.

Ils formeraient une famille, tous les trois.

Tory crut à la magie pendant cinq jours entiers. D'abord pendant le grand week-end occupé à faire des projets pour leur mariage, à choisir pour Alex des draps, des livres, des coloriages et des puzzles. Et pendant la journée de Noël où ils se retrouvèrent tous les trois autour du sapin. Ben fut enchanté du livre qu'elle lui offrit — *Le Dernier des Mohicans*— et la signification qui se cachait derrière ce cadeau ne lui échappa pas. Quant à Alex, elle se jeta dans ses bras après avoir découvert la poupée qu'il avait déposée au pied de l'arbre. La magie continua pendant tout le mardi matin, à la mairie de Shelter Valley où, avec Phœbe et Zack pour témoins, elle se maria avec Ben. Pendant ces cinq jours, elle vécut un véritable conte de fées.

Ben l'embrassa tendrement à la fin de la courte cérémonie. Se demandant si elle ne faisait pas simplement un rêve, Tory lui adressa un sourire incrédule. Elle aurait tant aimé croire que cela durerait toute sa vie. Et elle souhaitait ressentir le plus souvent possible le feu délicieux que Ben faisait courir dans ses veines.

Le mardi après-midi, quand ils furent rentrés chez eux, Ben sortit de sa camionnette les affaires de Christine qu'il était allé chercher chez Phœbe. Pendant ce temps, Tory fit le tour de l'appartement. Le cœur battant, elle examina les deux lits : un petit dans la chambre d'Alex, et un lit gigantesque dans celle de Ben. Elle revint d'un pas nerveux dans le salon, lorgna le canapé. Ben pourrait dormir là... Ou elle. Mais non, Alex avait trop besoin de se sentir en sécurité. Comment lui expliquer que son papa et sa nouvelle maman toute neuve ne voulaient pas dormir dans le même lit, comme le faisaient tous les papas et les mamans qui s'aimaient ?

Oui, mais... comment allait-elle pouvoir se coucher dans le lit de son mari ? Dieu sait qu'elle le voulait vraiment, sincèrement, mais elle n'était pas prête. Le simple fait d'y penser lui donnait des sueurs froides.

Elle jeta un coup d'œil à Alex. Epuisée par le week-end, et surtout par les derniers mois qu'elle avait vécus, la fillette était lovée au milieu de son lit, son ours en peluche serré contre elle. Elle dormait à poings fermés. En la voyant, Tory comprit qu'elle n'aurait plus qu'à trouver le courage d'aller dans la chambre de Ben, le soir, de refermer la porte et de rester avec lui.

Elle n'avait jamais été très forte pour rester où que ce soit...

Revenant dans la chambre, elle pensa à la nuit qui l'attendait, imaginant Ben ici même avec elle, la porte fermée. Elle se mit à trembler.

Et pourtant... curieusement, ce n'était pas seulement l'angoisse qui la faisait trembler. Ben était très attirant. Et très prévenant. Ses baisers provoquaient en elle des sensations qu'elle n'avait jamais éprouvées, lui faisant tout oublier. Comment réagirait-elle si elle le laissait aller plus loin ?

Cela ressemblerait-il à ce qu'elle avait lu dans les livres quand elle était très jeune et encore assez naïve pour rêver ? Cette sensation allait-elle durer, serait-elle plus intense ? Le conte de fées pourrait-il réellement continuer ?

Elle fit volte-face en entendant Ben entrer, et le regarda avec un sourire gêné. Mais son sourire se figea aussitôt.

Elle n'avait jamais vu cette expression sur le visage de Ben : il paraissait à la fois choqué, amer, et furieux.

— Qu'as-tu ? Qu'est-il arrivé ? demanda-t-elle, s'inquiétant aussitôt pour Alex.

— Peux-tu m'expliquer ceci ?

Il tenait quelque chose, qu'il posa sur la commode. Tory regarda, et sentit tout son corps se paralyser. Son livret d'épargne... Celui qui était à son véritable nom. C'était le compte qu'elle avait secrètement alimenté pendant des années, pour pouvoir s'enfuir. Celui dont Christine s'occupait, parce que Bruce ne s'était jamais méfié d'elle.

Tout son sang se retira de ses veines. Elle ne parvint même pas à prendre le petit livret accusateur.

— La boîte qui contenait tes dossiers s'est ouverte dans le coffre, expliqua Ben d'une voix glaciale. Tu l'avais mal fermée.

Tory hocha vaguement la tête. Elle aurait dû faire attention, cette boîte n'avait jamais très bien fermé. Mais en vivant à Shelter Valley, chez Phœbe, elle avait commencé à se détendre, à être moins vigilante. C'était une grossière erreur. Si ce livret était tombé dans la rue, les sbires de Bruce auraient aussi bien pu le trouver… Ils auraient pu aussi entrer par effraction dans la maison de Phœbe et trouver tout ce que Bruce voulait savoir.

Ce n'était pas une vague serrure qui les aurait arrêtés. Et ils auraient appris toute la vérité.

Aussi intelligent que fût Bruce, il s'était trompé pendant toutes ces années. Il ne s'était jamais méfié de Christine, il ne s'était jamais rendu compte de sa force de caractère, de sa volonté de fer. Tout ce qu'il avait vu en elle, c'était une femme battue, qu'il croyait pouvoir terroriser d'un seul coup d'œil. Il n'avait jamais fouillé sa maison. Mais quand la petite sœur de Christine s'était enfuie, il avait mis son téléphone sur écoute pour savoir où elle se cachait. Et il avait intercepté son courrier.

— Qui es-tu ?

Les mots cinglants de Ben la frappèrent de plein fouet, la ramenant au moment présent.

— Tory. Tory Evans…

Le visage jusqu'alors impassible de Ben se ferma encore plus. Comme si, jusqu'à cet instant, il avait espéré contre tout espoir qu'elle n'allait pas détruire la confiance qu'il avait en elle.

— La sœur de Christine ?

Il avait une bonne mémoire. Tory avala sa salive, et hocha la tête.

— Où est Christine ?

— Dans un cimetière du Nouveau-Mexique.

Il se laissa tomber sur le bord du lit. Consciente de la présence d'Alex dans l'autre chambre, Tory trouva le courage de bouger pour aller fermer la porte et s'appuya contre elle, avec l'impression d'avoir fait un effort démesuré.

— Alors cela, au moins, c'était vrai.

Le jour où elle lui avait parlé de l'accident de voiture paraissait si loin…

Tory hocha encore la tête. Mais il ne pouvait pas la voir, il lui tournait presque le dos. Elle murmura d'une voix brisée :

— Oui.

Il se tourna vers elle et l'observa comme s'il la voyait pour la première fois. Avec l'impression d'être nue malgré son jean et son sweater, Tory frissonna.

— Quel âge as-tu ?

C'était une question à laquelle elle pouvait répondre. Ce qui signifiait qu'elle avait encore une seconde de répit avant qu'il en pose une autre… bien plus grave, pour laquelle elle ne pourrait fournir aucune réponse.

— Vingt-six ans.

— Tu es trop jeune pour avoir un doctorat.

Tory hocha vaguement la tête. Son silence allait jouer contre elle, elle le savait, mais elle n'arrivait pas à articuler le moindre mot.

Terrifiée, elle attendit l'inévitable.

— Tu n'as jamais eu de doctorat !

Elle secoua la tête.

— Est-ce que tu as des diplômes ?

Encore un bref signe de dénégation.

— Tu n'as fait que mentir, depuis le début…

Les mains enfoncées dans ses poches, Ben parcourut les quelques mètres qui le séparaient de la fenêtre et se tourna vers Tory.

— Tu n'es pas professeur de littérature. Le diplôme est celui de ta sœur, pas le tien. Tu ne t'es pas contentée de lui voler son nom. Pour une raison que je ne comprends pas, mais qui ne peut qu'émaner d'un cerveau malade, tu lui as volé son identité tout entière.

Le regard plein de mépris, il la dévisagea. Tory hocha la tête.

— Tu m'as épousé sous un faux nom !

Elle imaginait la vérité se révélant brutalement à lui d'un seul coup. Elle se haïssait pour cela.

Elle avait pourtant pris toutes ses précautions. Qui aurait pu croire qu'elle allait être trahie par un vulgaire livret tombé de ses dossiers ? Mais si cela ne s'était pas produit, il y aurait eu autre chose. Elle avait tenté l'impossible. Il y avait trop d'autres moyens par lesquels Ben aurait pu découvrir qu'elle n'était pas celle qu'il croyait. Quand les cours allaient recommencer, par exemple. Elle aurait été obligée de les préparer frénétiquement, d'étudier elle-même ce qu'elle allait enseigner. Il s'en serait forcément rendu compte. Elle avait toujours su qu'elle ne faisait que gagner du temps.

— Je suis marié avec une femme décédée !

Cette évidence aussi devait lui apparaître. Se tordant les mains, Tory resta debout au milieu de la pièce, submergée d'angoisse, et complètement désemparée. Son expérience par rapport aux conflits lui avait appris la douleur physique, ou la fuite.

Mais Ben n'allait pas la battre. Et il était hors de question qu'elle s'enfuie.

Alex serait bouleversée.

Ben passa une main dans ses cheveux, avant de la fourrer de nouveau dans sa poche.

— Pourquoi ?

Tory s'humecta les lèvres et prit une profonde inspiration.

— Je ne peux pas t'expliquer.

— Tu ferais mieux de le faire !

Avec Bruce, elle serait restée pétrifiée, attendant que les coups se mettent à pleuvoir. Mais pas avec Ben. Il ne lui ferait aucun mal. Il allait certainement lui briser le cœur en lui demandant de partir. Mais il n'allait pas la battre.

Curieusement, elle aurait presque préféré cela. Au moins, elle aurait su comment réagir.

— Je n'arrive pas à croire que ça recommence ! murmura Ben comme pour lui-même. D'abord Mary, et puis toi...

Tory arriva péniblement à articuler :

— Comment ?

Elle voulait protester. Non, Ben ne devait pas croire cela ! Malgré tous ses torts, elle ne ressemblait en rien à son ex-épouse. Elle s'intéressait vraiment à lui. Et à la petite Alex.

— Au moins, Mary ne m'a pas menti sur son identité, reprit-il. Non, elle m'a menti à propos du père d'Alex. Mais toi...

Il se rapprocha d'elle.

— Tu m'as menti au sujet de ton existence même.

Il lui tourna le dos avant d'être près d'elle et poursuivit :

— Je n'arrive pas à le croire. Je suis marié à une femme morte !

Tory resta pétrifiée. Ses larmes refoulées lui nouaient la gorge. Il ne comprenait donc pas qu'elle avait fait tout cela pour lui ? Elle l'avait épousé pour lui permettre d'obtenir la seule chose qui était sans prix dans son existence : la garde permanente d'Alex. Et elle l'avait fait pour le bien de la petite fille.

Mais, une fois de plus, elle n'avait réussi qu'à faire du mal.

— Tu me dois une explication, dit-il durement en se tournant vers elle.

Tory secoua la tête.

— Je ne peux pas. Je voudrais que tu me croies : si je pouvais t'expliquer, je le ferais immédiatement. Je voudrais tant pouvoir !

Phœbe lui avait dit que les gens de Shelter Valley la connaissaient elle, Tory, et que c'était à elle qu'ils s'intéressaient.

— Je t'en prie, peux-tu me faire confiance ? supplia-t-elle.

— Te faire confiance ? C'est fantastique ! Il y a dix minutes, je ne connaissais même pas ton véritable prénom. Bon sang ! comment peux-tu espérer que je te fasse confiance ?

Avec un dernier coup d'œil aussi dégoûté que désillusionné, il ouvrit violemment la porte et sortit.

Comment pouvait-elle espérer qu'il lui fasse confiance ?

En effet, elle ne l'espérait pas.

Le conte de fées était terminé.

*
* *

Tory ne revit Ben qu'à l'heure du dîner, quand il vint la chercher. Les craintes qu'elle avait eues en voyant la chambre lui revinrent à la mémoire. Décidément, le sort ne manquait pas d'être ironique ! Maintenant, elle n'avait plus de souci à se faire de ce côté-là : elle ne partagerait pas ce grand lit avec son mari. Elle n'avait pas déballé ses affaires, préférant attendre qu'il lui dise ce qu'il attendait d'elle.

Elle prit son courage à deux mains et lui demanda comment il pensait expliquer la situation à Alex.

Furieux, Ben la détrompa : il n'avait aucune intention d'expliquer quoi que ce soit à la fillette. Après tout ce que Tory avait fait, elle pouvait jouer la comédie un peu plus longtemps, elle lui devait bien cela. Au moins jusqu'à la fin des vacances. A ce moment-là, il serait sans doute fixé au sujet de la petite.

Naturellement, elle devrait aussi faire croire à Alex qu'elle aimait son père en dormant à côté de lui. Elle n'avait aucun souci à se faire. Il ne la toucherait pas. Il n'avait plus le moindre désir pour elle. Il voulait juste que sa petite fille croie qu'ils menaient tous les trois une vie normale. Même si ce n'était que pendant quelques jours.

En d'autres termes, il attendait qu'elle se comporte comme si de rien n'était.

Tory soupira amèrement. Oui, elle acceptait de continuer à se faire passer pour Christine, le temps qu'il faudrait.

La dernière semaine de décembre, il faisait encore chaud à Shelter Valley, mais Ben avait l'impression d'avoir un glaçon à la place du cœur. Ce que Mary lui avait fait était un enfantillage, comparé au coup de massue qu'il venait de recevoir : la femme qu'il adorait n'existait pas.

Cependant, alors que les jours passaient et qu'il voyait Tory s'occuper d'Alex, il commença à reconnaître la femme qui avait hanté ses pensées pendant ces derniers mois. Elle était si douce, si patiente avec la fillette, elle opérait une véritable magie sur elle. Alex était méconnaissable.

Même lorsqu'il était implacable avec elle, Christine — ou plutôt Tory — écoutait toujours ce qu'il avait à lui dire. Elle allait même jusqu'à nettoyer les bêtises de Buddy sans se plaindre.

Il devait bien l'admettre : elle était intelligente, cultivée, et bien plus forte que lui.

Et très protectrice envers Alex. Elle ne tolérait pas qu'il fasse ou dise la moindre chose qui risquait de la perturber.

Ainsi, le soir où il avait voulu que sa fille dorme dans son petit lit, Tory avait fait promettre à la fillette que, si elle dormait cette nuit-là entre eux deux, elle retournerait dès le lendemain soir dans sa chambre. Et le lendemain, Alex avait tenu sa promesse. Tory l'avait rassurée en lui disant qu'ils étaient là, à côté, si elle avait besoin d'eux.

Ben soupira. Il y avait d'autres choses qui n'allaient pas tout à fait comme il l'avait espéré. Il croyait qu'il n'aurait plus jamais envie de toucher sa femme. Mais nuit après nuit, alors qu'il était allongé près d'elle sur le lit, il résistait de plus en plus difficilement à l'envie de tendre la main vers elle, d'embrasser ce point vulnérable au bas de son cou, de laisser accidentellement son pied glisser vers sa jambe et la caresser.

Il devait reconnaître qu'elle ne faisait rien pour le séduire. Elle dormait en pyjama et se couchait à moitié hors du lit, à force de vouloir s'éloigner de lui.

Quelques jours après leur mariage, alors qu'ils préparaient le dîner, Ben demanda, toujours sur le même ton cassant :

— Que vas-tu faire quand le semestre va commencer ?

Il comprenait mieux désormais pourquoi elle manquait tant de confiance en elle, quand il faisait partie de ses étudiants. Malgré sa maîtrise parfaite de la matière qu'elle leur enseignait.

Elle leva les yeux du plat de macaroni au fromage qu'elle remuait.

— Enseigner.

— Mais…

— Christine est professeur. Je dois enseigner, interrompit-elle sur le ton qu'elle prenait quand elle voulait transmettre à ses étudiants une idée à laquelle elle tenait particulièrement.

Ben ne fit pas de commentaire. Mais cette réponse ne le satisfaisait pas.

Jamais de sa vie il ne s'était senti aussi désemparé. La femme qu'il avait connue pendant tous ces mois, la femme pour laquelle il avait éprouvé un penchant de plus en plus fort, vivait maintenant dans sa maison, dormait dans son lit. Et il ignorait tout simplement qui elle était.

Et pourquoi elle s'était engagée dans un mensonge aussi monumental.

Et comment pouvait-elle savoir tout ce qu'elle savait, alors qu'elle n'avait pas suivi d'études supérieures ?

Il voulait désespérément obtenir des réponses à ces questions.

Deux jours avant la fin de l'année, Ben revint chez lui après avoir déposé Alex chez Martha, pour qu'elle joue avec sa fille, un peu plus jeune qu'elle. Il trouva Tory assise au bord du canapé du salon. Son visage livide était inondé de larmes. Elle tenait dans ses mains une feuille de papier pliée en deux.

— Tory ?

Il s'était habitué à ce prénom. En fait, il trouvait que Tory lui allait mieux que Christine, prénom plus conventionnel. Mais il ne l'appelait ainsi que lorsqu'ils étaient seuls.

Elle leva les yeux sur lui, avec l'air malheureux d'un enfant abandonné. Il vit ses lèvres remuer, mais aucun son ne les franchit.

— Qu'y a-t-il ?

Une appréhension terrible s'empara de lui. Il se précipita vers elle. Si quelqu'un lui avait fait du mal, il allait…

— Il est mort… dit-elle d'une voix dénuée d'émotion malgré ses larmes.

— Qui est mort ?

— Bruce, répondit-elle, comme s'ils venaient juste de parler de lui. Bruce est mort, répéta-t-elle.

Les yeux élargis de stupeur, Ben resta un instant sans voix. Qui était Bruce ? Quelle importance avait-il pour Tory ?

— Il s'est tué. Un de ses employés, que je connaissais un peu, vient d'écrire à Christine pour lui annoncer sa mort.

Elle avait l'air abasourdi et parlait d'une voix blanche, paraissant ne pas réaliser que cet homme — quel qu'il fût — puisse être mort.

Inquiet, Ben vint s'asseoir près d'elle.

— Je suis désolé, murmura-t-il.

— Oh non ! Il ne faut pas !

Tournant vers lui son regard embué de larmes, elle déclara d'un ton où perçait un immense soulagement :

— Ne sois pas désolé, s'il te plaît. C'est la meilleure nouvelle que j'aie jamais reçue !

De plus en plus inquiet, Ben ne la quittait pas des yeux. Etait-elle devenue folle ? Devait-il appeler Phœbe ? Ou emmener Tory à hôpital ?

Avant qu'il ait eu le temps de s'emparer du téléphone, elle lui saisit la main.

— Je suis libre, Ben ! Complètement libre !

Il lui manquait une pièce maîtresse du puzzle, qu'il avait désespérément besoin de trouver.

Sans broncher, il fixa sur elle un regard attentif, l'encourageant à parler.

— Toutes ces années de fuite, de peur, de mauvais traitements. Tout cela est fini, fini !

Elle le regardait droit dans les yeux, son visage exprimant un mélange d'innocence et d'incrédulité.

— Je n'ose pas y croire ! Je suis libre !

Elle se laissa tomber contre sa poitrine et éclata en sanglots, s'accrochant à ses épaules solides, un peu comme Alex l'avait fait quand il l'avait ramenée de l'hôpital. Il sentit son propre corps trembler sous la violence des sanglots de sa femme.

Prenant garde de ne pas trop la serrer contre lui pour ne pas l'effaroucher, il la soutint et lui caressa doucement les bras. Il fallait laisser passer l'orage. Il n'avait aucune idée de ce qu'elle voyait dans ces ombres, invisibles pour lui, quelle douleur elle était en train de libérer. Il ne savait qu'une chose : cette femme était celle qu'il aimait.

Et peu importait le nom qu'elle se donnait.

Quand elle eut retrouvé son souffle, il murmura, prêt à tout entendre :

— Parle-moi de lui.

Une chose au moins était évidente : Bruce n'était pas le beau-père qui avait brutalisé Tory. Ce méprisable individu était mort depuis plusieurs années.

— Il m'a empêchée d'aller à l'université… j'avais tant envie de mettre mes pas dans ceux de Christine, de réussir quelque chose dans ma vie, de sortir…

Frissonnante, elle pleurait maintenant sans bruit.

— Pourquoi t'en a-t-il empêchée ?

Et de quel droit ? se demanda-t-il intérieurement.

— Par jalousie. Il croyait que j'allais le tromper avec des étudiants.

Elle fit une pause et ajouta :

— Et je crois qu'il ne voulait pas que j'étudie, de peur que ça me rende trop indépendante.

Ben en avait la nausée.

— Qui était ce Bruce, Tory ?

— Mon ex-mari.

Sans l'interrompre une seule fois, Ben écouta le récit de Tory sur son mariage, sur les deux années qu'elle avait passées à fuir un ex-mari abusif. Il serra les poings, partagé entre son instinct de protection, son amour débordant pour elle et une rage aveugle contre cet individu, mêlée à un insupportable sentiment d'impuissance.

Respirant profondément, il essaya de se calmer. Mais il regrettait trop de ne pas avoir devant lui ce type immonde. Il lui aurait fait regretter son comportement. Cependant, une immense gratitude vint adoucir sa fureur. Dieu merci, Tory avait trouvé Phœbe. Et grâce à l'audace des deux femmes, il avait eu la chance de la rencontrer.

— Je ne comprends pas pourquoi les filles qui ont été violentées quand elles étaient enfants se marient souvent avec des hommes abusifs, mais Phœbe dit que c'est très courant, reprit Tory après un court silence. On dirait que je m'attendais à ce qu'il me fasse du mal. Et naturellement, Bruce ne voulait pas me décevoir.

Ben hocha la tête, sentant la colère refaire surface. Si cette saleté de Bruce n'était pas déjà passé de vie à trépas, il se serait fait une joie de l'étrangler de ses propres mains.

— En tout cas, tu as rompu ce cercle vicieux, affirma-t-il sur un ton admiratif.

Tory fit un petit signe affirmatif.

— Je le sais, murmura-t-elle.

Elle prit la main qu'il avait posée sur sa cuisse. Ben eut le souffle coupé quand ses doigts se mêlèrent aux siens. Il l'avait vue plusieurs fois tenir Alex par la main. Mais c'était la première fois qu'elle prenait la sienne.

— J'avais tellement besoin de t'en parler.

— Chut…

Il posa un doigt de sa main libre sur ses lèvres.

— Je comprends tout, maintenant. Une indiscrétion et Bruce t'aurait retrouvée. Et je ne peux pas t'affirmer que je ne serais pas parti à sa recherche, de mon côté.

Tory esquissa un sourire. Elle n'aurait pas été surprise qu'il se conduise en super héros. Quant au résultat… Il y avait fort à parier qu'ils auraient tous été victimes de Bruce.

— Je n'ai vraiment pensé qu'à toi et à Alex quand j'ai accepté de t'épouser.

Il lui pressa tendrement la main. Il était inutile qu'elle lui explique cela. Il l'avait déjà compris.

— Et je voulais vous protéger par mon silence.

— Détends-toi, Tory. Tout cela n'est plus qu'un mauvais souvenir.

Du moins, cette partie-là était gagnée. Mais il en restait encore beaucoup d'autres.

— Il me forçait à avoir des relations sexuelles avec lui, et il n'arrêtait pas de me dire que j'aimais cela, que j'en avais envie. Mais je détestais ça. Je croyais que je n'aurais plus jamais envie d'en avoir avec quelqu'un d'autre. Jusqu'à ce que je te rencontre.

Ben hocha la tête en lui souriant tendrement. C'était si bon à entendre ! Il avait devant lui tout un héritage de malheur à faire oublier à Tory, mais il était déterminé à le faire, tant qu'elle le lui permettrait.

Brusquement, il se rembrunit : une pensée moins réjouissante venait de s'insinuer dans son esprit. Pourquoi avait-il rejeté Tory, alors qu'elle avait tellement besoin de lui ? Cette attitude stupide aurait pu la détruire.

— Bruce exigeait toujours que j'organise de grandes soirées où tout devait être parfait, depuis mes vêtements jusqu'au choix de la musique. Et s'il restait de la nourriture, ou si le vin n'était pas parmi les meilleurs, il me le faisait payer plus tard. Il disait que je n'avais pas vraiment envie d'être sa femme, que je ne l'aimais pas si je n'arrivais pas à faire mieux.

Tory tenait toujours la main de Ben. Il l'écoutait, s'efforçant de garder ses émotions pour lui. Il ne pouvait rien faire, il lui était impossible de balayer ces horribles souvenirs qui la hantaient, et les souffrances qu'elle avait endurées. Et pourtant, il éprouvait un besoin instinctif de faire quelque chose.

— Alors, que s'est-il passé finalement pour que ce salaud te fiche la paix ? demanda-t-il un peu plus tard, quand elle eut fini l'essentiel de son récit.

— Il m'a fait surveiller, mais il me prenait pour Christine.

Elle lui parla de toutes les fois où elle avait eu la certitude d'être suivie, jusqu'ici à Shelter Valley, encore huit jours avant qu'elle accepte de l'épouser.

Ben sentit son cœur se glacer.

— Quand ses hommes lui ont rapporté que Christine avait passé tout le semestre à enseigner à la faculté, en lui donnant des détails sur sa façon de vivre, sur l'homme qu'elle voyait, il a fini par être convaincu que j'étais morte. Il savait que je ne me serais jamais montrée publiquement en compagnie d'un homme. Il m'aurait tuée, et il savait que je n'en doutais pas.

Elle leva le feuillet qu'elle venait de lire.

— D'après cette lettre, il était si désespéré, il avait si peu envie de vivre sans moi, qu'il s'est pendu pour me retrouver dans l'autre monde.

Ben baissa la tête, résistant à sa folle envie de serrer Tory dans ses bras. Mais c'était encore trop tôt pour elle.

Un jour, se promit-il. Un jour.

Et peu importait le temps que cela prendrait.

Mais d'abord, il devait rattraper quelques maladresses.

— Je suis vraiment désolé. J'ai réagi en parfait imbécile, dit-il sans chercher à se justifier. Tu as été si bonne pour Alex, si extraordinaire, et je ne t'ai même pas remerciée.

— Je ne l'ai pas fait pour avoir ta gratitude.

— Je sais.

— Et je trouve que tu as été plutôt tolérant, étant donné les circonstances, ajouta-t-elle en rejetant la tête en arrière pour lui sourire. Je me demande comment j'aurais réagi si j'avais découvert que je venais d'épouser un homme décédé.

— Il va falloir nous occuper de cela.

— Je sais. J'ai l'intention d'appeler Will dès demain matin. Je risque d'avoir de sérieux problèmes.

Ben hocha pensivement la tête.

— Peut-être.

Mais il refusait d'y penser. Tory avait eu suffisamment de problèmes dans sa vie. Il était temps que la chance lui sourie.

— Tu sais, Will est quelqu'un de bien. Si nous lui expliquons toutes les circonstances, je suis certain qu'il ne te causera aucun ennui.

— Ce sera un peu plus long avec les autorités. Je ne sais même pas comment je vais prouver qu'ils se sont trompés en délivrant le certificat de décès.

— Je ne connais pas la procédure non plus, mais quelle qu'elle soit, nous en viendrons à bout.

— Nous ?

Ben prit une profonde inspiration.

— Je n'ai pas épousé un professeur, Tory, ni une femme de trente ans. Je me suis marié avec une femme dont l'âme a parlé à la mienne dès le premier jour où je l'ai rencontrée… une femme dont la présence m'apaise même quand tout va mal pour moi. Une femme intelligente, courageuse, forte, et pleine de compassion. Une femme qui aime ma petite fille, qui a été capable de faire étinceler de nouveau les yeux d'Alex.

Tory pleurait doucement.

— Je ne te mérite pas, murmura-t-elle. Mais surtout, je n'arrive pas à croire que tu sois réel.

— Je suis tout à fait réel, ma chérie, affirma-t-il. Un jour, quand tu seras prête, je compte bien te le prouver.

Pour toute réponse, elle s'agita légèrement contre lui.

— Est-ce que je dois comprendre que… tu veux que nous restions mariés ?

— Tout à fait. J'ai même envie de t'épouser une seconde fois, sous ton vrai nom. Enfin, si tu es d'accord.

— Je suis d'accord, répondit Tory sans hésiter.

Elle lui sourit et posa un petit baiser, provocant par son innocence, sur le coin de sa bouche.

— Je passerai tous les coups de téléphone demain matin, dit-il.

Il voulait être marié légalement avec elle aussi vite que possible.

A peine eut-il parlé du téléphone que la sonnerie retentit. Tory prit l'appareil et le tendit à Ben. Elle ne le quitta pas des yeux pendant qu'il écoutait les nouvelles tant attendues.

— Nous avons gagné ! Nous gardons Alex ! hurla-t-il quelques minutes plus tard en raccrochant.

— C'est officiel ?

— C'est officiel !

Quel soulagement ! Il avait envie de courir. Il se sentait euphorique.

— Il y aura un tas de papiers à remplir, des visites de l'assistante sociale, quelques séances au tribunal, si Mary cherche à faire retarder la procédure.

— Si elle sait où est son intérêt, elle ne va pas se battre. Sinon, elle pourrait bien finir en prison, et son Pete avec.

— C'est tout ce qu'ils mériteraient. Mais la seule chose qui compte vraiment pour moi, c'est de retrouver Alex.

Il sourit et saisit les mains de sa femme.

— En attendant, je vais l'inscrire à l'école de Shelter Valley.

— Dieu merci !

— Nous allons former une famille, Tory, toi, Alex et moi.

Tory soupira, respirant encore avec difficulté à cause des sanglots qu'elle retenait.

— Je ne comprends toujours pas pourquoi tu as envie de t'installer avec quelqu'un comme moi.

Ben l'embrassa dans les cheveux.

— Nous sommes rarement les maîtres de notre destin, mais nous essayons de lui donner un petit coup de pouce, en utilisant pour cela toutes nos capacités.

Il déposa encore un léger baiser sur sa tête.

— Une théorie dont nous sommes tous les deux l'illustration parfaite.

— Ben ?

— Oui ?

— Je crois que j'ai envie de mettre en œuvre toutes mes capacités pour faire l'amour avec toi.

Fort heureusement, Alex était encore chez Martha pour quelques heures…

Chère lectrice,

Vous nous êtes fidèle depuis longtemps?
Vous venez de faire notre connaissance?

C'est pour votre plaisir que nous avons imaginé un rendez-vous chaque mois avec vos auteurs préférés, vos AUTEURS VEDETTE *dans les collections* Azur *et* Horizon.

Les AUTEURS VEDETTE *vous donneront rendez-vous pour de nouveaux livres vedette.*

Pour les reconnaître, cherchez l'étoile... Elle vous guidera!

Éditions Harlequin

HARLEQUIN

LE FORUM DES LECTEURS ET LECTRICES

CHERS(ES) LECTEURS ET LECTRICES,

VOUS NOUS ETES FIDÈLES DEPUIS LONGTEMPS?

VOUS VENEZ DE FAIRE NOTRE CONNAISSANCE?

SI VOUS AVEZ DES COMMENTAIRES, DES CRITIQUES À FORMULER, DES SUGGESTIONS À OFFRIR, N'HÉSITEZ PAS... ÉCRIVEZ-NOUS À:

LES ENTERPRISES HARLEQUIN LTÉE.
498 RUE ODILE
FABREVILLE, LAVAL, QUÉBEC.
H7R 5X1

C'EST AVEC VOS PRÉCIEUX COMMENTAIRES QUE NOUS ALLONS POUVOIR MIEUX VOUS SERVIR.

DE PLUS, SI VOUS DÉSIREZ RECEVOIR UNE OU PLUSIEURS DE VOS SÉRIES HARLEQUIN PRÉFÉRÉE(S) À VOTRE DOMICILE, NE TARDEZ PAS À CONTACTER LE SERVICE D'ABONNEMENT; EN APPELANT AU (514) 875-4444 (RÉGION DE MONTRÉAL) OU 1-800-667-4444 (EXTÉRIEUR DE MONTRÉAL) OU TÉLÉCOPIEUR (514) 523-4444 OU COURRIER ELECTRONIQUE: AQCOURRIER@ABONNEMENT.QC.CA OU EN ÉCRIVANT À:

ABONNEMENT QUÉBEC
525 RUE LOUIS-PASTEUR
BOUCHERVILLE, QUÉBEC
J4B 8E7

MERCI, À L'AVANCE, DE VOTRE COOPÉRATION.

BONNE LECTURE.

HARLEQUIN.

VOTRE PASSEPORT POUR LE MONDE DE L'AMOUR.

COLLECTION HORIZON

Des histoires d'amour romantiques qui vous mènent au bout du monde!

Découvrez la passion et les vives émotions qu'apportent à la Collection Horizon des auteurs de renommée internationale!

Captivantes, voire irrésistibles, ces histoires d'amour vous iront assurément droit au coeur.

Surveillez nos trois nouveaux titres chaque mois!

HARLEQUIN

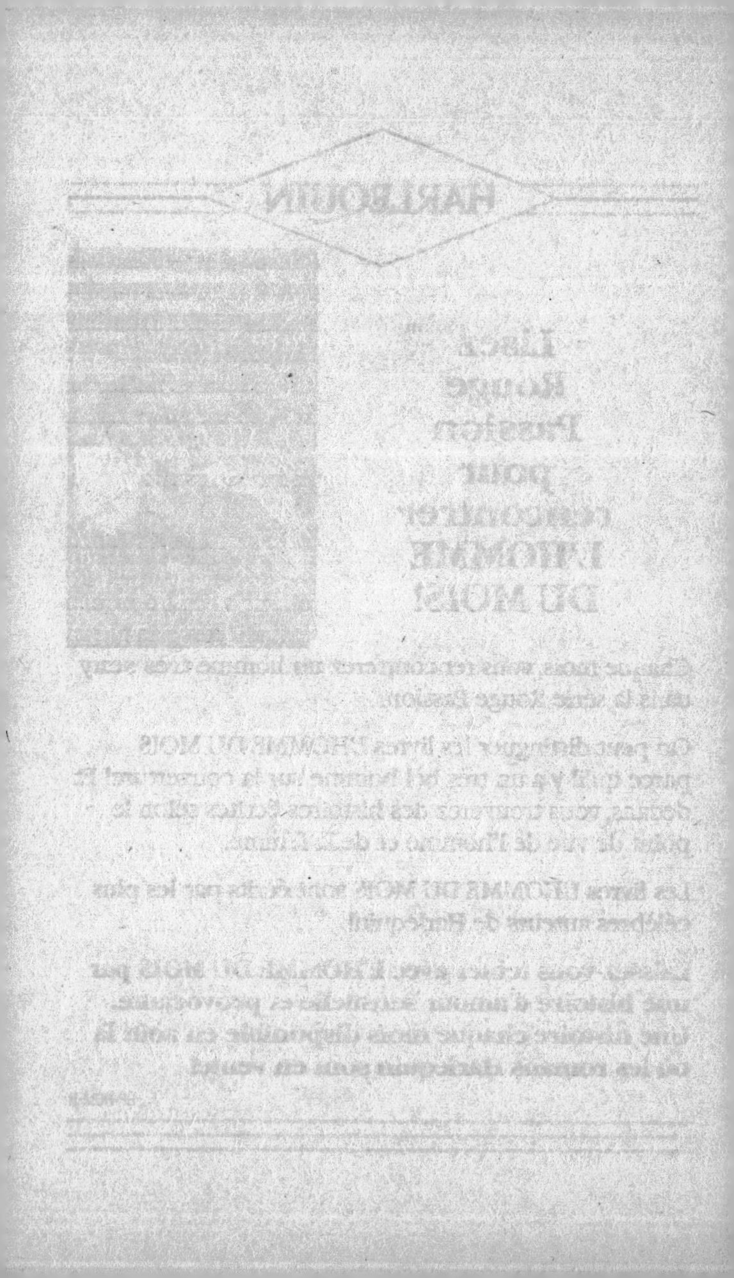

♉ ♊ ♋ ♌ ♎

♋ L'ASTROLOGIE EN DIRECT ♍
TOUT AU LONG
DE L'ANNÉE.

(France métropolitaine uniquement)

Par téléphone 08.92.68.41.01

0,34 € la minute (Serveur SCESI).

Composé et édité
PAR LES ÉDITIONS HARLEQUIN
Achevé d'imprimer en février 2004

BUSSIÈRE
GROUPE CPI

à Saint-Amand-Montrond (Cher)
Dépôt légal : mars 2004
N° d'imprimeur : 40060 — N° d'éditeur : 10416

Imprimé en France